Susannah Nix

The Love Code

Wenn die widersprüchlichste Theorie

zur großen Liebe führt

AF154289

atb aufbau taschenbuch

SUSANNAH NIX

The Love Code

Wenn die
widersprüchlichste Theorie
zur großen Liebe führt

Roman

Aus dem Amerikanischen
von Katharina Naumann

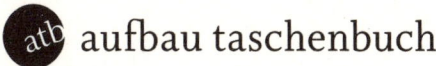 aufbau taschenbuch

Die Originalausgabe unter dem Titel
The Love Code
erschien 2023 bei Pan Books, London.

Erstmals 2017 veröffentlicht und 2023 neu aufgelegt
von Pan Books, einem Imprint von Pan Macmillan;
Macmillan Publisher International Limited.

MIX
Papier | Fördert
gute Waldnutzung
FSC www.fsc.org FSC® C083411

ISBN 978-3-7466-4090-7

Aufbau Taschenbuch ist eine Marke
der Aufbau Verlage GmbH & Co. KG

1. Auflage 2024
© Aufbau Verlage GmbH & Co. KG, Berlin 2024
www.aufbau-verlage.de
10969 Berlin, Prinzenstraße 85

Satz Greiner & Reichel, Köln
Druck und Binden CPI books GmbH, Leck, Germany

Printed in Germany

Für Dave,
meinen besten Freund

KAPITEL EINS
DREI JAHRE ZUVOR

Melody Gage schaute zum zehnten Mal in fünf Minuten auf ihr Handy.

Nichts.

Sie seufzte, griff nach ihrem Bierglas und nahm einen großen Schluck. In der Bar war es warm, und sie trug noch immer ihre Lederjacke, die sie nicht ausziehen konnte, weil da ein Loch in ihrem T-Shirt war, genau an der Schulternaht.

Wenn sie die Jacke auszog, würde es außerdem womöglich so aussehen, als habe sie vor, länger als fünf Minuten zu bleiben – und das wollte sie nicht.

Sie konnte kaum glauben, dass sie sich für heute Abend Mühe gegeben hatte. Sie hatte ihre Lieblingslederjacke angezogen, obwohl es zu warm dafür war. Die Jacke war das schönste Kleidungsstück, das sie besaß, obwohl sie es aus einem Secondhandladen hatte. Ihre üblichen Doc Martens hatte sie gegen süße Ballerinas getauscht. Und wozu? Um versetzt zu werden.

Melody spürte, dass sie jemand anrempelte, als er sich auf den Barhocker neben ihr setzte. Voller Hoffnung schaute sie hoch, aber es war nicht Victor.

Der Typ, der nicht ihr Date war, beugte sich zu ihr und grinste. »Und wie geht's dir heute Abend so?«

Er war jung, auch im College-Alter, so wie sie selbst, und wie viele der anderen Stammkunden im Cask 'n Flagon trug er eine Red-Sox-Baseballkappe, dazu das T-Shirt einer Studentenverbindungsparty mit dem aufgedruckten Motto *Pickel und Prostituierte*, weshalb sie ihm ein paar Sympathiepunkte abziehen musste. Aber er sah nicht übel aus. Tatsächlich war sie beinahe versucht, ihn attraktiv zu finden.

Wie schade, dass sie auf jemanden wartete ... Jemanden, der bereits eine Viertelstunde zu spät war. Kein besonders vielversprechender Anfang für ein erstes Date.

Melody schenkte ihrem neuen Sitznachbarn ein höfliches, aber zurückhaltendes Lächeln. »Mir geht's ganz gut.«

»Du siehst echt gut aus, weißt du das?«, sagte er und beugte sich weiter zu ihr.

Oh, das war eklig. Sie hatte das Wort in diesem Zusammenhang immer verabscheut. *Gut*. Hatte ein Mann je eine Frau als »gut« bezeichnet, ohne wie ein Schleimbolzen zu klingen? Außerdem roch er nach Knoblauch aus dem Mund. Nein, vielen Dank auch.

»Danke, aber ich warte auf jemanden.« Sie schaute wieder auf ihr Handy. Immer noch keine Nachricht.

»Weißt du, eigentlich stehe ich nicht auf Mädels mit kurzen Haaren«, sagte ihr Nachbar und deutete auf ihren brünetten Pixie-Schnitt, »aber für dich mache ich vielleicht eine Ausnahme.«

Uh. So was passierte offenbar, wenn man sich aus seiner Komfortzone herauswagte. Sie hätte schon in dem Moment wissen müssen, dass dieser Abend ein Schlag ins Wasser werden würde, als Victor a) für ihr Date eine Sportkneipe in der Nähe des Stadions auswählte und b) vorschlug, sie sollten sich gleich dort treffen, statt zusammen hinzugehen.

Sie hatte sich nur darauf eingelassen, weil sie dringend Abwechslung gebraucht hatte. Weil sie unbedingt etwas anderes – irgendwas anderes – machen wollte, als wieder einen Samstagabend mit den Lehrbüchern in ihrem Wohnheimzimmer zu verbringen oder im Computerraum zu arbeiten.

Da konnte man mal sehen, wohin so was führte.

»Du weißt bestimmt, dass du echt gut aussiehst«, sagte der Möchtegern-Aufreißer jetzt, ohne sich von Melodys abweisender Körpersprache abschrecken zu lassen. »Das sagen dir die Typen vermutlich ständig, oder?«

WO BIST DU???, schrieb Melody an Victor und hieb dabei mit den Fingern auf das Display ihres Handys.

Dabei mochte sie Victor nicht einmal besonders. Sie waren Partner im Technikraum, aber die einzigen Funken, die bisher zwischen ihnen gesprüht hatten, waren die des Lötkolbens.

Victors größter Vorteil war, dass er sie tatsächlich gefragt hatte, ob sie sich mit ihm verabreden wolle – was weit über das hinausging, das alle anderen in letzter Zeit getan hatten. Er war der einzige Typ, der in diesem Jahr so etwas wie Interesse an ihr gezeigt hatte.

Wie ihre Zimmergenossin ihr immer wieder unter die Nase rieb, war Melody seit dem Typen mit dem gespaltenen Kinn aus der Orientierungswoche nicht mehr geküsst worden – und der hatte sich am nächsten Tag, als er wieder nüchtern war, nicht mehr an sie erinnert.

Nicht, dass sie sich besonders bemüht hatte. Sie verbrachte eigentlich fast ihre ganze Zeit mit dem Studium und dem Job, den sie übernehmen musste, um ihr mageres Teilstipendium aufzustocken.

Das Studium am Massachusetts Institute of Technology war *hart*, so hart, wie sie es noch nie erlebt hatte. Ihr ganzes Leben lang hatte sie immer zu den Besten in ihrer Klasse gehört. Aber die anderen hier am MIT waren ebenfalls stets die Besten gewesen. Hier musste sie doppelt so hart arbeiten, um ihre Position in der Mitte des Rudels zu verteidigen.

Melody mochte die Mitte des Rudels nicht. Sie wollte wieder an der Spitze stehen. Oder zumindest in der Nähe der Spitze. Und wenn das bedeutete, ein paar Partys zu verpassen, dann war das eben so. Kein großer Verlust.

Nur ... jetzt, da ihr erstes Studienjahr so gut wie vorbei war, fiel ihr plötzlich auf, dass ihre Kommilitonen dennoch ausgegangen waren, neue Leute kennengelernt und mit ihnen geschlafen hatten, dass sie sich verliebt, wieder getrennt und erneut verliebt hatten, während Melody die Zeit in ihren Büchern vergraben verbracht hatte. Die anderen hatten *Erfahrungen* gemacht. Und sie nicht.

Wenn sie nicht aufpasste, würde sie in drei Jahren mit einem Bachelor-Abschluss und der sozialen Reife einer Highschool-Schülerin in die Welt entlassen werden. Also musste sie sich wohl oder übel ein wenig Mühe geben, ihre grundlegenden Alltagskompetenzen auszubauen – nicht nur ihr akademisches Wissen.

Weshalb sie jetzt in dieser Bar saß und unverschämte Bemerkungen, den Geruch nach Axe-Deo und die Verzweiflung eines Studentenvereinigungsjungen über sich ergehen lassen musste.

Ihr neuer Freund kam ihr noch näher, wobei er seine Schulter an ihre schmiegte und ihr eine Wolke Knoblauchgestank ins Gesicht blies. »Was macht denn ein Mädchen wie du hier ganz allein?«

»Ich warte auf jemanden«, wiederholte Melody durch zusammengebissene Zähne. Sie reckte den Hals und schaute zu der Menschentraube hinüber, die sich vor der Tür gebildet hatte, in der schwachen Hoffnung, dass Victor vielleicht doch noch aufgetaucht war.

»Ein Mädchen wie du sollte nicht allein hier sein. Wie wäre es, wenn ich dir Gesellschaft leiste, bis deine Verabredung kommt?«

»Wie wäre es mit: Nein?«

»Was willst du trinken? Komm, ich spendiere dir einen.«

»Ich will aber keinen ...«

»Noch mal dasselbe für sie«, rief der Widerling dem Bartender zu, ohne auf sie zu achten. Es war, als spreche sie mit einer Ziegelwand.

»Lass gut sein«, sagte Melody zum Bartender. »Ich gehe.«

Mal im Ernst, scheiß auf Victor. Sie würde keine einzige Sekunde länger warten.

»Hey, wo gehst du hin?«, protestierte der Widerling und packte sie am Arm, als sie vom Barhocker glitt.

Melody wand sich aus seinem Griff, wirbelte herum, um die Flucht anzutreten – und stieß mit dem Gesicht an eine männliche Brust. Erschrocken schaute sie hoch und in ein umwerfendes blaues Augenpaar, das einem *sehr* hochgewachsenen, sehr *süßen* Typen gehörte. »Wow«, entfuhr es ihr.

»Tut mir total leid, dass ich zu spät komme, Schatz!« Der süße Typ lächelte sie strahlend an, wobei sich Grübchen in seinen Wangen bildeten, und schlang den Arm um sie, als würden sie sich kennen.

Melody starrte ihn mit offenem Mund an. Sie war sich hundertprozentig sicher, dass sie diesen Mann noch nie in ihrem Leben gesehen hatte. *Was lief hier ab?*

Als er sich zu ihr hinunterbeugte, um sie auf die Wange zu küssen, war sie so überrascht, dass sie sich nicht rühren konnte. Aber statt sie zu küssen, schwebten seine Lippen an ihrem Ohr, und er flüsterte: »Spiel einfach mit, wenn du den Kerl loswerden willst.«

Oh. *Verdammt, ja*, sie würde bei so ziemlich allem mitspielen, wenn sie damit Creepy Guy abwimmeln konnte.

Sie schlang die Arme um den Hals von Cute Guy und drückte ihn mit übertriebener Begeisterung. Wow, er war wirklich muskulös. Und er roch phantastisch, nach einem ganzen Wald voll exklusiver Fauna. Sie umarmte ihn vielleicht einen Hauch länger als unbedingt nötig, nur um noch eine Nase von diesem Duft einzusaugen.

»Wo warst du denn bloß, mein Bärchen?«, fragte sie mit ihrer besten aufgekratzten Freundinnenstimme.

Er neigte den Kopf zur Seite, und um seine Augen bildeten sich amüsierte Falten. »Ich habe wohl falsch verstanden, wo wir uns treffen wollten, *Schnuffelhase*.«

»Ach du Dummchen, zum Glück siehst du so gut aus.« Sie gab ein perlendes, falsches Lachen von sich und boxte ihn spielerisch gegen den Arm. Dann legte sie die Hände um seinen Bizeps – seinen *sehr festen* Bizeps – und zog ihn zum Ausgang.

Cute Guy warf Creepy Guy einen bösen Wehe-du-belästigst-mein-Mädchen-Blick zu, doch der wich bereits mit erhobenen Händen zurück, dem universellen Handzeichen für *Hey Mann, sorry, war nicht so gemeint.* Sieh mal einer an. Ihr Nein hatte der Vollpfosten nicht akzeptieren wollen, aber kaum, dass ein anderer Kerl Anspruch auf sie erhob – als sei sie dessen Eigentum –, schwenkte er die weiße Fahne und machte sich davon. Arschgesicht.

Nicht, dass sie nicht dankbar für das Eingreifen von Cute Guy gewesen wäre. Aber es war immerhin möglich, dass sie zwar gerade Jabba the Hutt entkommen, dafür aber direkt im Schlund von Sarlacc auf Tatooine gelandet war. Daher ließ Melody ihn los, sobald sie außer Sichtweite des Widerlings an der Bar waren, und sorgte für etwas Abstand zwischen ihnen.

Ihr gütiger Retter steckte die Hände in die Taschen seiner karierten Shorts und wich einer Gruppe von Gästen aus, die an ihren Tisch geführt wurden. Er trug Segelschuhe und ein Polohemd mit Kragen und sah aus, als wäre er direkt einer Ralph-Lauren-Werbung entstiegen.

»Alles in Ordnung?« Seine Brauen zogen sich besorgt zusammen, und sein Blick fiel auf ihren Arm. »Der Typ hat dir doch nicht wehgetan, als er dich gepackt hat, oder?« Er hatte bemerkenswert freundliche Augen für jemanden, der wie ein Privatschul-Trottel rumlief.

»Mir geht's gut.« Melody ballte die Fäuste und widerstand dem Drang, sich an der Stelle abzurubbeln, an der der Widerling sie berührt hatte. »Aber danke für die Hilfe.«

»Soll ich dich nach Hause bringen?« Dann schien er zu merken, wie das klang, und beeilte sich, hinzuzufügen: »Ich meine, ich kann dir ein Taxi rufen, wenn du möchtest.«

Sie schüttelte den Kopf. Sie trug ein zerlöchertes T-Shirt und eine Secondhandjacke – natürlich konnte sie sich kein Taxi leisten. »Danke, geht schon.« Sie würde mit dem Bus zurückfahren, so wie sie auch hergekommen war.

»Okay«, sagte er. »Wenn du dir sicher bist.«

»Ich bin mir sicher.«

Er nickte und schlenderte davon, in den hinteren Teil der Bar, ohne irgendeinen Annäherungsversuch zu machen oder etwas für seine gute Tat zu erwarten. Ha. Offenbar gab es doch noch so etwas wie Ritterlichkeit.

Melodys Handy summte in ihrer Hand. Eine Nachricht von Victor.

Tut mir leid, bin aufgehalten worden und schaffe es nicht.

Super. Großartig. Perfekt.

»Hey!«, rief sie und lief hinter dem Süßen Typen her. »Warte mal.«

Er drehte sich um, die Brauen hochgezogen. Sein sandblondes Haar fiel ihm in die Stirn, er strich es zurück und lächelte sie an. Er hatte wirklich sehr süße Grübchen, wenn er lächelte. Und Grübchen waren schon immer ihr Ding gewesen. Sie waren für sie so was wie Kryptonit für Superman.

Melody atmete tief durch und achtete nicht auf die Hamster, die nervös in ihrem Bauch herumturnten. Sie musste schließlich nur mit ihm reden. Das konnte sie. Das war ja nun wirklich keine Raketenwissenschaft.

Nein, viel schlimmer. Mit Raketenwissenschaft kam sie zurecht. Aber mit süßen Typen reden – *das* war einschüchternd.

Besonders, wenn es derart himmlisch duftende, muskulöse Musterbeispiele freundlicher Ritterlichkeit waren.

Flo Rida plärrte aus den Lautsprechern der Bar, und eine Gruppe Leute mit Sox-Trikots drängte sich zwischen Melody und die süßen Grübchen. Sie musste die Ellenbogen benutzen, um an ihnen vorbei zur Bar zu kommen, und warf ihnen böse Blicke zu, bis sie wieder direkt vor ihm stand.

»Wie heißt du?« Mit ihren eins siebenundsechzig war Melody zwar nicht wirklich klein, aber er war so hochgewachsen, dass sie den Kopf regelrecht in den Nacken legen musste, um ihm aus dieser Nähe ins Gesicht schauen zu können.

»Jeremy.«

»Also, Jeremy, ich glaube, ich schulde dir einen Drink.«

Er schüttelte den Kopf, und das Haar fiel ihm wieder in die Stirn. »Du schuldest mir gar nichts.« Er strich sich mit der Hand die Haare aus dem Gesicht. »Aber wenn du mich aus freiem Willen anmachst …« Wieder dieses Lächeln. Wie konnte jemand bloß so frech und so sexy sein? Dieses Lächeln hatte kein Recht, dafür zu sorgen, dass ihr so schwindelig wurde, tat es aber trotzdem. Wirklich und wahrhaftig.

»Wir wollen mal nicht übertreiben«, sagte sie, musste allerdings ebenfalls lächeln. »Ich biete an, dir einen auszugeben. Das ist alles.«

Wieder neigte er den Kopf, und sie begann, diese Bewegung zu lieben. Und dann waren da diese Augen, die so unerhört blau waren, wie sie jetzt aus der Nähe sah. Kobaltblau, wie in dieser *Akte-X*-Folge mit dem Typen, der die Leute hypnotisierte.

»Du hast mir noch gar nicht deinen Namen verraten«, sagte Jeremy und schaute sie mit seinen lächerlich blauen Augen an.

»Melody«, antwortete sie und versuchte, so zu tun, als wäre das hier vollkommen normal für sie, als liefe sie ständig herum, um süßen Typen mit heißem Lächeln und hinreißendem Haar einen auszugeben.

Er grinste. »Wenn das so ist, nehme ich dein Angebot an, Melody.«

KAPITEL ZWEI

In der nächsten Stunde lernte Melody Folgendes über Jeremy:

1. Er kam aus Los Angeles.
2. Er war an der Syracuse University durchgefallen, dem *zweiten* College in vier Jahren (das erste war die Brown University gewesen).
3. Statt seinen Eltern zu erzählen, dass er es vergeigt hatte (schon wieder), hatte er beschlossen, übers Wochenende nach Boston zu fahren, um mit einem seiner Kumpel abzuhängen, der auf die Brown-Uni in Providence ging, was nur anderthalb Stunden mit dem Auto entfernt war.
4. Er war offenbar reich. Korrigiere: superreich.
5. Melody und er hatten *absolut nichts* gemeinsam.

•

»Welchen Film hast du zuletzt gesehen?«, fragte Jeremy und griff nach seiner Flasche Shock-Top-Bier.

Sie saßen ganz hinten an einem Tisch im Cask 'n Flagon und

spielten eins dieser Kennenlernspielchen, bei denen man sich abwechselnd Fragen stellen musste.

»*Prinzessin Mononoke*«, antwortete Melody. Von der Bar her drang Jubel zu ihnen herüber. Bei dem Red-Sox-Spiel, das im Fernsehen lief, musste irgendetwas Aufregendes passiert sein. Da sie den Fernseher nicht sah, wusste sie nicht, was, aber man hörte deutlich mehr Jubel als Buhrufe, daher nahm sie an, dass Boston vermutlich gewann.

Jeremys Blick wanderte zu dem Bildschirm hinter ihr, dann sofort wieder zu ihr zurück. »Nie davon gehört.«

Das Fragespiel war ihre schlaue Idee gewesen, aber sie bereute es bereits. Es zeigte nur, wie wenig sie der Typ des jeweils anderen waren.

»Das ist ein Zeichentrickfilm aus Japan.«

Jeremy verzog das Gesicht. »Anime?«

»Ist großartig. Vertrau mir.«

Er sah sie skeptisch an. »Wenn du es sagst. Und der letzte Film, den du im Kino gesehen hast?«

»Immer noch *Prinzessin Mononoke* – auf dem Miyazaki-Filmfestival. Miyazaki ist der, der den Film gemacht hat.« Melody griff nach dem Bier, das sie mit ihrem gefälschten Ausweis gekauft hatte. Sie saß schon seit über einer Stunde davor, weshalb es lauwarm war und abgestanden – ungefähr so wie der ganze Abend. »Die letzte Fernsehserie, die du geschaut hast?«

»Gilt auch die Sportschau am Montag?«

»Nein, nur Shows mit Drehbuch.«

Er strich sich eine Strähne aus der Stirn und dachte nach. Sie fiel ihm sofort wieder ins Gesicht. Der Typ brauchte dringend einen neuen Haarschnitt. »Die Sendung mit den Nerds und der heißen Nachbarin, wie heißt die noch?«

Melody zuckte zusammen. »*The Big Bang Theory?*«

»Genau.«

Natürlich. Er schaute genau die Serie, die aus Leuten wie ihr nichts als eine Pointe machte, als wäre ihre gesamte menschliche Existenz ein einziger Witz, bloß weil sie gut in Mathe war und Science-Fiction mochte. Die Serie, die das Klischee »linkischer Typ lernt heißes Mädchen kennen« bediente, gleichzeitig aber an dem Stereotyp festhielt, Superhelden aus Comicheften seien ausschließlich etwas für männliche Hardcorestreber – statt ein Popkulturphänomen, das nun wirklich alle anging.

»Das letzte Buch, das du zum Spaß gelesen hast?«, fragte sie, um das Thema zu wechseln, obwohl sie noch nicht an der Reihe war.

Er schüttelte den Kopf. »Ich erinnere mich nicht, ganz ehrlich. Ich lese eigentlich nicht zum Spaß.«

Natürlich nicht. Mit seiner akademischen Vergangenheit las er vermutlich nicht einmal für die Uni.

Er zog die Augenbrauen hoch. »Wow, du bildest dir gerade eine echt hohe Meinung von mir, oder?«

»Nein, das stimmt nicht!«, protestierte Melody. Es war ihr so peinlich, dass sie ganz rot wurde.

Jeremy lachte, und die Fältchen um seine Augen vertieften sich. »Du bist eine richtig miese Lügnerin, weißt du das?«

»Zu meiner Verteidigung muss ich sagen, dass ich das tatsächlich weiß«, sagte sie und musste wider Willen lachen.

•

»Und warum ausgerechnet das MIT?«, fragte Jeremy, als sie die gesamte Popkultur durchgehechelt hatten und zu ihren Lebensgeschichten übergegangen waren. »Warum nicht Harvard oder eine der anderen Schlauberger-Unis?«

Melody nahm einen Schluck Bier. Sie waren jetzt bei der zweiten Runde, diesmal auf Kosten von Jeremys schwarzer AmEx-Kreditkarte. »Es ist die beste Uni für mein Fach.«

»Und welches Fach wäre das?«

»Informatik.« Sie fuhr mit dem Finger ein schiefes Herz entlang, das in die Tischplatte geritzt war. Daneben grinste ein Smiley-Gesicht ziemlich dämonisch. »Warum wolltest du denn auf die Brown?«

Jeremy zuckte die Achseln. »Wollte ich gar nicht. Aber mein Dad ist dorthin gegangen. Er hat mich reingebracht.« Er versuchte, lässig zu klingen, griff seine Bierflasche jedoch fester.

»Du wolltest gar nicht dorthin?«

»Um ehrlich zu sein, wollte ich eigentlich überhaupt nicht zur Uni.« Er zuckte erneut die Achseln. »Es war mir eigentlich egal, wo ich hingehe.«

Sie beugte sich vor und stützte die Unterarme auf den Tisch. »Und was machst du jetzt?«

»Ich weiß es noch nicht. Mein Dad gibt mir vermutlich einen Job in seiner Firma.«

»Muss ja nett sein, wenn man alles hinterhergetragen bekommt, ohne auch nur einen Finger krümmen zu müssen«, sagte Melody, und sie konnte nicht anders, es klang ein wenig säuerlich.

Jeremy machte ein unbestimmtes Geräusch. »Ja. Kann sein.« Er griff nach seinem Bier und nahm einen großen Schluck.

Seine Fingernägel waren bis zur Haut abgekaut, und sie fragte sich, was jemanden mit einem derart bequemen Leben so stressen konnte.

»Wieso? Ist es das etwa nicht?«

Er setzte sich zurecht und rieb sich die Schenkel. »Hör mal, ich weiß, dass ich Glück gehabt habe, okay? Ich will jetzt nicht so tun, als wäre es ein besonders hartes Schicksal, Geld zu haben. Es ist nur … Niemand hat mich je gefragt, was ich wirklich machen will. Von mir erwartet man einfach, dass ich dem folge, was meine Eltern für mich planen. Und da fällt es einem doch einigermaßen schwer, echte Begeisterung aufzubringen, das ist alles.«

»Und was willst du wirklich machen?«, fragte Melody, weil das anscheinend noch niemand gefragt hatte.

Er schüttelte den Kopf und schaute auf die Tischplatte. »Ich weiß es doch selbst nicht. Ist das nicht jämmerlich? Ich habe verdammt noch mal keine Ahnung, was ich will. Vermutlich ist genau das mein Problem.« Er blickte auf, und als er sie direkt ansah, lief ihr ein Schauer über den Rücken. Er hatte eine Art, sie anzusehen, als sei sie der einzige Mensch im Raum. »Weißt du denn, was du werden willst?«

Das wusste sie schon, seit sie zehn Jahre alt geworden war. Damals hatte sie ihren ersten Computer bekommen, einen alten Compaq Presario – gebraucht, von einem Freund ihrer Mom. »Ich will Software-Entwicklerin werden.«

»Warum das?«

»Weil ich Ahnung von Computern habe. Weil ich es liebe, Rätsel zu lösen und mich in Codes zu versenken. Weil man damit viel Geld verdienen kann und weil es eine Branche mit großen

Entwicklungsmöglichkeiten ist. Weil ich dann nicht immer um alles kämpfen muss wie meine Mom.«

»Womit hat deine Mom denn ihr Geld verdient?«

»Womit nicht? Sie war Kassiererin, Kellnerin, Kosmetikerin, Verkäuferin. Sie wechselt ständig die Jobs, auf der Jagd nach dem großen Durchbruch – der nie kommt.«

Jeremy nickte, als wisse er ganz genau, wie es war, ohne jede finanzielle Sicherheit leben zu müssen, obwohl das nicht sein konnte. »Und dein Dad?«

»Ich habe ihn nie kennengelernt. Er ist abgehauen, als er erfuhr, dass meine Mom schwanger war.«

»Scheiße.«

Jetzt zuckte Melody die Achseln. »Es ist schwer, jemanden zu vermissen, den man nie kennengelernt hat.«

Jeremy beugte sich vor, die Augenbrauen zusammengezogen. »Fragst du dich nie, was er jetzt macht? Oder ob euer Leben anders gewesen wäre, wenn er dageblieben wäre?«

»Eigentlich nicht.« Seine Flucht vor der Verantwortung ließ nicht gerade auf großartige Erziehungsfähigkeiten schließen. Wer auch immer er war – vermutlich ging es ihr ohne ihn besser. Nur Unterhaltszahlungen wären nett gewesen.

»Tut mir leid, wenn ich zu neugierig bin.«

»Schon gut«, sagte sie und winkte ab. Es war wirklich in Ordnung.

Seit sie nach Boston gekommen war, hatte sie es stets vermieden, über ihre Vergangenheit zu sprechen. Die meisten Studenten am MIT kamen aus reicheren Familien mit gebildeteren Eltern, und sie wollte nicht als das Kind aus armem Hause dastehen, deren alleinerziehende Mom nicht einmal die Highschool abgeschlossen hatte. Aber bei Jeremy machte es ihr nichts aus, darüber zu reden, trotz ihres unterschiedlichen Hintergrunds. Vielleicht lag es daran, dass sie wusste, sie würde ihn nie wiedersehen. Da konnte es ihr egal sein, was er von ihr dachte.

Er neigte den Kopf etwas zur Seite und lächelte wieder dieses hinreißende Lächeln. »Und jetzt bist du hier, schuftest dich durch das Studium am MIT und tust haargenau das, was du immer tun wolltest.«

Es fiel ihr schwer, ihn direkt anzusehen, wenn er sie so anstrahlte. Also senkte sie den Blick und konzentrierte sich darauf, das Kondenswasser an ihrem Glas mit dem Daumen wegzuwischen. »Ja, so ist es wohl.«

Er streckte die Hand über den Tisch und berührte ihren Arm. Seine Finger waren weich und fühlten sich warm an. »Das ist beeindruckend«, sagte er. »Du bist beeindruckend.«

Typen, die so reich und gut aussehend waren, sollten nicht so *nett* sein. Sie wusste gar nicht, was sie damit anfangen sollte. Sie war ohnehin nicht besonders gut darin, Komplimente anzunehmen. Meist lehnte sie sie reflexartig ab, eine Angewohnheit, die sie sich in letzter Zeit abzugewöhnen versucht hatte. Wenn sie es aber schaffte, ein Kompliment auszuhalten, verspürte sie den unwiderstehlichen Drang, sich unter einer Decke zu verstecken und so zu tun, als habe sie es nie gehört.

»Ich glaube, ich war in meinem ganzen Leben noch nie wirklich gut in etwas«, sagte er, und es klang ein wenig wehmütig. »Du hast Glück.«

Das war doch wirklich verrückt. Der Typ mit dem Millionen-Dollar-Treuhandfonds im Rücken fand, dass *sie* diejenige war, die Glück hatte. Am liebsten hätte sie laut aufgelacht, aber er wirkte vollkommen ernst. Offenbar sollte sie ihm das wirklich abkaufen.

Und das Merkwürdige war, dass sie es tat.

•

Melody war erstaunt, wie schnell die Zeit verging. War es wirklich schon Mitternacht? Irgendwie hatten Jeremy und sie nach dem holprigen Anfang dann doch stundenlang miteinander geredet. Sie war überrascht, wie wohl sie sich dabei gefühlt hatte – und wie sehr sie ihn mochte.

Was vollkommen irre war. Jeremy war *absolut* nicht ihr Typ. Sie hatten nichts gemeinsam. Rein *gar nichts*. Aber es war so leicht, mit ihm zu reden. Er gab ihr das Gefühl, er fände alles, was sie sagte, wichtig. Als wäre sie der interessanteste Mensch, der ihm je über den Weg gelaufen war.

Möglicherweise war Melody einen Hauch hingerissen. Klar, oberflächlich gesehen war er genau die Sorte hübscher, verwöhnter reicher Junge, die sie normalerweise verachtete. Dennoch hatte sie das Gefühl, als sei mehr dahinter, als versteckten sich ungeahnte Tiefen unter seinem jungenhaften Charme.

Vielleicht war das aber auch nur Wunschdenken. Oder eine Folge der drei Bier, die sie intus hatte. Oder es lag daran, dass ihre Knie weich wurden, wenn er sie ansah ...

Egal. Er war süß. Sie würde auf jeden Fall mit ihm schlafen, wenn er das Thema aufbrachte. Was er nicht tat, obwohl sie ihn schon seit einer Stunde mit ihren schönsten Flirtaugen anblinzelte.

Im Ernst, machte sie beim Flirten irgendwas falsch? Aber er säße doch nicht hier, wenn er nicht Interesse an ihr hätte, oder? Sollte sie ihn einfach direkt fragen, ob er mit ihr schlafen wolle? Oder würde ihn das verschrecken? Was musste sie tun, um die Sache klarzumachen? Sie war absolut bereit, ihn mit nach Hause zu nehmen.

Das Beste daran war, es war völlig egal, dass sie nichts gemeinsam hatten. Er war nur übers Wochenende in der Stadt, daher stellte sich die Frage nicht. Es ging nicht darum, sich füreinander zu entscheiden oder nicht. Es würde in den nächsten drei Jahren keine peinlichen Zusammentreffen auf dem Campus geben. Sie könnte einfach eine Nacht lang heißen Sex mit einem süßen Kerl haben, und dann würden sie sich nie wiedersehen. Eine Win-win-Situation.

Jeremy trank sein Bier aus und deutete auf ihr fast leeres Glas. »Willst du noch eins?«

»Ich glaube, ich hatte genug«, sagte sie und schüttelte den Kopf.

Er sah sie lange an, lange genug, um sie zu verunsichern.

»Was?«

»Ich versuche gerade einzuschätzen, wie betrunken du wohl bist.«

»Ich bin nicht betrunken, ich will nur kein Bier mehr.«

Er lächelte, und sie hätte schwören können, dass seine Augen *glitzerten*. »Wenn das so ist, wollen wir dann vielleicht raus hier?«

Wieder lief ihr ein Kribbeln über den Rücken. »Okay.«

KAPITEL DREI

Als sie auf die Straße hinaustraten, griff Jeremy nach ihrer Hand, als wäre es das Normalste der Welt.

Endlich, dachte Melody und drückte seine Hand. *Ich habe es geschafft.*

Sie war stolz auf sich. Sie spürte so etwas wie Vorfreude.

Und dieses Gefühl musste sie wohl dazu gebracht haben, auf dem Bürgersteig vor dem Cask 'n Flagon stehen zu bleiben, ihre Hand in Jeremys Nacken zu legen und seinen Mund zu ihrem zu ziehen. Was ihr so gar nicht ähnlich sah. So jemand war sie eigentlich nicht – andererseits: Hier stand sie und tat *genau das.*

Sie hatte keine Erklärung dafür, abgesehen davon, dass sie die letzten paar Stunden damit verbracht hatte, den Mut aufzubringen, ihn rumzukriegen. Jetzt konnte sie ihn haben, und sie wollte nicht länger warten. Sie wollte sichergehen, dass er wusste, dass sie wollte. Denn das tat sie. *Und zwar aus vollem Herzen.*

Nach einem kurzen Augenblick der Überraschung küsste Jeremy sie enthusiastisch zurück. Seine Lippen waren warm und köstlich. Und weich. Wie kuschelige Kissen, in die man sich fallen ließ, mit nur einem Hauch Kratzigkeit von den Bartstoppeln um sie herum. Wenn sie nicht aufpasste, würde sie vollkommen in seine Lippen hineinschmelzen.

»Sorry«, murmelte sie, als sie sich voneinander lösten, um Atem zu holen. Aber eigentlich tat es ihr kein bisschen leid. »Das war wohl etwas direkt, oder?«

Er lächelte wieder *das* Lächeln – das, von dem ihr so schwummrig wurde. »Ich hoffe, es ist noch viel mehr davon dort, wo das herkam.« Seine Stimme war leise und rau und ließ sie erschaudern.

Sie standen ohnehin ganz nah beieinander, aber jetzt kam er noch näher und drückte seine Brust an ihre, legte die Hände auf ihren Hüften. Sein Haar fiel ihm erneut in die Stirn, und sie strich es ihm aus dem Gesicht. Er hatte eine perfekte Nase. Perfekte Zähne. Und dann diese tiefen Lachfältchen um seine Augen herum, als lächelte er ständig. Gott, er war wirklich hinreißend.

Er umfasste ihr Gesicht und fuhr ihr durchs Haar. Sein Atem war warm auf ihren Wangen, und sie stellte sich auf die Zehenspitzen, wie eine Sonnenblume, die sich der Sonne entgegenneigt.

Er lächelte innig und warm, als sehe er etwas Wunderschönes, dann küsste er sie erneut, so leidenschaftlich, dass sie es bis in die Fußspitzen spürte.

Sie hatte geglaubt, ihr erster Kuss sei wunderschön gewesen, aber das hier war etwas ganz anderes. So war Melody noch nie geküsst worden. Nicht von dem Typen mit der Kinnspalte in der Orientierungswoche oder von einem der Freunde, die sie in der

Highschool gehabt hatte. Das waren alles Anfänger gewesen im Vergleich zu Jeremy. Sein Kuss war ganz großes Kino. Bei Weitem das Beste, was sie in ihrem nicht besonders ereignisreichen Leben je erfahren hatte. Sie hätte ihn praktisch für immer küssen können. So gut war es.

Als sich seine Lippen von ihren lösten, stöhnte sie unwillkürlich auf – ein Geräusch, das in ein zufriedenes Seufzen überging, als er sich ihren Hals entlangküsste. Sie strich über seine Schultern, dann seine Arme, dann seine Hüften. Sie musste ihn einfach überall berühren. Sie drückte ihren Schenkel zwischen seine Beine und wurde mit einem tiefen Knurren belohnt, einem Knurren, das einfach – *wow* war. Sie hatte einen Typen zum Knurren gebracht. Das war ein Meilenstein für ihr Sammelalbum.

Melody konnte selbst kaum glauben, dass sie das hier tat. Hier, auf dem Bürgersteig. Vor einer Bar. Sie verachtete Leute, die in der Öffentlichkeit rummachten. Das hatte sie immer abstoßend gefunden. Und jetzt war sie eine von ihnen und hatte keinerlei Einwände. Null.

»Mein Auto«, keuchte Jeremy an ihrem Schlüsselbein. »Hier entlang.« Er deutete unbestimmt die Straße hinunter.

»Gut.« So viel Spaß sie hier auch hatten – in einer etwas privateren Umgebung konnten sie weitaus mehr davon haben. »Komm.« Sie nahm seine Hand und zog ihn mit sich.

Hand in Hand gingen sie zu einem Parkhaus ein paar Blocks weiter, und er hielt ihr die Beifahrertür eines glänzenden neuen Mercedes-Sportwagens auf. Er war mit Ledersitzen ausgestattet, und darin roch es nach Luxus – und nach Pommes.

Kaum, dass er sich hinters Lenkrad gesetzt hatte, griff Jeremy nach ihr. Er streichelte mit den Fingern ihre Wange, legte die Hand dann in ihren Nacken und zog sie zu sich.

Sie musste sich über die Schaltung beugen, um seine Lippen zu erreichen, und obwohl dieser Kuss großartig war – natürlich –, war er auch ein wenig unbeholfen. Sie waren einfach zu weit voneinander entfernt. Selbst als sie ein Bein anzog und sich zu ihm drehte, kam sie nicht nah genug an ihn heran. Er musste dasselbe Gefühl gehabt haben, denn er rutschte auf seinem Sitz herum und suchte nach einer besseren Position, während seine Zunge ihren Mund erkundete.

Ein lautes Hupen ließ sie auseinanderfahren. Er war aus Versehen mit dem Ellenbogen gegen die Hupe gekommen, und sie brachen beide in Lachen aus. »Ups«, sagte er und lächelte an ihrer Stirn.

Melody löste sich von ihm und sah ihn an. »Zu dir?«

Er verzog das Gesicht und strich ihr das Haar aus der Stirn. »Ich penne dieses Wochenende auf der Couch von meinem Freund Drew.«

»Okay«, sagte sie. »Also mein Zimmer im Wohnheim.« Zum Glück fuhr ihre Zimmergenossin jedes Wochenende nach Worcester, um ihren Freund zu besuchen.

Jeremy küsste sie erneut, aber sie schob ihn weg. »Ne-ein, mein Herr, wir starten jetzt den Wagen. Na los, zack-zack.«

Er warf ihr einen Blick zu – als könne er nicht glauben, was sie da gerade gesagt hatte, aber als wolle er ihr auch am liebsten die Kleider vom Leib reißen –, und das brachte ihre Entschlossenheit ins Wanken. Dann wiederum dachte sie an all die anderen Autos, die um sie herumstanden, und dass jede Sekunde jemand kommen konnte und dass sie auf keinen Fall dabei erwischt werden wollte, wie sie Sex in einem Parkhaus hatte. Sie stieß ihn noch einmal an, und er seufzte und wandte sich ab, um den Wagen zu starten.

»Na gut, na gut«, sagte er und verdrehte die Augen. »Ich mach ja schon zack-zack, meine Güte.«

•

Sie mussten natürlich mindestens anderthalb Kilometer von ihrem Studentenwohnheim entfernt parken. Und sie musste Jeremy peinlicherweise am Empfang anmelden, aber dann hatten sie es endlich in ihr Wohnheimzimmer geschafft.

Jeremy begann schon, sie zu küssen, bevor die Tür ins Schloss gefallen war. Ohne sich von seinen Lippen zu lösen, zog sie die Jacke aus und ließ sie zu Boden fallen, was sie vermutlich lieber nicht getan hätte, aber sie war zu sehr damit beschäftigt, diesen süßen Typen zu küssen, als dass es sie gekümmert hätte.

Seine Hände legten sich auf ihre Hüften, dann wurde sie hochgehoben und zum Bett getragen. Er legte sie auf die schmale Matratze und streckte sich neben ihr aus, den Kopf aufgestützt. Seine andere Hand lag auf ihrem Bauch und strahlte fast schon Hitze aus.

Er drückte seine Nase an ihre Wange, und sie drehte sich zu ihm, um ihre Lippen auf seine zu legen. Ihre Zungen trafen sich, erregt und suchend. Er beugte sich über sie, das warme Gewicht seines Körpers lastete auf ihr, und seine Hand glitt unter ihr T-Shirt.

Melody bekam eine Gänsehaut, als seine Fingerspitzen über

ihre Taille strichen, über ihren Bauch, ihren Brustkorb. Dann glitt seine Hand höher, fand ihre Brust und umfasste sie.

Ihr Herzschlag dröhnte in ihren Ohren, und sie hatte das Gefühl, nicht genug Luft zu bekommen.

Sie wollte das hier. Da war sie sich sicher. Aber irgendetwas war plötzlich anders.

Sie fühlte sich nicht mehr so wie auf dem Bürgersteig vor der Bar. Dort war sie schwerelos gewesen, frei von allen Sorgen, wie in einem Traum. Jetzt, im grellen Neonlicht ihres Wohnheimzimmers, als sie auf ihrem quietschenden Bett lag, mit Jeremys Hand auf ihrer Brust, fühlte es sich nicht mehr an wie ein Traum.

Sondern real.

Sie waren allein in ihrem Zimmer. Es passierte wirklich. Aber sie hatte den tödlichen Fehler gemacht, darüber *nachzudenken*, was passierte – und ab da begann alles schiefzugehen.

Bis jetzt war alles so schön gewesen. Sie war so verzaubert von Jeremys blauen Augen und den Grübchen in seinen Wangen, dass es ihr leichtgefallen war, nicht nachzudenken.

Wie etwa darüber, dass sich einem derart heißen und reichen Kerl vermutlich reihenweise Mädchen an den Hals warfen – und zwar keine nerdigen Bücherwürmer wie sie, sondern die Sorte, die sich ständig an den Hals heißer Kerle warf und folglich weit mehr Erfahrung darin hatte als sie.

Was praktisch ja auch der Grund für sie gewesen war, heute Nacht etwas Neues auszuprobieren. Mit jemand Neuem. Und Jeremy war so viel heißer als Victor. Nur dass sie jetzt, da er wirklich in ihrem Zimmer war, plötzlich Angst hatte, nicht zu wissen, was sie mit ihm tun sollte. Dass sie seinen Ansprüchen nicht genügen würde.

Er musste gespürt haben, dass etwas nicht in Ordnung war, denn er hörte auf, sie zu küssen, was so, so bedauerlich war. Sie seufzte frustriert.

»Alles okay bei dir?«, fragte er besorgt.

»Ja! Alles super!«, zwitscherte sie so heiter, wie sie sich nicht fühlte. Ihr Hirn musste dringend *zum Schweigen gebracht werden*. Dieser Typ war hinreißend, und was noch wichtiger war: Er schien wirklich nett zu sein. Sie wollte sich unbedingt locker machen und das hier genießen, statt von ihrem eigenen blöden Hirn gebremst zu werden.

Er schaute noch besorgter drein und rollte sich von ihr hinunter, und das – *arrgh* – war absolut nicht, was sie wollte. »Du bist nicht … du bist doch keine Jungfrau?«

»Nein! Meine Güte! Auf keinen Fall. Ich habe das absolut schon mal getan.«

Er atmete erleichtert aus. »Okay. Gut.«

»Ein Mal«, murmelte sie in Richtung Zimmerdecke. Eigentlich hatte sie das gar nicht zugeben wollen. Es rutschte ihr einfach heraus.

Sein Blick wurde ganz sanft, er legte die Hand auf ihren Arm und drückte ihn sanft. »Hey, wir müssen gar nichts tun, wenn du nicht willst. Wenn du dich nicht wohlfühlst …«

»Nein!«, protestierte sie. »Ich fühle mich wohl. Super wohl! Absolut total wohl. Ich will das. Ich will dich. Ich bin nur … ein bisschen nervös, glaube ich.«

Er lächelte sie aufmunternd an. »Du musst wegen mir auf keinen Fall nervös sein.«

Melody schnaubte. »Ja, das sagst du jetzt, aber du wirkst wie ein Typ mit ziemlich ausufernder Erfahrung auf diesem Gebiet.

Ich dagegen ... Ich habe bloß Angst, eine Enttäuschung zu sein, das ist alles.« Womit sie mal wieder viel zu viele persönliche Informationen preisgegeben hatte. Sie musste damit aufhören.

Merkwürdigerweise schien ihm das jedoch nichts auszumachen. »Melody«, sagte er und sah sie so eindringlich an, dass ihr Magen Purzelbäume schlug, »du wirst mich nicht enttäuschen, egal was heute Abend passiert oder auch nicht, okay?«

Sie gab ein hohes, zittriges Lachen von sich. »Diese Annahme zeigt nur, wie wenig du mich kennst. Denn ich bin ganz zufällig Expertin darin, einen Deppen aus mir zu machen.«

Er lächelte erneut – und o Gott, er hatte wirklich ein großartiges Lächeln. »Aber nicht heute.«

»Woher weißt du das? Du kennst mich doch gar nicht. Wenn du mich kennen würdest, wüsstest du, dass ich erschreckend gut darin bin, peinlich zu sein. Ich bin mir sicher, dass ich einen Weg finde, das hier total zu verbocken.«

Er schüttelte immer noch lächelnd den Kopf. »Du siehst das offenbar wie eine Führerscheinprüfung oder so. Oder als würdest du hinterher eine Note dafür bekommen.«

»Na ja«, sagte sie und warf ihm ihren besten *na eben*-Blick zu. »Ich meine, ist das nicht so?«

»Nein!« Er lachte. »Es wird hinterher keine Beurteilung geben. Es soll doch einfach Spaß machen. Es geht ja gerade darum, sich zu entspannen und einfach geschehen zu lassen, was gerade gut ist. Im Augenblick zu sein.« Er tippte ihr an die Stirn. »Denk nicht so viel, MIT.«

»Jaaaaa, siehst du, das ist eben das Problem. Nicht zu denken ist nicht gerade meine Stärke. Mein Hirn läuft eigentlich immer auf Hochtouren, und ...«

Er brachte sie mit einem Kuss zum Schweigen, und sie schmolz dahin. »Du denkst schon wieder«, murmelte er an ihren Lippen.

Sie atmete aus, es war eher ein Stöhnen, und er küsste sie erneut, länger und tiefer. *Scheiß drauf*, beschloss sie. War es nicht egal, dass sie nervös war? Sie war mit einem Typen zusammen, der süß *und* nett war – eine Kombination, die es in der freien Natur nur selten gab. Sie würde es auskosten.

Und zwar verdammt noch mal jetzt, in diesem Augenblick.

»Zu viel Stoff«, stöhnte sie und schob die Hände unter sein Hemd.

Er setzte sich auf und zog sich das Hemd über den Kopf, die Shorts hinunter, so dass er beeindruckend, wunderbar nackt war, abgesehen von grauen Calvin-Klein-Boxershorts. Melody atmete tief durch und tat es ihm nach, zog sich das Top aus und wand sich aus der schwarzen engen Jeans. In weiser Voraussicht hatte sie sich zuvor die Beine rasiert, ihren besten Spitzen-BH und ein passendes Höschen angezogen, obwohl ihr ein Szenario, in dem sich diese Vorbereitung als der Mühe wert erwies, zu dem Zeitpunkt noch wie reinstes Wunschdenken vorgekommen war.

Sein Blick war hungrig und intensiv, als er über ihren Körper glitt. »Du bist so schön«, sagte er, und sie fühlte, wie sie errötete. Doch bevor sie befangen werden konnte, küsste er sie schon wieder.

Melody richtete sich auf, um ihm auf halbem Weg entgegenzukommen, schloss die Augen und lebte den Augenblick.

•

Hinterher lagen sie ineinander verschlungen auf dem winzigen Bett, und endlich fühlte Melody sich vollkommen entspannt und zufrieden. Sie wünschte, dieses Gefühl in eine Flasche abfüllen und es immer mit sich herumtragen zu können.

»Geht es dir gut?«, fragte Jeremy und drückte ihr einen Kuss auf den Scheitel.

»Hmmm«, seufzte sie an seiner Brust. »Ging mir nie besser.«

»Gut.«

»Also war es in Ordnung, wie ich das alles gemacht habe?«, fragte sie, weil sie nicht anders konnte. Denn er schien es zwar genossen zu haben, aber sie musste es genau wissen. Für wissenschaftliche Zwecke.

Er gab einen Laut des amüsierten Staunens von sich. »Was habe ich dir gesagt? Das hier ist keine Prüfung. Es gibt keine Note.«

»Na ja, okay«, sagte sie etwas ungeduldig. »Aber wenn du mir eine Note geben müsstest, welche wäre es dann?«

Jeremys Brust vibrierte vor Lachen. »Du bist wirklich durchgeknallt, weißt du das?«

»Das hat man mir schon mal gesagt. Aber im Ernst, wenn du auf einer Skala von ...«

»Eindeutig eine Eins.«

Sie hob den Blick, um ihn anzusehen. »Wirklich?«

»Wirklich.« Die Grübchen in seinen Wangen erschienen wieder. »Sogar eine Eins plus.«

»Ja!«, rief sie und reckte triumphierend die Faust.

Er verdrehte die Augen und schüttelte leicht den Kopf.

Melody legte erneut den Kopf auf seine Brust. Wenn sie ganz still hielt, konnte sie seinen Herzschlag an ihrer Wange spüren.

Sie fragte sich, wie lange er wohl noch bleiben würde. Meist verschwanden Typen nach einem One-Night-Stand, oder? Aber Jeremy wirkte nicht so, als hätte er es eilig. Vielleicht war er ebenso müde wie sie. Und er war so warm und gemütlich. Sie hätte gar nichts dagegen, wenn er noch ein bisschen länger bliebe.

Sie kuschelte sich an ihn und ließ es zu, dass ihr die Augen zufielen.

•

Es begann gerade hell zu werden, als Melody aufwachte. Jeremy suchte nach seinen Sachen. Als sie die Augen öffnete, stand er vornübergebeugt und hob seine Kleider vom Boden auf, und sie genoss einen Augenblick lang die Aussicht, bevor sie sich aufsetzte. »Ich hätte dich nie für einen Frühaufsteher gehalten.«

Er drehte sich um und lächelte sie an. »Bin ich auch nicht, aber seit fünf Minuten ist die Parkuhr auf dem Parkplatz abgelaufen, auf dem mein Auto steht, und mein Dad hat gedroht, mich zu enterben, wenn ich auch nur ein weiteres Ticket bekomme.« Er zog seine Shorts an und griff nach seinem Hemd, das auf ihrem Schreibtischstuhl gelandet war.

»Wie schade, dass du heute wieder wegmusst.«

Er zog sein Hemd an und trat ans Bett, um sich auf die Kante zu setzen. »Hör mal, Melody ...«

»Mach keine Versprechungen«, sagte sie. »Letzte Nacht war perfekt. Bitte ruinier das nicht mit Lügen.«

Er nickte und fuhr mit dem Daumen über ihren Wangenknochen. »Drew hat bald seine Abschlussprüfungen, und ich weiß nicht, wann ich wieder nach Boston komme – oder ob ich überhaupt je wiederkomme.«

»Ist in Ordnung. Wirklich.« Und das stimmte. Nicht, dass sie ihn nicht mochte, aber sie hatte schließlich ein eigenes Leben zu leben, und er passte da nicht hinein.

»Aber wenn ich komme … kann ich dich dann anrufen?« Sie hatten bereits gestern Abend in der Bar Nummern getauscht, doch sie war nicht so naiv zu glauben, dass sie je wieder von ihm hören würde.

Sie biss sich auf die Unterlippe und nickte. »Keine Versprechungen.«

»Weißt du, wenn du je in L.A. bist …«

»Ja klar.«

Er neigte ein wenig den Kopf – genau jene Bewegung, die sie so hatte dahinschmelzen lassen. »Wenn du je in L.A. bist«, sagte er, »kannst du mich anrufen – wenn du willst. Und wenn ich dann Zeit habe, können wir uns vielleicht treffen. Okay?«

»Okay.«

Er küsste sie ein letztes Mal, ganz langsam, als genösse er es. »Pass auf dich auf, MIT.«

Und dann war er fort. Aus ihrem Leben verschwunden, für immer.

Sie kuschelte sich unter die Decke und schlief ein, träumte von seinen Grübchen und dem blöden Haar in seiner Stirn, noch nicht vollends bereit, ihn zu vergessen.

KAPITEL VIER

GEGENWART

Sechs Wochen vor Ende ihres letzten Studienjahres lief Melody in ihrem vollgestopften Einzimmerappartement auf und ab wie eine rastlose Großkatze im Zoo.

Dabei war ihr Appartement zum Auf- und Abgehen wirklich alles andere als geeignet: ein Rechteck mit einer winzigen Küche auf der einen und einem Bett auf der anderen Seite, dazwischen kaum genügend Raum für eine kaputte Couch – zurückgelassen von den Vormietern – und einen klapprigen IKEA-Bistrotisch, der zugleich als Schreibtisch herhalten musste. Melodys unüberwindbarer Hang zum Chaos machte die Sache nicht besser, und weil sie um all die Bücherstapel, verstreuten Computerteile, Wäschekörbe und einzelnen Schuhe auf dem Boden herumnavigieren musste, konnte sie kaum Schwung aufnehmen.

Nach ein paar Minuten ließ sie die Auf- und Abgeherei sein und sank auf die Couch.

Sie hatte ein Flugticket für das Vorstellungsgespräch in Los Angeles nächste Woche. Es gab also keinen guten Grund mehr, das hier aufzuschieben. Wenn sie es tun wollte, musste sie es jetzt tun – oder sich eingestehen, dass sie zu feige war.

Und warum sollte sie nicht feige sein dürfen. Das war nichts, wofür man sich schämen musste. Ihr Daumen schwebte über der Nummer in ihrer Kontaktliste – jener Nummer, die sie in den letzten drei Jahren kein einziges Mal gewählt hatte, von der sie auch nie angerufen worden war, die einfach nur in ihrer Kontaktliste ruhte, beinahe vergessen.

In drei Jahren konnte eine Menge passieren. In drei Jahren *war* eine Menge passiert.

Das ist eine dumme Idee.

Aber war es das wirklich? Sie kaute auf ihrer Unterlippe herum und dachte nach.

Was war das Schlimmste, das passieren konnte? Er konnte Nein sagen. Was unangenehm wäre, zugegeben, aber nur ungefähr fünf Sekunden lang, dann würde sie nie wieder mit ihm reden müssen. Diese Demütigung würde sie überleben.

Es war außerdem absolut möglich, dass er sich nicht an sie erinnerte – was ebenfalls unangenehm wäre, aber auch nicht das Ende der Welt. Er würde sich also entweder an sie erinnern oder nicht. Wenn nicht, würde sie sich einfach entschuldigen, seinen Namen aus ihrem Handy löschen und ihr Leben weiterleben. Kein großer Verlust.

Er *hatte* ihr gesagt, sie solle ihn anrufen, sollte sie je in Los Angeles sein. Klar, das war am Morgen nach ihrem One-Night-Stand gewesen, also war es gut möglich, dass er es nicht so gemeint hatte.

Nur ... es hatte sich so ehrlich angefühlt? Vielleicht war sie zu naiv, oder vielleicht log er einfach besser als andere Typen, aber sie hatte tatsächlich das Gefühl gehabt, er hoffe, dass sie anrufen würde.

Na ja, wem machte sie da etwas vor? Vermutlich war sie einfach nur naiv.

Andererseits war er tatsächlich der einzige Mensch, den sie in L.A. kannte, und wenn sie vielleicht, möglicherweise dorthin ziehen musste, wäre es nicht schlecht, eine Verbindung zu jemandem zu haben.

Immerhin versuchte sie gerade einen Neuanfang. Sie musste sich für neue Beziehungen öffnen, das hatte auch ihre Therapeutin gesagt. Sie musste neue Freunde finden. Sich wieder hinaus in die Welt begeben. *Weiterleben.*

Und das hier könnte ein erster Schritt auf dem Weg dorthin sein.

Scheiß drauf. Sie tippte auf die Nummer, bevor sie es sich anders überlegen konnte.

Jeremy ging nach dem zweiten Klingeln ran. »Melody?«

Okay, er hatte ihre Nummer noch gespeichert, ein gutes Zeichen. Aber er hatte ihren Namen wie eine Frage ausgesprochen, als könne er sich entweder nicht genau erinnern, wer sie war, oder als könne er nicht glauben, dass sie ihn allen Ernstes anrief – was wiederum nicht so gut war.

»Jeremy. Hey ... ähm ... ich weiß nicht, ob du dich an mich erinnerst, aber ...«

»Ich erinnere mich. Das MIT-Mädchen.«

»Ja«, sagte sie und atmete aus. »Das bin ich.«

»Wow, das ist ewig her.«

»Stimmt. Ich weiß, dass das jetzt vielleicht wahnsinnig seltsam klingt, aber du hattest damals gesagt, sollte ich je in Los Angeles sein ...«

»Du bist in L.A.?« An seinem Tonfall konnte sie nicht erkennen, ob er sich darüber freute oder davor fürchtete, aber eins von beiden war definitiv der Fall.

»Noch nicht«, erklärte sie und hoffte, nicht wie eine irre Stalkerin aus seiner Vergangenheit zu klingen, »aber ich habe dort nächsten Freitag ein Bewerbungsgespräch, und ich kenne in Los Angeles sonst niemanden, also dachte ich, wenn du Zeit hast, vielleicht könnten wir uns auf einen Kaffee oder so treffen, und dann könntest du mir dabei helfen zu entscheiden, ob ich dort wohnen will.«

Moment – hörte sich das so an, als erwartete sie, dass er mit ihr schlafen würde? Als wäre sie auf Sex aus?

»Ich meine, du könntest mir ein paar Fragen beantworten«, fügte sie hastig hinzu, bevor er reagieren konnte. »Zum Beispiel, wie teuer das Wohnen ist, welche Viertel die besten sind, so was. Ich könnte das natürlich alles auch googeln. Kein Druck.«

»Kaffee klingt gut.« Sie war sich nicht hundertprozentig sicher, aber es klang ein wenig so, als lächelte er. »Wo ist dein Bewerbungsgespräch?«

»Glendale?«

»Perfekt, das ist in der Nähe von meiner Arbeit. Keiner von uns beiden muss sich durch den Verkehr quälen.«

»Ich bin sicher gegen vier fertig.«

»Wie wäre es, wenn wir uns um fünf treffen? Es gibt ein Coffee Bean & Tea Leaf auf dem Brand Boulevard.«

»Klingt gut. Dann sehen wir uns nächsten Freitag.«

Sie beendete das Telefonat, und ein albernes Grinsen breitete sich auf ihrem Gesicht aus. Das Herz hämmerte ihr im Brustkorb, und sie war ganz aufgedreht vor Erleichterung. Was lächerlich war. Es war wirklich keine große Sache. Sie erwartete schließlich nicht, das wieder etwas zwischen ihnen passierte. Sie wollte nur ein paar Ratschläge unter Freunden. Er war nicht einmal ihr Typ, soweit sie sich überhaupt noch an ihn erinnerte.

Es war absolut egal. Zwanglos. Absolut zwanglos.

•

Das Bewerbungsgespräch dauerte ziemlich lange, was hoffentlich ein gutes Zeichen war, aber auch bedeutete, dass Melody sich beeilen musste, um pünktlich zu ihrer Verabredung mit Jeremy zu kommen.

Zum Glück war das Café in Laufnähe. Zu ihrem Unglück trug sie jedoch High Heels und einen schwarzen Blazer, und die kalifornische Sonne knallte auf sie herab.

Verschwitzt, keuchend und ein wenig humpelnd öffnete sie die Tür des Coffee Bean & Tea Leaf und schaute sich in dem kleinen Raum um. Sie glaubte, sich gut genug an Jeremy zu erinnern, um ihn auf Anhieb wiederzuerkennen, aber Menschen konnten sich in drei Jahren sehr verändern.

Melody selbst war der Beweis dafür. Der Emma-Watson-Pixie-Cut aus ihrem ersten Studienjahr war langen braunen Wellen gewichen, sie trug jetzt eine Brille, und ihr Interview-Power-Anzug und die zehn Zentimeter-Absätze hatten nichts mit den Jeans und der Lederjacke gemein, die sie getragen hatte, als sie sich begegnet waren. Und das waren nur die körperlichen Veränderungen.

Auch sonst war sie ein ganz anderer Mensch als damals in Boston. Das abenteuerlustige, mutige Mädchen, das einen gutaussehenden Fremden aus der Bar mit nach Hause genommen hatte, war nur noch eine blasse Erinnerung.

Sie erkannte Jeremy sofort. Er saß allein an einem Tisch am Fenster und starrte auf sein Handy. Sein Haar war viel kürzer, und er trug einen Anzug statt des spießigen Looks von vor drei Jahren, und doch war es eindeutig er.

Ihre Erinnerung hatte ihr nichts darüber vorgegaukelt, wie gut er aussah. Vielleicht sah er sogar noch besser aus. Was beinahe nicht möglich sein konnte, aber da saß er nun, schön wie ein griechischer Gott in Anzug und Krawatte.

Alles war gut.

Nichts, weswegen man durchdrehen musste. Es war nur ihr erstes Date seit fast einem Jahr. Nicht, dass das hier ein Date im engeren Sinne war. Immerhin versuchte sie nicht, mit ihm auszugehen. Sie frischte nur eine Bekanntschaft auf. Einfach Networking.

Atmen. Versuch, nicht darüber nachzudenken, wie hinreißend er ist.

Melody ging zwischen den Tischen und Stühlen hindurch und packte den Henkel ihrer Umhängetasche so fest, dass ihre Finger kribbelten. »Jeremy?«

Er schaute hoch, und sein Mund öffnete sich überrascht. »Melody? Bist du das? Wow.«

»Ja, könnte sein, dass ich ein bisschen anders aussehe«, sagte sie und fasste sich ans Haar.

Er stand auf und begrüßte sie mit einem zarten Kuss auf die Wange. »Gefällt mir.« Sein Lächeln war kein bisschen weniger umwerfend, so viel stand schon mal fest. Und seine Augen waren noch immer genauso blau. »Steht dir sehr gut.«

Sie fühlte, wie sie rot wurde, und zog den Kopf etwas ein. Hoffentlich bemerkte er es nicht. »Tut mir leid, dass ich so spät komme. Sie haben mich länger aufgehalten, als ich dachte.«

»Das ist okay. Ich habe noch nicht bestellt. Was möchtest du?«

»Einen fettarmen Vanilla-Latte?«

»Kommt sofort.« Er zwinkerte ihr flirtend zu, wovon sie noch heftiger errötete, und machte sich auf den Weg zur Theke, um zu bestellen.

Während Jeremy ihre Getränke holte, ging Melody zur Toilette, um sich schnell etwas frisch zu machen. Ihr Spiegelbild bestätigte, dass der Marsch hierher ihr Gesicht hatte rot und glänzend werden lassen, und ihr Lippenstift hatte sich in Luft aufgelöst.

Sie versuchte, sich mit Papiertüchern den Schweiß von ihrem Gesicht und unter den Achseln wegzutupfen, dann erneuerte sie ihr Make-up. Als sie wieder präsentabler aussah, atmete sie ein paarmal tief durch, um ihre Nerven zu beruhigen, und ging hinaus, um der absolut platonischen Kaffeeverabredung mit ihrem übermenschlich heißen One-Night-Stand von vor drei Jahren entgegenzutreten.

Jeremy saß bereits mit ihren Getränken am Tisch und stand auf, als sie näher kam. Er wartete, bis sie Platz genommen hatte, ehe auch er sich wieder setzte. Er war hinreißend *und* hatte immer noch gute Manieren. Sie hatte beinahe vergessen, dass es solche Männer gab.

»Danke für den Kaffee«, sagte sie und griff nach dem Becher. Er war noch zu heiß zum Trinken, also nahm sie den Deckel ab und blies darauf.

Jeremy lächelte und schüttelte leicht den Kopf. »Ich kann gar nicht glauben, dass du es wirklich bist.«

Sie gab ein nervöses Lachen von sich. »In Fleisch und Blut«, sagte sie und versuchte, cool und lässig und nicht vollkommen von der Rolle zu klingen. Ihr Plapperreflex drohte schon wieder einzusetzen, daher nahm sie als Gegenmaßnahme einen vorsichtigen Schluck Kaffee, um ihn im Keim zu ersticken.

Mist! Au! Viel zu heiß. Sie schluckte die glühend heiße Flüssigkeit und versuchte, nicht so auszusehen, als hätte sie sich gerade höllisch die Zunge verbrannt. So viel zu cool und lässig.

»Weißt du, was echt lustig ist?«, fragte Jeremy. »Ich habe erst neulich an dich gedacht.«

Melody vergaß sofort ihre verbrannte Zunge. »Wirklich?«

»Ja, ich dachte, ich hätte dich vor ein paar Wochen auf dem Flughafen von Chicago gesehen.«

»Da war ich noch nie.«

»Die Frau sah genauso aus wie du früher, weißt du, mit dem kurzen Haar. Jedenfalls habe ich mich gefragt, was du wohl so machst und wie es dir geht.« Er grinste und lehnte sich zurück. »Und jetzt bist du hier. Verrückt, was?«

»Total«, stimmte sie zu und senkte den Blick. Dieses Lächeln war wirklich unfair. Es war wie eine Sonnenfinsternis: faszinierend, aber viel zu gefährlich, als dass man direkt hinsehen konnte.

»Also, wie lief dein Bewerbungsgespräch?«

Sie legte die zitternden Hände in den Schoß, damit er nicht sehen konnte, wie nervös sie war. »Ziemlich gut, glaube ich. Sie scheinen mich zu mögen, und ich glaube, ich habe es geschafft, nicht wie der letzte Volltrottel dazustehen, also drücken wir mal die Daumen.«

»Du hattest damals gerade mit dem Studium angefangen, oder? Und hast dieses Jahr deinen Abschluss gemacht?«

Sie nickte, beeindruckt, dass er sich noch so genau erinnerte. »In ein paar Wochen ist es so weit. Also ist die Zeit des Arbeitsmarktes angebrochen – daher auch das Bewerbungsgespräch.«

»Wie schön für dich.«

Sein Haar sah so kurz noch viel besser aus. Auf dem Kopf war es auf attraktive Weise verwuschelt, an den Seiten kurz und glatt wie Samt. Sie hätte es am liebsten berührt, um herauszufinden, ob es sich so gut anfühlte, wie es aussah.

Melody räusperte sich und griff erneut nach dem Kaffee. »Und was ist mit dir? Bist du wieder an die Uni gegangen?«

Sein Lächeln wurde etwas schief. »Ja, und ob du es glaubst oder nicht, ich habe aufgehört, vor meinen Schwierigkeiten davonzulaufen und mich ernsthaft angestrengt. Ich bin fast so was wie ein echter Erwachsener geworden.« Er deutete auf seinen Anzug. »Habe einen Wirtschaftsabschluss und einen Job und so.«

»Das ist toll – ich meine, wenn du auch glücklich damit bist.« Er wirkte überhaupt nicht glücklich damit.

Er zuckte die Achseln. »Es ist nicht so schlimm, wie ich dachte. Manchmal vermisse ich die alten Zeiten, als ich ständig auf Partys gehen konnte, aber meistens bin ich ganz froh, dass ich nicht mehr dieser Typ bin.« Es klang fast, als versuche er, sich selbst ebenso sehr davon zu überzeugen wie sie. Er setzte sich auf seinem Stuhl zurecht, richtete sich auf und reckte die

Schultern. »Also, was ist das für ein Job, für den du dich beworben hast?«

»Unternehmens-IT.«

»Genau das, was du wolltest.« Wow, er erinnerte sich wirklich.

»Ja.« Sie spürte, wie sie wieder rot wurde. »Es ist nur ein Einstiegsjob, aber mit einer Menge Luft nach oben.«

»Welches Unternehmen?«

»Sauer Hewson Aerospace.«

Er brach in Lachen aus. »Du machst Witze.«

»Was?«

Er schüttelte belustigt den Kopf. »Wir haben uns nie unsere Nachnahmen verraten, oder? Du weißt es wirklich nicht.«

»Was denn?«, fragte sie leicht verärgert. »Was hat dein Nachname damit zu tun?«

»Mein Nachnahme ist Sauer«, sagte er grinsend. »Meine Mutter ist die Firmenchefin.«

Melody starrte ihn mit offenem Mund an. »Deine Mutter ist Angelica Sauer? Du willst mich doch auf den Arm nehmen. Das ist ein Scherz.«

Er griff in die Brusttasche seines Jacketts und holte einen Sauer-Hewson-Sicherheitsausweis heraus. Darauf war ein Bild von ihm und sein Name: Jeremy Sauer.

»O mein Gott!« Sie schlug die Hand vor den Mund. »Ich glaub's nicht. Ich hatte ja keine Ahnung. Ich hätte nie ... wenn ich gewusst hätte ... ich meine, ich habe natürlich auf keinen Fall versucht ...«

Jeremy lachte erneut und steckte seinen Ausweis in die Tasche zurück. »Schon okay, Melody.«

Was war das für ein irrer Zufall?

»Warte«, sagte sie. »Wenn deine Mutter Angelica Sauer ist, bedeutet das, dass dein Vater ...« Sie verstummte, denn Jeremys Blick verfinsterte sich.

»Genau«, sagte er und biss die Zähne zusammen.

Vor ihrem Bewerbungsgespräch hatte sie eine Menge über Sauer Hewson recherchiert und herausgefunden, dass Angelica Sauer die Stellung als CEO von ihrem Ehemann übernommen hatte, dem Firmengründer, der an Bauchspeicheldrüsenkrebs verstorben war. »O Jeremy, das tut mir so leid.«

Er senkte den Blick. »Danke.«

»Das war vor drei Jahren, oder? Ungefähr zu der Zeit, als wir ... ähm ... du weißt schon ... uns kennengelernt haben?«

Er nickte grimmig. »Dad bekam die Diagnose eine Woche, nachdem ich zurück aus Boston war. Die Ärzte gaben ihm drei bis sechs Monate – er schaffte nur zwei.«

Melody griff über den Tisch nach seiner Hand. »Es tut mir so leid. Das muss furchtbar gewesen sein.«

»Lustigerweise«, sagte er und schaute auf seine Hände, »denke ich oft an jenes Wochenende in Boston zurück. Das war praktisch meine letzte unbeschwerte Zeit. Das letzte Mal, dass mein Leben noch frei von Kummer war. Danach ...« Er presste die Lippen zusammen und schüttelte den Kopf. »Na ja, ich fürchte, ich bin danach sehr schnell erwachsen geworden.«

»Ich kann mir das gar nicht vorstellen«, sagte sie, obwohl das nicht stimmte. Sie wusste nur zu gut, wie sehr einen solch eine Tragödie verändern konnte – dass man einfach nicht mehr derselbe Mensch war, wenn man daraus wieder auftauchte. Sie selbst hatte im letzten Jahr jemanden verloren, und das hatte

Narben hinterlassen. Kein Elternteil wie Jeremy, aber jemanden, den sie geliebt hatte. Jemanden, von dem sie geglaubt hatte, dass sie ohne ihn nicht leben könne.

Jeremy lächelte knapp, und sie interpretierte es so, dass er wohl lieber über etwas anderes sprechen wollte – auch dieses Gefühl kannte sie. Oh, wie gut sie es kannte.

Sie ließ seine Hand los und griff nach ihrem Kaffeebecher. »Erzähl mir von deinem Job«, sagte sie und zwang sich, heiter zu klingen. »Welche Rolle spielen Sie in Ihrem Familien-Business, Mr. Sauer?«

Er warf ihr einen dankbaren Blick zu und begann, über die Arbeit zu reden. Er nahm an einem sogenannten Challenger-Programm teil, wo Management-Trainees zwölf Monate lang verschiedenen Abteilungsleitern zugeordnet wurden und mehr über das Geschäft lernten. Im Moment arbeitete er unter dem Finanzchef, aber im letzten Jahr hatte er für den Leiter der Informationstechnologie gearbeitet. Daher kannte er viele Leute aus der IT-Abteilung, einschließlich der Abteilungsleiterin, mit der Melody ihr Einstellungsgespräch geführt hatte.

Sie sprachen über einige der größeren Projekte, an denen im Unternehmen gearbeitet wurde, und diskutierten dann die Vor- und Nachteile des Lebens in Los Angeles.

Die Vorteile: Es war sonnig und praktisch das ganze Jahr über fünfundzwanzig Grad warm.

Die Nachteile: Der Autoverkehr war katastrophal, und es gab so gut wie keinen anständigen öffentlichen Nahverkehr.

Je länger sie sich unterhielten, desto mehr wollte Melody diesen Job. Sie wollte ihn sehr. Sie hatte sich noch bei einer anderen Firma in der Nähe von Seattle beworben, aber die war kleiner, und das Einstiegsgehalt war im Verhältnis zu den Lebenskosten nicht besonders gut. Abgesehen davon schien in Seattle nur ungefähr siebzig Tage im Jahr die Sonne, was wirklich empörend war. Wenn Melody in ihren vier Jahren in Boston eins gelernt hatte, dann dass sie zu Winterdepressionen neigte. Da war Seattle alles andere als die beste Wahl.

Los Angeles hingegen schien ihr geradezu perfekt.

Und es war nicht nur die Stadt, die sie immer mehr zu interessieren begann. Mit Jeremy kam sie ebenso gut ins Gespräch wie vor drei Jahren. Fast so, als spreche sie mit einem alten Freund, sie konnten genau da anknüpfen, wo sie aufgehört hatten. Sie fühlte sich erstaunlich wohl bei ihm – und seit Langem wieder wie ihr altes Selbst.

So vergingen zwei Stunden, bis Jeremy einen Blick auf sein Handy warf. »Mist, ist es schon so spät?«

»Hast du noch etwas vor?«, fragte sie und bereute es im selben Augenblick. »Natürlich hast du noch etwas vor. Was rede ich da? Es ist Freitagabend. Tut mir leid. Ich wollte dich nicht so lange aufhalten.«

»Schon gut«, sagte er und stand auf. »Wenn ich jetzt gehe, habe ich noch Zeit, einen Tisch zu reservieren.« Dann, beinahe entschuldigend, fügte er hinzu: »Ich treffe mich mit meiner Freundin.«

»Oh«, sagte Melody und fühlte sich ein wenig, als hätte man ihr einen Kübel kaltes Wasser über den Kopf gekippt. »Klar. Natürlich.«

Sie machte sich hier lächerlich und musste dringend damit aufhören, sofort. Es war völlig in Ordnung, dass er eine Freundin hatte. Es war ihr völlig egal. Und es war gar nicht merkwürdig, dass er sie bisher mit keinem Wort erwähnt hatte. Kein bisschen merkwürdig. Nur ... irgendwie war es das doch, oder?

Schweigend nahm sie ihre Tasche und stellte ihren leeren Kaffeebecher in das Regal mit dem schmutzigen Geschirr. Jeremy hielt ihr die Tür auf, und sie traten hinaus auf den Bürgersteig, um sich voneinander zu verabschieden.

Sie wusste nicht recht, was sie sagen sollte – sie waren keine Freunde, aber Fremde waren sie auch nicht. Melody hatte keine Ahnung, *was* genau sie waren oder ob sie ihn wiedersehen würde. Sie wusste nur, dass die ganze Situation plötzlich irgendwie peinlich war.

»Wann fliegst du zurück nach Boston?«, fragte er.

»Morgen früh.«

Er nickte, dann machte er eine bedeutungsschwere Pause. »Soll ich dich irgendwo absetzen?«

Sie schüttelte den Kopf und schob ihren Daumen unter den Henkel über ihrer Schulter. »Ich habe einen Mietwagen.«

»Dann ist das wohl fürs Erste ein Abschied.« Wieder eine Pause. »Es war schön, dich wiederzusehen, Melody.«

»Fand ich auch.« *Es gibt absolut keinen Grund, sich so komisch zu fühlen.* Sie hatte nur einen alten Bekannten wiedergetroffen und vielleicht sogar einen nützlichen Businesskontakt geknüpft. Das hier war völlig harmlos und unschuldig und haargenau das, was sie erwartet hatte. »Danke für den Kaffee. Und dafür, dass du Zeit gefunden hast, mich zu treffen.«

Er beugte sich zu ihr hinunter und küsste sie auf die Wange. Es war ein kurzer, flüchtiger Kuss, und er fühlte sich an wie etwas, was er mit all seinen weiblichen Bekannten tat – nicht nur mit denen, mit denen er geschlafen hatte. »Du rufst an und sagst mir, ob du den Job bekommen hast, okay?«

»Klar«, sagte sie, war sich aber keineswegs sicher, ob sie das tun würde.

Jeremy schenkte ihr ein Lächeln und wandte sich zum Gehen. Sie schaute ihm nach, hin- und hergerissen und ein wenig peinlich berührt.

Sie war froh, dass sie den Mut aufgebracht hatte, ihn um ein Treffen zu bitten, aber sie hatte sich von der Stimmung davontragen lassen, und das war ein Fehler gewesen. Auch wenn es schön war, zu wissen, dass sie noch in der Lage war, derartige Gefühle zu haben – Jeremy hatte nun mal eine Freundin. Und das absolut Allerletzte, was Melody wollte, war, sich jetzt auf jemanden einzulassen.

Dafür war sie nicht bereit. Nicht nach all dem, was mit Kieran passiert war, ihrem letzten Freund – Ex-Freund? Ehemaligem Freund? Seligem Freund? Mist. Das klang ja, als wäre er ein Heiliger und nicht …

Jedenfalls war es eine Erleichterung, zu wissen, dass Jeremy nicht zu haben war. So würde es keine Versuchungen oder Missverständnisse geben – auf beiden Seiten nicht.

Alles war in Ordnung. Alles war großartig. Konnte gar nicht besser sein.

KAPITEL FÜNF

GEGENWART

Zwei Wochen nach ihrem Vorstellungsgespräch in Los Angeles bot Sauer Hewson Melody eine Stelle an – und es war ein wirklich ausgezeichnetes Angebot, viel besser als das der Firma in Seattle.

Es war ihr Traumjob. Das Gehalt war nicht nur gut, sondern sogar lebensverändernd. Kaum, dass sie das Telefonat mit der Personalerin beendet hatte, tanzte sie gute fünf Minuten lang durch ihre Wohnung und feierte ihren Erfolg.

Erst, als die erste Begeisterung ein wenig abgeflaut war, kam ihr in den Sinn, dass sie den Job vielleicht nicht nur aufgrund ihrer Qualifikationen bekommen haben könnte.

Sofort nahm sie ihr Handy und scrollte durch die Kontakte. Sie musste wissen, ob er dahintersteckte.

»Hey!«, sagte Jeremy, als er ranging. »Ich hatte gehofft, von dir zu hören. Gibt's was Neues?«

»Ich hab den Job.« Melody war immer noch ein wenig außer Atem von ihrer spontanen Tanzparty. »Sauer Hewson hat mir gerade ein Angebot gemacht. Ein sehr gutes Angebot, um genau zu sein. Fast zu gut, um wahr zu sein.«

»Toll! Herzlichen Glückwunsch! Hast du schon entschieden, ob du es annehmen willst?«

Sie biss sich auf die Lippe. »Hattest du etwas damit zu tun, Jeremy? Sag mir die Wahrheit.«

»Ich? Natürlich nicht.«

Sie schwieg, unsicher, ob er log oder nicht.

»Melody, ich schwöre, ich habe mich da nicht eingemischt. Ich habe mit niemandem in der Firma über dich gesprochen. Du hast dir diesen Job ganz allein verdient.«

Sie atmete tief aus. Vermutlich hatte sie sich mit ihrer verrückten Annahme lächerlich gemacht. Warum um alles in der Welt sollte er so etwas für sie tun? Welches Interesse konnte Jeremy Sauer daran haben, dass sie in der Firma seiner Familie anfing?

»Tut mir leid«, sagte sie. »Ich hätte auch nicht damit gerechnet, aber ich musste es genau wissen.«

»Schon okay. Um ehrlich zu sein, habe ich tatsächlich kurz darüber nachgedacht, fand aber, dass du meine Hilfe nicht brauchst. Und ich hatte recht. Nimmst du das Angebot denn nun an?«

»Habe ich schon. Ich fange nächsten Monat an.«

•

Melody nahm sich ein paar Tage frei von den Vorbereitungen auf ihre Bachelorabschlussprüfung, um nach Los Angeles zu fliegen und dort eine Wohnung zu suchen.

Jeremy hatte ihr freundlich angeboten, ihr dabei zu helfen, und sie hatte ihm ebenso freundlich gedankt und gesagt, sie schaffe das auch allein. Sie schlug ein neues Kapitel in ihrem Leben auf und wollte sich dabei weder von Jeremy Sauer noch von irgendwem sonst abhängig machen.

Nicht, dass es unter ihrer Würde gewesen wäre, professionelle Hilfe in Anspruch zu nehmen – Sauer Hewson bezahlte ihr ein Umzugsunternehmen und einen Makler für die Wohnungssuche, und sie war fest entschlossen, diese Unterstützung ausgiebig zu nutzen.

Der Makler hieß Santiago und sah aus wie ein Filmstar. Melody verbrachte einen ganzen Tag lang damit, sich in Santiagos makellosem schwarzen Mercedes-Cabrio mit offenem Dach herumkutschieren zu lassen. Sie lehnte sich in den weichen Ledersitzen zurück und fühlte sich mit der Sonnenbrille im Gesicht glatt selbst wie ein Filmstar.

Sie schauten sich fast ein Dutzend verschiedene Apartments an, die infrage kamen, bis sie schließlich den Mietvertrag zu einer modernen Zwei-Zimmer-Wohnung unterschrieb, die nur zwanzig Minuten von ihrer neuen Arbeitsstelle entfernt lag. Während der Makler des Hauseigentümers den Vertrag kopierte, schickte Melody Fotos von ihrer neuen Wohnung mit all ihren schicken Details an ihre Mom.

O MEIN GOTT IST DIE TOOOOOOLL, schrieb Mom zurück, gefolgt von einer Reihe Ausrufezeichen und Herzchen-Emojis.

Es war zwar nicht das allerschickste Appartement in L.A., aber viel schöner als jede Wohnung, in der Melody je gewohnt hatte. Als sie klein war, waren sie und ihre Mom von einer schäbigen Wohnung und einem verfallenen Mietshaus ins nächste gezogen, immer in dem Bemühen, den Gläubigern einen Schritt voraus zu sein. Sie würde nie vergessen, wie sie einmal hastig ihre wenigen Habseligkeiten zusammenpackten, weil sie mitten in der Nacht das Haus verlassen mussten, um nicht zwangsgeräumt zu werden.

Mit ihrem neuen Job jedoch konnte sie sich diese Wohnung – mit zwei Zimmern, einem kleinen Outdoor-Gemeinschafts-Pool, einer funktionierenden Heizung und einem Teppich, der nicht nach Katzenpisse stank oder an den Fußsohlen klebte – locker leisten. Sie konnte kaum glauben, dass das alles kein Traum war.

Melody wusste nicht wirklich anders zu leben als von der Hand in den Mund. Geld war immer eine drückende Sorge gewesen, die stets in ihrem Unterbewusstsein lauerte.

Und jetzt? Jetzt konnte sie sich diese absolut hübsche Wohnung leisten, ein Auto leasen, etwas zu essen kaufen, ihren Studienkredit abbezahlen *und* würde sogar noch Geld zur Seite legen können. Es war Wahnsinn.

Um zu feiern, ging Melody zum Abendessen in ein schickes Restaurant am Strand von Santa Monica und gönnte sich eine Flasche Champagner und den Hummer Thermidor. Was auch immer Hummer Thermidor war, es klang nach etwas, was reiche Leute aßen, und heute wollte sie sich genauso fühlen: schick und reich – auf Hummer-Thermidor-Champagner-Niveau.

Sie trank ihren Champagner und sah aus dem Panoramafenster auf den Pier von Santa Monica, während die Sonne im Pazifik versank. Der Hummer Thermidor war lecker, aber kaum den exorbitanten Preis wert. Rückblickend hätte sie wohl besser das Steak gewählt. Wieder eine Lektion gelernt. Zum Nachtisch bestellte sie ein Stück Mousse-au-Chocolat-Kuchen, der so mächtig war, dass sie nur ein paar Bissen davon herunterbekam.

Der Champagner war ihr zu Kopf gestiegen. Als sie bezahlt hatte, ging sie ein wenig am Strand spazieren, um wieder einen klaren Kopf zu bekommen. Der Himmel hinter den scherenschnittartigen Silhouetten der Palmen war bernsteinfarben, als läge ein Polaroid-Fotofilter darüber, und sie fühlte sich so lebendig wie seit Langem nicht mehr. Auf merkwürdige Weise wie in einem Traum, als sei sie in das Leben eines anderen Menschen getreten.

Sie verschränkte die Arme vor der Brust, um sich vor der kühlen Meeresbrise zu schützen, schaute hinaus auf die dunklen, brechenden Wellen und versuchte zu glauben, dass dies ganz genau der Neuanfang war, den sie brauchte.

Ab heute würde alles besser werden.

Es musste einfach.

·

Nachdem sie ihre mündliche Prüfung mit Bravour hinter sich gebracht hatte, schrieb Melody ans MIT, damit man ihr das Zeugnis an die neue Adresse in Los Angeles schickte. Dann stopfte sie ihr ganzes Leben in ein paar Pappkartons, zeigte Boston den Mittelfinger und zog ans andere Ende des Landes.

Das Erste, was sie tat, als sie in L.A. ankam, war, einen neuen Fiat 500 zu leasen – der erste Neuwagen, den sie je besessen hatte.

Adieu, öffentlicher Nahverkehr! Kein Ausweichen vor undefinierbaren Körperflüssigkeiten mehr, kein Kampf um Sitzplätze mit Betrunkenen, breitbeinig dasitzenden Männern und Leuten, die meinen, ihr Rucksack verdiene einen eigenen Sitz! Hallo, Berufsverkehr und Kampf um die wenigen Parkplätze mit den anderen sechs Millionen L.A.-Autofahrern!

Melody hatte noch nie so viel Geld auf einmal besessen, und die Vorstellung, es ein bisschen krachen zu lassen, war verführerisch. Doch zum Glück – oder traurigerweise, wie man es nahm – war sie viel zu vernünftig, um wirklich etwas Leichtfertiges zu tun. Sie gab die Hälfte ihres Antrittsbonus für Business-Outfits und ein paar Möbelstücke aus, die andere Hälfte legte sie zurück. Außerdem kaufte sie ein nagelneues Sofa und eine Matratze – im Ausverkauf natürlich –, danach beschränkte sich sie auf Secondhandläden und Discounter.

Sie schaffte es einfach nicht, das Geld mit vollen Händen auszugeben, dazu hatte sie zu lange auf jeden Cent achten müssen. Die Erinnerung daran, wie eine kleine, unerwartete Ausgabe wochenlang schmerzen konnte – oder sogar monatelang –, saß so tief, dass sie sie nicht beim Anblick eines einzigen, dicken Schecks einfach so hinter sich lassen konnte. Jeden Dollar, den Melody ausgab, drehte sie drei Mal um und überzeugte sich davon, dass es in Ordnung war, dass sie es sich leisten konnte, dass sie vernünftig war.

Halb fürchtete sie, das Geld könne sich als eine Art Fehler oder grausamer Streich herausstellen. Dass Sauer Hewson anrufen, den Scheck zurückfordern und ihr sagen würde, dass das alles ein Missverständnis gewesen sei, dass eigentlich jemand anders die Stelle hätte bekommen sollen. Nicht sie. Natürlich nicht. Denn wie konnte dies ihr Leben sein?

In der Nacht vor ihrem ersten Arbeitstag lag Melody in ihrem neuen Bett in ihrer neuen Wohnung und starrte an die fremde Zimmerdecke. Die Geräusche dieser seltsamen Stadt bei Nacht waren ungewohnt – der Verkehr draußen, das Rumpeln der Eiswürfelmaschine in ihrem Kühlschrank, die gedämpften Stimmen und Schritte ihrer Nachbarn.

Die neuen Laken kratzten leicht, ihre Haut fühlte sich gereizt und viel zu empfindlich an. Vielleicht reagierte sie allergisch auf das Waschmittel, das sie gekauft hatte. Oder es war die Luft in Los Angeles. Der Smog hier war angeblich der schlimmste im ganzen Land. Was, wenn sie allergisch auf die Stadt reagierte?

Was, wenn ihre neuen Kollegen sie nicht mochten? Was, wenn ihr Chef sie nicht leiden konnte? Was, wenn sie nicht gut genug war und die anderen begriffen, dass es ein Fehler gewesen war, sie einzustellen?

Melody wälzte sich auf die Seite und griff nach ihrem Handy, um auf die Uhr zu sehen. Es war 01.18 Uhr. Wenn sie jetzt einschlief, würde sie noch beinahe fünf Stunden Schlaf abbekommen.

Oder sie konnte auf Google Maps überprüfen, wo sie am nächsten Morgen langfahren wollte. Nur noch ein letztes Mal. Nur um sicherzugehen, dass sie es nicht vergaß. Für alle Fälle.

Stattdessen stand sie auf und ging ins Badezimmer, um eine Xanax zu nehmen. Dann stieg sie wieder ins Bett und zog sich die Laken bis unters Kinn.

•

Entgegen allen Befürchtungen stellte sich der neue Job als Kinderspiel heraus. Eigentlich sogar ein bisschen zu sehr als Kinderspiel. Während sie Sorge gehabt hatte, den Anforderungen nicht zu genügen, schienen sie hier praktisch *gar keine* Anforderungen an sie zu haben.

Ihre erste Aufgabe, ein Server Re-Imaging, bestand darin, Systeme neu auf die Server aufzuspielen, was jeder Affe mit einem Management-Informationssystem hätte schaffen können. Dafür war sie definitiv überqualifiziert, sie vermutete jedoch, dass sie sich erst ganz unten auf der Leiter würde beweisen müssen, bevor sie größere und bessere Aufgaben bekam. Sie verstand das natürlich, war aber dennoch zu Tode gelangweilt.

Immerhin war ihr neuer Chef ganz nett, wenn auch offenbar ein wenig überfordert. Als sie zu erklären versuchte, dass sie das Re-Image für einen der Server selbst neu gebaut habe, weil das alte Image die falschen Treiber benutze, hatte sie den Eindruck, dass er nur die Hälfte von dem verstand, was sie sagte. Aber er ließ ihr freie Hand, solange sie rechtzeitig fertig wurde und er vor seinem eigenen Vorgesetzten glänzen konnte.

Ihre Kollegen waren da schon schwieriger. Als letztes Glied in der Nahrungskette wurde Melody an den einzigen noch freien Arbeitsplatz gesetzt, der im Prinzip nur ein besserer Schrank vor einem der Serverräume war. Darin hatte sie kaum Gelegenheit, mit den anderen in ihrer Abteilung zu reden, und zu den seltenen Gelegenheiten, zu denen sie es doch tat, wirkten ihre Kollegen stets ein wenig distanziert. Sie wusste nicht genau, ob sie wirklich unfreundlich waren oder ob sie einfach kein Interesse an ihr hatten.

Und wenn schon. Es war ein guter Job, und sie war dankbar dafür.

Alles war gut. Alles war bestens.

•

Gegen Ende von Melodys erster Arbeitswoche tauchte Jeremy in ihrem Büro auf.

»Hey«, sagte er und lehnte sich gegen den Türrahmen. »Ein Vögelchen hat mir gezwitschert, dass du diese Woche hier angefangen hast.«

Sie neigte den Kopf zur Seite. »Ein Vögelchen? Wirklich?«

»Okay, es war dein Chef.« Er schenkte ihr dieses Filmstarlächeln – das, von dem sie schon bei ihrem ersten Treffen weiche Knie bekommen hatte. »Vielleicht habe ich ihn auch angerufen und gefragt, wann du anfängst. Ich hoffe, es macht dir nichts aus.«

»Nein, schon in Ordnung. Tut mir leid, ich wollte dich anrufen, als ich hergezogen bin, aber es ging alles drunter und drüber seitdem.« Das war eine Lüge. Es war alles drunter und drüber gegangen, aber dass sie ihn nicht angerufen hatte, war pure Absicht gewesen.

Abgesehen von der Tatsache, dass ihr die Vorstellung, eine Freundschaft mit ihrer Ex-Bettgeschichte einzugehen, die eine Freundin hatte, wie eine ziemlich miese Idee vorkam, hatte Melody Jeremy gegoogelt, und was sie gefunden hatte, war ... erhellend gewesen. Die Verurteilungen wegen Trunkenheit am Steuer, die verwüsteten Hotelzimmer und Videos von ihm in betrunkenem Zustand in der Öffentlichkeit schienen in den letzten drei Jahren zwar rarer geworden zu sein, aber er tauchte immer noch hin und wieder in den lokalen Society- und Klatschzeitschriften auf. Es gab eine Menge Paparazzi-Fotos des gut aussehenden jungen Mr. Sauer, Erbe des milliardenschweren Luft- und Raumfahrtimperiums, wie er mit verschiedenen wunderschönen Frauen am Arm aus den schicksten Lokalen der Stadt kam – einige der Damen waren bekannte Schauspielerinnen oder Models.

Oh, und dann war da noch der Umstand, dass er vom *Town & Country*-Magazin auf die Liste der »50 sexiesten Junggesellen des Landes« gewählt worden war – diese Kategorie gab es offenbar tatsächlich.

Also, ja. Selbst wenn Jeremy keine Freundin hätte, wäre er noch so weit außerhalb von Melodys Liga, dass er auch gleich in einem anderen Sonnensystem leben könnte. Was völlig in Ordnung war, denn sie würde es absolut gar nicht, auf gar keinen Fall darauf anlegen, wieder mit ihm ins Bett zu gehen – egal, wie heiß er war.

»Hast du dich schon eingewöhnt?« Er schaute sich in ihrem trostlosen kleinen Büro um. »Wie ich sehe, haben sie dich an den Fünf-Sterne-Schreibtisch gesetzt.«

»Halb so wild«, sagte sie und zuckte die Achseln. »Immerhin habe ich mein eigenes Büro.«

»Hast du schon Freunde gefunden?«

Melody zwang sich zu einem Lächeln. »Ja. Alle sind sehr nett.« Das stimmte nicht ganz, aber es war auch nicht gelogen.

»Ich dachte, wir könnten zur Feier deiner ersten Arbeitswoche zusammen mittagessen gehen. Wenn du Zeit hast, meine ich.«

Sie könnte gar nicht mehr Zeit haben. Die Formatierungssoftware lief praktisch von allein, sie musste nur noch warten, bis sie fertig war, und das würde noch ein paar Stunden dauern. Außerdem war sie geradezu ausgehungert. Und ein wenig einsam. Seit sie in Los Angeles angekommen war, hatte sie kaum mit jemandem geredet, mal abgesehen von den wöchentlichen Telefonaten mit ihrer Mom. Andererseits ...

»Meinst du nicht, das würde deine Freundin stören?«

Er zog die Augenbrauen hoch. »Ob es sie stört, wenn ich mit einer Kollegin mittagesse? Vermutlich nicht.«

»Wir sind aber nicht nur Kollegen, oder? Ich meine, so haben wir uns nicht kennengelernt.«

Seine Mundwinkel verzogen sich zu einem charmanten Lächeln. »Nein, das stimmt.«

Aber Melody wollte sich nicht einwickeln lassen. »Hast du ihr von mir erzählt? Nach unserem Kaffee, meine ich?«

Das Lächeln verschwand, und er sah jetzt sehr ernst aus. »Ich habe ihr von dir erzählt, *bevor* wir uns auf den Kaffee getroffen haben. Ich laufe nicht herum und gehe hinter dem Rücken meiner Freundin mit Frauen aus. Lacey weiß alles über dich.«

»Wirklich?«, fragte sie und versuchte zu entscheiden, ob er wohl die Wahrheit sagte.

»Wirklich. Also, darf ich dich nun zum Mittagessen einladen?«

»Gern«, sagte sie und lächelte. Zum Teufel mit den Zweifeln ... oder? Sie musste schließlich sowieso etwas essen. Und der Gedanke an ein weiteres trauriges Schinken-Käse-Sandwich allein am Schreibtisch war einfach zu deprimierend.

Das Restaurant war um die Ecke, und die Besitzerin erkannte Jeremy sofort. Sie sprach ihn mit »Mr. Sauer« an und fragte, ob er seinen üblichen Tisch wolle, der, wie sich herausstellte, in einer stillen Ecke ganz hinten im Restaurant lag, weit weg von neugierigen Blicken.

Es entging Melody nicht, wie mühelos er mit der Frau flirtete, sie mit seinem Milliarden-Dollar-Lächeln umgarnte und dabei beiläufig ihren Arm berührte. Sie erinnerte sich daran, wie er sie angesehen hatte, in der Nacht als sie sich kennenlernten. Das hier war eindeutig geschauspielert, und sie schämte sich bei der Erinnerung an ihr erstes Treffen.

»Wow«, sagte sie, als sich die Besitzerin zurückzog.

Er schaute von der Speisekarte auf. »Was denn?«

»Nichts.« Sie schüttelte den Kopf. »Es ist nur – du weißt genau, wie du jemanden einwickelst, was?«

Er zuckte lässig die Schultern. »Verbindungen zu schaffen ist ein großer Teil meines Jobs. Inzwischen ist es mir wohl zur Gewohnheit geworden.«

»Mmmhmm«, machte sie, ohne sich Mühe zu geben, ihre Skepsis zu verbergen. »Und ich wette, du warst schon immer so. Du hast den Mädchen wahrscheinlich schon im Sandkasten die Telefonnummern abgeschwatzt.«

Wieder dieses Lächeln. »Vielleicht.«

»Genauso hast du dich verhalten, als wir uns kennengelernt haben.« Sie kräuselte die Nase. »Ich kann echt nicht fassen, dass ich darauf reingefallen bin.«

»Ich bin froh, dass du es getan hast.« Dieses Lächeln war eine Superkraft. Obwohl sie wusste, dass er es ganz sicher an jedem ausprobierte, den er zu beeindrucken versuchte, verschlug es ihr doch jedes Mal den Atem, wenn er es an sie richtete.

Melody hob die Speisekarte, um zu verbergen, dass sich ihre

Wangen röteten. »Was ist denn hier zu empfehlen?«, fragte sie, um das Thema zu wechseln. »Du scheinst ja oft hierher zu kommen.«

Jeremy empfahl das Steak, aber sie hielt sich lieber an Suppe und Salat. Er bestellte ein Ribsteak für fünfzig Dollar und einen Scotch für fünfundzwanzig Dollar – nur für den Fall, dass sie noch mal daran erinnert werden musste, wie verschieden die Welten waren, in denen sie lebten.

Als er sie nach ihrer ersten Woche im Job fragte, antwortete sie freundlich und ausweichend. Sie war sich sehr bewusst, dass er der Sohn der CEO war, und das Letzte, was sie wollte, war, sich beim jemandem aus dem Management über ihren neuen Job zu beschweren. Aber dann fragte er nach ihrer neuen Wohnung, und Melody berichtete begeistert von ihren Möbeln und dem Auto.

Jeremy hatte schon sein ganzes Leben lang Geld besessen, daher erwartete sie nicht, dass er verstand, wie viel es ihr bedeutete, sich all diese schönen Dinge leisten zu können – seltsamerweise schien er es aber doch zu begreifen. Oder er war einfach gut genug darin, so zu tun, als ob. Wie auch immer. Sie nahm es hin. Er war der einzige Mensch, den sie hier kannte, und es war schön, jemanden zum Reden haben.

Schließlich verbrachten sie zwei Stunden beim Mittagessen, und vermutlich hätte sich Melody deswegen schlecht fühlen sollen, zumal es ihre erste Arbeitswoche war, aber dort würde sie ohnehin niemand vermissen – wahrscheinlich hatten sie nicht einmal bemerkt, dass sie fort war.

»Ich schreibe dir eine Entschuldigung«, scherzte Jeremy, als sie aus dem Restaurant traten.

Es war ein wunderschöner Tag, so wie jeder Tag in Los Angeles. Melody musste sich noch daran gewöhnen, dass sie morgens nicht erst die Wetter-App öffnen musste, bevor sie das Haus verließ. Daran, und an den Mangel an Luftfeuchtigkeit, der eine wunderbare Wirkung auf ihr Haar hatte.

Jeremy schlenderte entspannt weiter, aber seine Beine waren so lang, dass Melody Mühe hatte, Schritt zu halten. Er begann, von einem Projekt mit der NASA zu erzählen, für das sie sich bewarben. Das Unternehmen wollte eine Flügelrakete bauen, mit der die Versorgung der Internationalen Raumstation sichergestellt werden konnte. Es handelte sich um einen Vierzehn-Milliarden-Dollar-Vertrag, aber Jeremy schien es mehr um die Technik als um das Geld zu gehen.

»Weißt du, die Raumtransporter von SpaceX und Orbital kehren zurück zur Erde und fallen dann in den Ozean«, sagte er, als sie die Eingangshalle der Firma betraten. »Und dort sind sie wahnsinnig schwer wieder herauszubekommen. Aber unser Frachttransporter fliegt einfach zurück zur Erde und landet auf einer Landebahn.« Er illustrierte es mit einer Handbewegung.

»Wie der Spaceshuttle«, sagte Melody.

»Ganz genau!«, sagte er und grinste. »Die Wissenschaftler haben also nur Stunden nach Eintritt des Transporters in die Erdatmosphäre schon die Ergebnisse der ISS-Experimente zur Verfügung. Das verändert alles.« Er war gefährlich süß, wenn er so begeistert über Wissenschaft sprach.

»Meinst du, wir bekommen den Vertrag?«

Er zuckte die Achseln. »Wer weiß? Wenn die Regierung beteiligt ist, sind die Prozesse immer völlig unvorhersehbar.« Er machte eine Kopfbewegung in Richtung Kaffeebar. »Ich hol mir noch einen Kaffee, bevor ich hochgehe. Willst du auch einen?«

Sie schüttelte den Kopf. »Ich gehe mal lieber hoch und schaue nach meinen Daten. Danke für das Mittagessen. Es war schön.«

»Wir sollten bald mal Abendessen gehen.«

Melody erstarrte. »Was?« Er hatte eine Freundin, wieso lud er sie zum Abendessen ein?«

»Du, ich und Lacey.«

Ach so. Mit Lacey. Seiner Freundin. Das war natürlich etwas anderes.

»Was sagst du?«, fragte er.

»Klar«, antwortete Melody. »Klingt lustig.«

Er ging bereits weiter. »Ich ruf dich an«, sagte er über die Schulter hinweg. »Wir finden einen Termin.«

KAPITEL SECHS

Das letzte, was Melody erwartet hatte, war, dass Jeremy seine Einladung zum Abendessen tatsächlich wahr machen würde. Sie hatte angenommen, sie gehöre zu den Dingen, die die Leute sagten, um höflich zu sein, so wie *Lass uns bald mal mittagessen gehen* oder *Wir sehen uns bald*. Und Jeremy Sauer kam ihr vor wie der Typ, der solche Versprechungen machte, sie aber keinesfalls einzuhalten beabsichtigte.

Daher war sie ehrlich überrascht, als er ihr in der folgenden Woche eine Nachricht schickte und nach einem Termin für das gemeinsame Abendessen fragte.

Sie wollten sich am Samstagabend in einem Restaurant im Arts District treffen. Eine kurze Internetrecherche ergab, dass er eins der angesagtesten neuen Restaurants der Stadt ausgewählt hatte. Normalerweise musste man dort sechs Wochen auf einen Tisch warten – es sei denn, man war Jeremy Sauer, offensichtlich.

Melody beschloss, sich für den Anlass ein neues Outfit zu gönnen. Sie machte sich Sorgen, in diesem supertrendigen Restaurant fehl am Platz zu sein. Ihre gebügelten Stoffhosen

und die hochgeschlossenen Blusen, die sie sich fürs Büro gekauft hatte, würden wohl kaum ausreichen. Außerhalb des Ar-
beitsalltags beschränkte sich ihr modisches Talent außerdem
darauf, zu entscheiden, welche Sneaker sie zu welchem T-Shirt
tragen wollte. Sie brauchte dringend Hilfe.

»*O mein Gott*, im Ernst?«, quiekte die Verkäuferin bei Nord-
strom, als sie ihr ihre Situation erklärte. »In das Restaurant
kommt niemand rein. Komm mit.« Sie nahm sie fest beim Arm
und führte sie zu den Kleidern. »Ich finde das perfekte Outfit
für dich. Du wirst der absolute Hingucker sein.«

Melody bezweifelte das zwar ernsthaft, aber die Begeisterung der Verkäuferin war ansteckend. Sie hieß Jasmine, und ihr
Outfit war süß und stylisch zugleich, ohne übermäßig trendy zu
sein, daher hegte Melody eine gewisse Hoffnung.

»Was für ein Abendessen ist es denn?«, fragte Jasmine und
durchsuchte den Kleiderständer mit der Effizienz eines Casino-
Croupiers, der die Spielkarten mischt. »Ist es ein Date oder ein
Mädelsabend, oder was genau suchen wir?«

»Ähm ...« Melody kaute auf der Innenseite ihrer Wange herum. Was für ein Abendessen war es eigentlich? Sie war sich
nicht sicher, wie sie es beschreiben sollte. »Wohl am ehesten
ein Arbeitsessen?«, sagte sie, weil sie fand, dass es besser war,
auf Nummer sicher zu gehen. »Ein Arbeitsessen mit Freunden
könnte man sagen.«

»Also nichts zu Aufreizendes, oder?«

»Definitiv nichts Aufreizendes«, sagte Melody schnell.

Das Letzte, was sie wollte, war, auszusehen, als wollte sie sich
Jeremy an den Hals werfen, *schon gar nicht vor seiner Freundin.*

Jasmine zog ein Kleid hervor und betrachtete es, schürzte dann die Lippen und verzog sie. »Welcher Wochentag?«

»Samstag.«

»Okay, gut.« Sie hängte das Kleid auf einen anderen Kleiderständer und suchte weiter. »Weil niemand direkt von der Arbeit kommt, haben wir ein bisschen Freiheit, mit deinem Stil zu spielen.«

Na also. Daran hätte Melody niemals gedacht. Wie gut, dass sie Jasmine hatte.

Als Jasmine schließlich alles durchsucht hatte, hingen fünf verschiedene Kleider an der Anprobestange. Das erste passte nicht. Das zweite war viel zu tief ausgeschnitten – so tief, dass sie fürchtete, ihre Oberweite würde Gefahr laufen herauszufallen. Das dritte fand Melody hässlich – das Muster erinnerte sie an die scheußliche Couch ihrer Grandma. Nummer vier und fünf hingegen waren beide großartig.

Jasmines Favorit war das fünfte: ein stretchiges Colour-Block-Kleid, von dem sie behauptete, dass Melodys Hintern darin spektakulär aussehe. Da Melody jedoch nicht sicher war, ob sie wirklich wollte, dass ihr Hintern spektakulär aussah, entschied sie sich schließlich für das vierte: ein schlichtes schwarzes Kleid mit einem engen Rock und einem geschmackvoll tiefen Ausschnitt.

Es schien ihr das praktischere von beiden zu sein – leicht schicker oder dezenter zu stylen –, und daher die vernünftigere Investition. Ja, sie wusste, dass Schwarz langweilig war, aber Melody mochte das Gefühl, das dieses Kleid ihr gab – sie kam sich darin wie eine Erwachsene vor, nicht wie eine verkleidete Studentin.

»Meine Güte, was siehst du *toll* aus«, rief Jasmine, als sich Melody vor dem Spiegel drehte. »Du wirst dort bestens hineinpassen.«

O Gott, das hoffte sie wirklich.

Sie fürchtete sich natürlich ein wenig davor, Jeremys Freundin kennenzulernen, und davor, dass es angespannt werden könnte, aber gleichzeitig war sie ganz aufgeregt. Immerhin ging sie in L.A. zum ersten Mal mit jemandem aus.

Vielleicht verstanden sie und Jeremys Freundin sich ja auf Anhieb. Vielleicht wurden sie sogar Freundinnen. Auch wenn es schwer vorstellbar war, dass sie viel mit der Freundin von jemandem wie Jeremy gemeinsam haben konnte, aber es war den Versuch wert.

Seit sie in L.A. war, hatte Melody versucht sich einzureden, alles liefe ganz wunderbar, aber sie musste zugeben, dass ihr die Einsamkeit zusetzte. Noch immer kannte sie keine ihrer Kollegen besser, und ihre Nachbarn kamen ihr vor wie Gespenster – sie hörte sie zwar, begegnete ihnen aber nur sehr selten. Von Freitagnachmittag bis Montagmorgen wechselte sie mit keiner Menschenseele ein Wort, von der Kassiererin im Supermarkt und dem Pizzalieferanten mal abgesehen. Sie überlegte bereits ernsthaft, sich eine Katze zuzulegen, obwohl sie gegen Katzen allergisch war, nur um jemanden zu haben, mit dem sie sprechen konnte.

Höchste Zeit, ein paar Freunde zu finden.

•

Melody war zehn Minuten zu früh am Restaurant, weil sie sich solche Sorgen wegen des Verkehrs gemacht hatte. Weil sie nicht übereifrig und uncool wirken wollte – obwohl sie genau das war –, parkte sie ein paar Blocks entfernt, blieb im Auto sitzen und wartete, bis sie gute zwei Minuten zu spät war, um dann beim Parkservice vorzufahren.

Und trotzdem war sie als Erste da, aber immerhin nicht zu früh. Eine glamouröse Empfangsdame mit straffem Ballerina-Dutt und kritischem Blick führte Melody zu einem leeren Tisch. Es vergingen weitere zehn Minuten, bis Jeremy endlich mit einer hinreißenden, lateinamerikanisch anmutenden Frau in einem kurvenbetonenden pinkfarbenen Kleid auftauchte.

»Hoffentlich hast du nicht allzu lang gewartet«, sagte Jeremy.

»Nein, ich bin gerade erst gekommen«, log Melody. Aus irgendeinem Grund schien sie in seiner Gegenwart oft zu lügen. Es waren kleine Notlügen. Reflexlügen. Warum wusste sie auch nicht. Vielleicht war es die Nervosität?

Er stellte ihr seine Freundin vor, Lacey Lopez, die Melody mit einem knappen Lächeln und einem beiläufigen »Hey« bedachte. Sie war genau so wunderschön, wie Melody es von einer Frau erwartet hatte, mit der Jeremy Sauer ausging. Große braune Augen, seidiges schwarzes Haar, schimmernde Haut und ein Hintern, der Serena Williams Konkurrenz machte. Neben Lacey und der Empfangsdame fühlte sich Melody wie die nerdige, graumäusige Außenseiterin. Das fing ja toll an.

»Der Vierte im Bunde hat gerade geschrieben. Er kommt zu spät«, sagte Jeremy.

»Schockierend.« Lacey verdrehte die Augen und griff nach der Cocktailkarte.

»Der Vierte?«, fragte Melody mit eingefrorenem Lächeln.

»Ja, ich habe meinen Kumpel Drew eingeladen. Ich hoffe, das ist okay.«

Sie zwang ihre Zähne wieder auseinander. »Klar«, log sie noch einmal. Das hier war also ein Überraschungs-Blinddate. Keine große Sache, oder? Wer sollte etwas dagegen haben?

»Keine Sorge, ich versuche nicht, euch beide zu verkuppeln«, sagte Jeremy. »Vier sind nur besser als drei, und da ihr beide zusammen in Boston auf die Uni gegangen seid, dachte ich, das funktioniert schon zwischen euch.«

»Drew ist sowieso hinter meiner Schwester her«, fiel Lacey ein und nahm sich ein winziges Stückchen Brot aus dem Korb.

Der Blick, den Jeremy ihr zuwarf, ließ darauf schließen, dass noch mehr dahintersteckte, aber dann lächelte er, weil die Kellnerin kam, um die Getränkebestellung aufzunehmen.

Bei den Cocktails unterhielten sie sich mehr oder weniger gezwungen. Zumindest Jeremy und Melody. Lacey hingegen sagte kaum ein Wort. Jeremy versuchte einige Male, sie in die Unterhaltung einzubeziehen, aber sie schien sich für nichts zu interessieren als ihren Wodka-Martini und den Brotkorb. Überraschenderweise halfen auch seine Blicke unter gerunzelten Brauen nicht viel.

Melody wusste nicht recht, ob Lacey ihretwegen so schlecht gelaunt war – und wegen ihrer Geschichte mit Jeremy – oder ob das einfach ihre Art war. Möglicherweise war es ja beides. Jedenfalls war die Stimmung nicht gerade entspannt. Sie hatten noch nicht einmal bestellt, und Melody konnte das Ende des Dinners bereits kaum erwarten.

Als Drew eine ganze halbe Stunde später auftauchte, hätte Melody vor Erleichterung beinahe aufgeschluchzt. Jeremy hatte so recht – vier waren definitiv besser als drei. Vielleicht hatte er gleich gewusst, dass Lacey sich so verhalten würde – aber andererseits, warum hatte er dieses Abendessen dann überhaupt vorgeschlagen?

Jeremys Freund Drew Fulton war gut gekleidet und attraktiv, genau wie Jeremy, aber er hatte braune Augen und dichtes dunkles Haar. Er beugte sich vor, um Lacey ein Küsschen auf die Wange zu hauchen, was sie ohne Widerstand, aber auch ohne Begeisterung über sich ergehen ließ, und winkte eine Kellnerin herbei, um einen Drink zu bestellen. Dann sah er Melody mit einem schiefen Grinsen an. »Schön, dich endlich kennenzulernen«, sagte er und zwinkerte ihr zu.

Wie sollte sie das denn verstehen? Hatte Jeremy ihm etwa von ihr erzählt? *Was* hatte er ihm von ihr erzählt? Sie starrte auf ihre Hände, die sie in ihrem Schoß verschränkt hatte.

»Drew arbeitet im Filmgeschäft«, sagte Jeremy. Er hatte zwar behauptet, dies sei kein Blind Date, aber es klang trotzdem so, als wollte er Drew anpreisen. Vielleicht war das aber auch einfach nur seine Art – dieses Verbindungen-Schaffen, das er beim Mittagessen erwähnt hatte.

Sie lächelte Drew höflich an. »Oh, wirklich? Was machst du denn genau?«

»Content-Entwicklung«, sagte er und blätterte durch die Speisekarte. »Hauptsächlich lese ich Drehbücher, suche die raus, die zum Studio passen, und dann bereite ich sie für die Produktion vor. Oder ich versuche es zumindest.«

Als Popkultur-Junkie kannte sich aus und wusste genau, was

ein Drehbuchentwickler tat, aber sie nickte, als sei das vollkommenes Neuland für sie. Gleichzeitig hasste sie sich dafür, dass sie sich dumm stellte, um dem Ego eines Mannes zu schmeicheln.

»Vergiss nicht den Teil, bei dem du ständig von Filmagenten zum Essen und Trinken ausgeführt wirst«, sagte Jeremy. »Das ist wirklich ein sehr harter Job.«

»Na ja, du kennst mich ja«, sagte Drew und lächelte erneut sein schiefes Lächeln. »Immer am Limit.«

Die Kellnerin kam, stellte Drews Drink ab und nahm die Bestellung auf – endlich. Melody war am Verhungern, und Lacey hatte fast den gesamten Inhalt des Brotkorbs vertilgt.

»Wie bist du denn ins Filmbusiness gekommen?«, wollte Melody wissen, als die Kellnerin gegangen war.

»Mein Dad hat mir unter die Arme gegriffen. Er leitet das Filmstudio.«

Natürlich. Noch mehr Nepo-Babys – Vetternwirtschaft –, der Trend, der bei den Reichen und Mächtigen niemals aus der Mode kam.

Drew lehnte sich zurück und ließ seinen Scotch im Glas kreisen. »Ich habe da dieses tolle Drehbuch, das ich schon lange versuche, unter Dach und Fach zu bringen. Ein Action-Thriller über diesen Ex-Marine aus dem Sondereinsatzkommando, der seine Tochter retten muss, weil die von einem mexikanischen Drogenkartell gekidnappt wurde.«

»Wow«, brachte Melody hervor und nickte gespielt enthusiastisch. »Das klingt ja toll.« Oder eigentlich ganz genauso wie die Action-Filme, von denen es in Hollywood schon Hunderte gibt. Der Film würde vermutlich trotzdem haufenweise Geld einbringen, was der Grund dafür war, dass derlei Stoffe immer wiederkamen.

»Das kann groß werden, wenn wir den richtigen Hauptdarsteller bekommen. Wir waren *so* kurz davor, The Rock zu kriegen, aber dann hat er sich doch für ein anderes Projekt entschieden.«

»Das ist ja schade.« Sie mochte The Rock – Dwayne Johnson; vielleicht würde sie den Film sogar anschauen, wenn er mitspielte.

»Jetzt sind wir mit Ben Stiller im Gespräch. Sieht ganz gut aus. Wir werden sehen.«

»Sorry, aber hast du gerade Ben Stiller gesagt?« Melody konnte ihre Ungläubigkeit kaum verbergen. »Als Ex-Marine?«

Drew nickte und wirkte ziemlich selbstzufrieden dabei. »Das ist unerwartet, oder? Aber es hat auch niemand Liam Neeson als Action-Held gesehen, bis er die *96 Hours*-Filme übernommen hat.«

Niemand, außer all denen, die ihn in *Rob Roy* oder *Darkman* oder *StarWars – Die dunkle Bedrohung* gesehen hatten, aber gut. Klar. Melody biss sich auf die Zunge und griff nach ihrem Weinglas.

»Rollen gegen die Erwartungen der Zuschauer zu besetzen garantiert uns Aufmerksamkeit und ist gutes Marketing. Jetzt müssen wir nur noch unsere weibliche Hauptdarstellerin finden. Ich dachte an jemanden wie Victoria Justice oder Kate Upton.«

»Als Tochter?« Melody hatte sich die Tochter des Soldaten als Teenagerin vorgestellt.

»Nein, als Love Interest. Die Tochter kommt im Film kaum

vor. Wir werden da vermutlich jemand Unbekannten casten, das ist billiger.«

Natürlich würden sie eine Frau als Love Interest engagieren, die halb so alt war wie der männliche Hauptdarsteller. Genau das war der Grund, aus dem sie nur noch selten ins Kino ging, wenn das Drehbuch nicht auf einem Comic oder einem Roman basierte, den sie mochte.

»Was ist eigentlich aus Ashley Decker geworden?«, fragte Jeremy. »Ich dachte, die wolltest du überreden.«

Drew schüttelte den Kopf. »Die ist raus – sie ist in der Klinik. Und nicht nur wegen Drogen – damit kämen wir klar. Sie sitzt in der Psychiatrie.« Bei dem Wort Psychiatrie senkte er die Stimme, als glaubte er, wenn er es zu laut aussprä che, könne das Pech bringen. Melodys Mutter machte das genauso, wenn sie Wörter wie *Krebs* oder *Scheidung* sagte – als sei das etwas, womit man sich anstecken konnte, wenn man es zu laut aussprach.

»Wie schade«, sagte Jeremy und schüttelte den Kopf.

»Ja, ihr Dad und ihr Manager haben sie allen praktisch aufgedrängt. Das hat sie richtig fertiggemacht.«

»Wie schrecklich«, bemerkte Melody.

Drew zuckte die Achseln. »Du glaubst nicht, wie normal das in dem Business ist. Ich könnte dir ein Dutzend andere nennen, bei denen es genauso gelaufen ist. Disney-Channel-Stars, Popsänger, dieses süße Kind, das vor drei Jahren den Oscar gewonnen hat. Diese Stadt frisst die Menschen auf und spuckt ihre Reste wieder aus.« Er sagte das, als wäre es etwas, was von ganz allein passierte, als hätte es rein gar nichts mit ihm oder den Leuten zu tun, mit denen er arbeitete, und mit den Dingen, die sie tolerierten oder auf ihrer Jagd nach Geld sogar befeuerten.

Als die Kellnerin die Vorspeisen gebracht hatte, wechselte Melody das Thema, indem sie Drew nach seiner Zeit auf dem College an der Boston University fragte. Gemeinsam erinnerten sie sich an Boston und diskutierten dann die Vorteile des Dodger Stadium im Vergleich zu Fenway Park – was vollkommen lächerlich war, es gab einfach keinen Vergleich zu Fenway –, aber das hielt das Gespräch in Gang, bis die Kellnerin kam, um ihre Teller abzuräumen.

Plötzlich wandte sich Lacey, die eine volle Viertelstunde lang kein Wort gesagt hatte, an Melody und fragte: »Woher kennst du Jeremy noch mal?«

»Hab ich dir doch *erzählt*«, sagte Jeremy und sah Lacey mit Nachdruck an. »Wir haben uns kennengelernt, als ich Drew vor ein paar Jahren in Boston besucht habe.«

»Ja, er hat sie in einer Bar aufgerissen und mich total hängen lassen«, sagte Drew. »Echt eine miese Nummer übrigens, Bro.«

Jeremy sah betreten drein, aber Lacey nickte nur. »Ah, also bist du eins der Mädchen, mit denen er meine Schwester betrogen hat.« Sie hob ihr Glas und sagte: »Willkommen im Club.«

Moment – was?

»Lacey«, Jeremy sprach durch zusammengebissene Zähne.

»Entschuldigung«, sagte Melody langsam und wandte sich zu ihm. »*Was?*«

Wovon auch immer Lacey sprach und was auch immer Laceys Schwester mit alldem zu tun hatte, Melody war niemand, der fremdging. Und auch niemand, mit dem man fremdging. So etwas tat sie nicht. Nie.

»Jeremy ist mit meiner Schwester Charlotte zusammen gewesen, die gesamte College-Zeit«, sagte Lacey und zuckte gleichgültig die Achseln. »Und während sie zusammen waren, hat er manchmal mit anderen Mädchen geschlafen.« Ihr ganzer Körper war jetzt ein einziges Achselzucken. Ihr Tonfall, ihre Haltung – alles an ihr drückte Gleichgültigkeit gegenüber der Bombe aus, die sie gerade hatte platzen lassen.

Drew schnaubte in seinen Drink. »Manchmal.«

Melody starrte Lacey an und versuchte, diese neue Information zu verarbeiten. Jeremy war früher mit Laceys *Schwester* zusammen gewesen? Als er auf dem College war? Also damals, als er und Melody sich kennengelernt hatten? Als sie – *o Gott*.

»Keine große Sache«, sagte Lacey. »Er hat sie auch mit mir betrogen.« Auch das sagte sie völlig teilnahmslos. Sie hatte mit dem Freund ihrer Schwester geschlafen, aber egal? Warum sollte das überhaupt erwähnenswert sein?

»Oh«, machte Melody. Sie fühlte sich wie betäubt. »Wow.« Mit zitternder Hand griff sie nach ihrem Weinglas und trank den Rest ihres Zinfandels aus.

»Das ist schon ewig her«, sagte Jeremy, als mache es das irgendwie besser. Als sei es nebensächlich, dass er gewohnheitsmäßig seine Freundin betrog. Dass er sie sogar mit Melody betrogen hatte.

Sie war die andere Frau. Er hatte sie zur anderen Frau gemacht, und sie hatte es nicht einmal geahnt.

Jeremy redete immer noch, versuchte, sich zu erklären –, versuchte, Ausreden zu finden. »Du musst das verstehen, Charlotte und ich hatten damals einige Probleme ...«

»Untertreibung des Jahrhunderts«, murmelte Drew.

»*Drew*. Das hilft jetzt wirklich nicht.«

»Ich wusste nicht, dass ich helfen soll«, erwiderte Drew ohne jede Spur von Humor.

Lacey schob ihren Stuhl zurück. »Ich geh mal kurz auf die Toilette.«

Melody saß wie erstarrt da, vollkommen gedemütigt. Dieser Abend war eine einzige Katastrophe. Weder gehörte sie in diese Welt noch zu diesen Menschen. Sie waren allesamt schrecklich, und es war ein Fehler gewesen anzunehmen, sie könne mit ihnen befreundet sein. Sie hätte es besser wissen müssen.

»Hör mal, es tut mir echt leid«, sagte Jeremy. Sie spürte seinen Blick auf sich, vermied es aber, ihn anzusehen. »Ich hätte dir vermutlich vor heute Abend von Charlotte erzählen sollen ...«

»Ach, sie wusste es noch nicht?« Drews Tonfall klang verächtlich. »Wie nett, Jeremy.«

»*Herrgott noch mal, Drew.*«

Melody stand auf. »Ich glaube, ich bekomme gerade eine Migräne.« Irgendetwas in ihr hatte Klick gemacht, und sie wusste: Das hier hielt sie keine Sekunde mehr aus. »Danke für das Dinner, und bitte sagt Lacey Auf Wiedersehen von mir.« Sie schnappte sich ihre Tasche und floh, bevor jemand etwas unternehmen konnte, um sie aufzuhalten.

Am Eingang holte Jeremy sie ein. »Melody, warte. Es tut mir leid. Ich wollte nicht, dass es so läuft.«

Sie gab einem der Parkwächter ihr Ticket und ging um Jeremy herum. »Wie hattest du denn gedacht, dass es läuft?«

Verzweifelt riss er die Hände hoch. »Ich weiß es doch auch nicht, aber besser als das hier. Ich wollte nur, dass du ein paar meiner Freunde kennenlernst. Ich dachte, es würde lustig. Offensichtlich lag ich falsch.«

»Offensichtlich«, wiederholte sie so bitter, dass ihre Kehle brannte. »Warum hast du mir damals nicht erzählt, dass du eine Freundin hast?«

Er seufzte und presste die Lippen aufeinander. »Wenn ich es dir gesagt hätte, wärst du wohl nicht mit mir ins Bett gegangen, und ich wollte wirklich, dass du das tust. Ich war ein Arsch damals, für den Fall, dass das noch nicht klar war.«

»Aber warum hast du es mir vor heute Abend nicht erzählt? Wie konntest du mich so ins Messer laufen lassen?« Sie konzentrierte sich angestrengt darauf, nicht zu weinen. Wie immer, wenn sie wütend war, kamen ihr die Tränen, und sie wollte auf keinen Fall vor ihm weinen. Nicht vor all diesen Leuten.

»Ich weiß es nicht. Es ist nicht gerade einfach, das mal eben zu erwähnen. Und ich habe mich geschämt.« Er steckte die Hände in die Hosentaschen und schien beinahe kraftlos. »Vielleicht hatte ich Angst davor, dass du mich so ansiehst, wie du es gerade tust.«

»Ich kann dir nicht mehr glauben«, sagte sie, unbeeindruckt von seinem Welpenblick. »Du hast mir direkt in die Augen gesehen und gesagt, dass du nicht rumläufst und hinter dem Rücken deiner Freundin mit Frauen ausgehst.«

»Das *tue* ich auch nicht.«

Melody verschränkte die Arme vor der Brust und sah ihn böse an. »Aber früher hast du das getan – offenbar die ganze Zeit.«

Er zog schuldbewusst den Kopf ein. »Ich hab dir doch gesagt, so bin ich nicht mehr.«

»Das behauptest du ständig.«

»Weil es stimmt. Hör mal, es tut mir leid, dass ich dich angelogen habe, Melody. Und es tut mir leid, dass ich Charlotte betrogen habe. Ich bin nicht stolz auf meine Vergangenheit. Wenn ich die Zeit zurückdrehen könnte, würde ich alles anders machen, aber das geht nun mal nicht.«

Seine Worte klangen ehrlich, aber das gehörte schließlich auch zu seinem Job, oder? Menschen in die Augen sehen und ihnen die Geschichte verkaufen, die sie glauben sollten. Wahrscheinlich musste er sich dafür nicht einmal groß Mühe geben. Er war sicher ein Naturtalent im Lügen.

»Das hier war ein Riesenfehler«, murmelte sie und schüttelte den Kopf. »Was mache ich hier überhaupt?«

»Ich dachte, wir könnten Freunde sein«, sagte Jeremy. »Ich hoffe sehr, das können wir immer noch.«

Das hier war nicht der Mann, für den sie ihn gehalten hatte, als sie ihn vor drei Jahren kennengelernt hatte. Er war ein Lügner und Betrüger, und je mehr Zeit sie mit ihm verbrachte, desto mehr machte er auch sie zu einer Lügnerin und Betrügerin.

Der Parkwächter kam mit ihrem Fiat und sprang heraus, um ihr die Tür aufzuhalten.

»Tut mir leid«, sagte Melody und wandte sich ab. »Du bist nicht der Typ Mensch, mit dem ich befreundet sein will.«

Sie gab dem Parkwächter ein Trinkgeld, stieg in ihr Auto und fuhr davon, ohne zurückzuschauen.

KAPITEL SIEBEN

Melody verbrachte den ganzen Sonntag damit, sich vor dem unausweichlichen Anruf von Jeremy zu fürchten, in dem er irgendeine jämmerliche Entschuldigung vorbringen würde, aber er kam nicht. Am Montag auf der Arbeit wartete sie darauf, dass er in ihrem Büro auftauchen und versuchen würde, mit ihr zu sprechen, aber auch das passierte nicht.

Stattdessen meldete sich Lacey am Mittwoch bei ihr. Was ... schräg war.

»Es gibt da diesen Yogakurs, zu dem ich samstagmorgens gehe«, sagte Lacey, als hätten sie am Wochenende einen gelungenen Abend miteinander verbracht und wären nun Freundinnen. »Ich habe mich gefragt, ob du mitkommen möchtest?«

»Yoga?« Melody hatte angenommen, dass Lacey sie nicht leiden könne. Warum lud sie sie aus heiterem Himmel zum Yoga ein? Sollte das eine Art Horrorfilmstreich sein, wie in *Carrie*? Wartete eimerweise Schweineblut im Yogastudio auf sie?

»Ich weiß ja nicht, ob du auf Yoga stehst«, sagte Lacey, »aber ich darf jemanden mitnehmen, wenn du es ausprobieren willst. Oder nicht. Wie du möchtest.«

Melody kaute auf ihrer Unterlippe herum. »Und warum ich? Steckt Jeremy dahinter?«

»Nein«, antwortete Lacey. »So was würde ich nicht machen, glaub mir.«

»Okaaay«, sagte Melody, unsicher, was sie davon halten sollte.

Lacey seufzte. »Hör mal, es tut mir leid wegen neulich Abend. Es gibt ein paar Probleme zwischen mir und Jeremy und zwischen Jeremy und Drew, aber das hat alles nichts mit dir zu tun. Wir hätten dich da nicht mit reinziehen dürfen. Ich habe an deinem Blick gesehen, dass du keine Ahnung hattest, dass Jeremy damals, als ihr … du weißt schon, mit meiner Schwester zusammen war. Ich wollte dich ehrlich nicht damit überfallen.«

»Schon okay«, sagte Melody ein wenig steif. »Wie er schon gesagt hat, das ist alles ewig her.«

»Na ja, er hat mir gesagt, dass du neu hier bist und niemanden kennst. Ein paar vom Yoga gehen hinterher meistens noch einen Kaffee trinken, und ich dachte, du könntest neue Leute kennenlernen. Aber wenn du keine Lust hast, ist das okay.«

»Nein, ich habe schon Lust«, sagte Melody. Es klang nach einer guten Gelegenheit, und bestand nicht auch die Möglichkeit, dass Lacey eigentlich ganz nett? »Klingt toll. Danke.«

»Cool.« Lacey nannte ihr Name und Adresse des Yogastudios und schlug vor, sie sollten sich fünf Minuten vor dem Kurs treffen, um Melody anzumelden.

Sei's drum, dachte Melody. Wie schwierig kann es schon sein, Schweineblut aus Yogapants herauszubekommen?

•

»Du hast doch schon mal Yoga gemacht, oder?«, fragte Lacey, als Melody auf sie zu kam. Mit ihrem süßen gemusterten Sport-BH und den dazu passenden Capri-Leggins sah Lacey aus wie ein Lululemon-Model. Sie hatte sogar das Sixpack eines Lululemon-Models.

Yay.

»Klar«, sagte Melody und schob den Gedanken an ihr schlichtes T-Shirt und die schwarze Secondhand-Yogahose beiseite. »Ich hab schon mal Yoga gemacht.«

Ihre Sessions mit YouTube-Videos im Wohnzimmer zählten, oder? Immerhin hatte sie eine eigene Yogamatte und konnte einen herabschauenden Hund von einem Dreieck unterscheiden. Okay, manchmal verwechselte sie die Kriegerhaltungen, aber sie würde sich sicher durchpfuschen können.

»Gehst du schon länger zu diesem Kurs?«, fragte Melody und folgte Lacey ins Gebäude.

»Fast ein Jahr.« Sie beugte sich über das Klemmbrett auf dem Tresen und griff nach einem Stift. »Tessa ist eine großartige Lehrerin. Du wirst sie lieben. Sie hat mir geholfen, mein Mayurasana fünfzehn Grad höher zu bekommen.«

»Cool.« Melody nickte, als wisse sie genau, wovon Lacey da redete. »Und ich falle in der Baum-Pose nur noch jedes zweite Mal um.«

»Du bist echt süß«, sagte Lacey und lächelte sie an.

»Ähm ... ist das hier ein Anfänger- oder Fortgeschrittenenkurs?«, fragte Melody. Die Frauen, die den Raum betraten, sahen alle mehr oder weniger aus wie Lacey: stählerne Bauchmuskeln, Wonder-Woman-Schenkel, Hintern, für die Melody sterben würde. Langsam dämmerte ihr, dass sie da drin

womöglich etwas viel Schlimmeres erwartete als Schweineblut.

Lacey lachte. »Na komm, ich stelle dich Tessa vor.«

•

Es war kein Anfängerkurs, auch keiner für Fortgeschrittene, das
begriff Melody schnell. Es war ein *Profikurs*. Und zwar einer für
Superprofis. Vielleicht sogar für Übermenschen. Denn es wi-
derstrebte ihr, zu glauben, dass man sich ohne Hilfe von über-
menschlichen Kräften in derart lächerliche Positionen verren-
ken konnte.

Melody kämpfte sich durch die Aufwärmübungen, die sie
noch einigermaßen hinbekam, aber als sie dann zum Mittelteil
des Kurses kamen, gab sie auf und verbrachte die meiste Zeit
im herabschauenden Hund oder in der Kindspose. Auf der Ne-
benmatte bewegte sich Lacey wie eine Art Waldelfe elegant und
schwerelos durch eine Verrenkung nach der anderen.

»Wow«, sagte Melody, als es endlich vorbei war, und hockte
sich hin, um ihre Matte aufzurollen. »Das war ja mal eine
Stunde.«

Lacy wischte sich den Schweiß aus dem Gesicht und grinste.
»Ich hoffe, dass du dich nicht allzu sehr abgehängt gefühlt hast.
Fürs erste Mal hast du dich ziemlich gut geschlagen.«

»Ehrlich?«

»Ehrlich.« Lacey legte einen verschwitzten Arm um Melodys
Schulter und schob sie in Richtung Tür. »Kaffee geht auf mich.«

•

Der Kaffeeteil an der Sache war toll. Die Frauen mit den Wonder-Woman-Schenkeln waren alle sehr freundlich und lobten Melody für ihre Bemühungen. Aber die größte Überraschung war Lacey, die sich als aufmerksam, gesprächig und wirklich nett herausstellte – ein völlig anderer Mensch als der, den Melody letztes Wochenende kennengelernt hatte.

Sie erinnerte sich, dass Lacey erwähnt hatte, Jeremy und sie hätten Probleme, und fragte sich, ob sie an jenem Abend wohl einen Streit gehabt hatten. Nicht, dass das irgendetwas zur Sache tat. Mit Jeremy Sauer war Melody fertig.

Obwohl sie nichts dagegen hatte, sich mit seiner Freundin anzufreunden. Sie und Lacey hatten viel mehr gemeinsam, als Melody erwartet hatte. Lacey hatte keine reiche Familie wie Jeremy und Drew – ihr Vater war Polizist, ihre Mutter unterrichtete Englisch am Los Angeles City College.

Zurzeit arbeitete Lacey in einer Bar, und sie hatte auch neben ihrem Studium an der University of Los Angeles jobben müssen. Sie wusste also, was ein Mindestlohn war. Bald waren sie und Melody in ein Gespräch über ihre beschissensten Jobs vertieft.

»Definitiv Pizza ausliefern«, sagte Lacey. »Nach einer Weile hat mich der Geruch allein fast umgebracht. Und ich habe ihn nicht mehr aus meinem Auto herausbekommen. Ich musste die Karre verkaufen – so schlimm war es. Bis heute kann ich keine Pizza mehr sehen.«

Das konnte Melody leicht überbieten. »Hast du schon mal die armen Schweine gesehen, die als Freiheitsstatue verkleidet vor dem Finanzamt rumstehen?«

Lacey riss die Augen auf. »Das hast du nicht getan.«

Melody nickte. »Doch. In der Highschool. Und alle, die mit mir zur Schule gingen, hupten, wenn sie an mir vorbeifuhren, was sie ständig taten, weil das Finanzamt an einer der Hauptverkehrsstraßen in der Nähe der Schule lag.«

»O mein Gott, das ist ja schrecklich«, rief Lacey und lachte.

»Absolut schrecklich.«

»Aber hey, jetzt hast du einen mega-angesehenen Job.«

»Ich würde ihn weder als mega noch als angesehen bezeichnen. Mein Schreibtisch befindet sich buchstäblich in einem Schrank. Und meine Mom hat absolut keine Vorstellung davon, womit ich mein Geld verdiene. Immer, wenn ich es ihr erklären will, schaltet sie innerlich einfach ab und wechselt das Thema – normalerweise, um mir zu erklären, wie enttäuscht sie ist, dass ich noch nicht verheiratet bin.«

Lacey lachte freudlos auf. »Das ist wohl normal. Meine Mom hat Angst, dass ich Jeremy heirate und mich in so eine faule Society-Dame verwandelte. Nicht, dass meine Eltern es besonders gut finden, dass ich hinter der Theke stehe. Sie hätten es am liebsten, wenn ich Jura studieren würde, wie meine perfekte Schwester.«

Sie schaute auf ihre Hände und drehte einen gravierten Silberring an ihrem Zeigefinger. Ihre Finger waren lang und schmal und ihre Nägel abgekaut, wie die von Jeremy.

»Aber du machst es gern, oder?«, fragte Melody. »Das ist doch alles, was zählt.«

»Es ist schon in Ordnung. Das Trinkgeld ist recht gut dort, aber es ist nicht unbedingt das, wovon ich immer geträumt habe, verstehst du?«

»Ich habe mal davon geträumt«, sagte Melody.

Lacey schnaubte. »Na klar.«

»Ehrlich. Meine Mom war Cocktail-Kellnerin, um sich ihre Ausbildung an der Kosmetikschule zu verdienen. Ich erinnere mich daran, dass ich ihr dabei zu zusah, wie sie Drinks servierte, und dachte, als Bartender hätte man es geschafft. Sie hatten schließlich ein besonderes Talent und haben nicht nur herumgeschleppt, was die anderen Leute gemixt hatten. Als Kind wollte ich unbedingt Bartenderin werden, wenn ich groß bin. Und dann fing ich an, mich für Computer zu interessieren.«

»Das ist echt süß«, sagte Lacey lächelnd, dann schüttelte sie wehmütig den Kopf. »Ich weiß auch nicht, ich denke immer, dass ich irgendwann weiß, was ich mit meinem Leben anfangen will. Aber ich warte noch darauf, dass die Inspiration kommt.«

»Hör nicht auf sie«, schaltete sich Tessa ein. Die Yogalehrerin war zu ihnen getreten, quetschte sich neben Lacey und schlang einen Arm um ihre Schultern. Tessa war schlank, braungebrannt und hatte eine unverwüstlich positive Ausstrahlung, wie sie die besten Fitness-Trainer haben. Sie trug ihr Haar zu einem locker auf dem Rücken geflochten Zopf, aus dem einige gewellte Strähnen fielen und ihr Gesicht umrahmten – die perfekten Strandwellen, das Versprechen jeglicher Haarprodukte und Beauty-Zeitschriften, das nie eingelöst wurde.

»Sie weiß genau, was sie machen will«, sagte Tessa jetzt und schüttelte Lacey liebevoll. »Sie hat nur Angst davor.«

»Und was wäre das?«, fragte Melody.

Lacey schüttelte den Kopf und wurde rot. »Hör auf.«

»Sie will auf die Polizeiakademie, wie ihr Vater«, sagte Tessa an Melody gewandt.

Melody war beeindruckt. Allein die körperlichen Anforderungen waren beängstigend, ganz abgesehen davon, dass man als Polizistin eine Waffe mit sich herumtragen und Kriminelle verfolgen musste.

»Ja, und mein Dad wird das niemals zulassen«, sagte Lacey bitter. »Immer, wenn ich es erwähne, sieht er aus, als bekäme er gleich einen Herzinfarkt.«

»Das sollte dich aber wirklich nicht aufhalten«, sagte Melody. »Wenn es das ist, was du willst, darfst du dir das nicht ausreden lassen.«

»Genau das sage ich ihr auch immer«, rief Tessa und strahlte Melody an. »Du hast das heute übrigens großartig gemacht. Du hast eine Menge Potenzial.«

»Ich weiß nicht recht.« Melody zog schüchtern den Kopf ein. »Aber danke. Der Kurs hat echt Spaß gemacht.«

»Du kommst doch nächste Woche wieder, oder?«, fragte Lacey.

»Ja«, sagte Melody und lächelte. »Auf jeden Fall.«

KAPITEL ACHT

Melodys Leben in L.A. bekam langsam eine gewisse Routine, und der Yogakurs am Samstag gehörte dazu.

Nach nur wenigen Wochen machte Melody echte, wenn auch nur mikroskopische Fortschritte. Tessa war tatsächlich eine großartige Lehrerin. Sie hatte eine beruhigende, ermunternde Art, und man nahm es ihr ab, wenn sie sagte, man könne alles erreichen, einfach, weil sie an einen glaubte. Sie würde vermutlich auch während einer Zombie-Apokalypse ruhig bleiben. In *The Walking Dead* wäre sie die Frau, die mit der Eleganz einer Balletttänzerin die Machete schwang und dabei inspirierende Ratschläge gab.

Lacey schaffte es nur etwa jedes zweite Mal zum Yogakurs, aber beim anschließenden Kaffeetrinken war sie immer dabei, wenn sie kam. Mal war sie zum Plaudern aufgelegt und freundlich, dann wieder eher launisch und in sich gekehrt. Melody ertappte sich immer öfter bei der Vermutung, dass es etwas mit Jeremy zu tun hatte, wollte aber nicht fragen, zumal Lacey fast nie über ihn sprach.

Von Jeremy hatte sie seit dem katastrophalen Dinner nichts

mehr gehört oder gesehen – ein Glück, denn sie arbeiteten immerhin im selben Gebäude. Aber Sauer Hewson war ein großes Unternehmen, schließlich bewegten sie sich keinesfalls in denselben Kreisen. Während er auf der Führungsebene arbeitete, saß Melody ganz unten in den Eingeweiden der IT-Abteilung. Sie hätten sich genauso gut auf unterschiedlichen Planeten befinden können.

Noch immer hatte sie keine ihrer Kollegen näher kennengelernt. In der Arbeitswelt Anschluss zu finden war viel schwieriger als auf dem College, wo ein unerschöpflicher Strom an Gleichaltrigen an einem vorbeizog – in den Seminaren, dem Wohnheim, der Bibliothek, den Computerräumen, der Mensa – und alle wirkten aufgeschlossen.

Die Leute, mit denen sie arbeitete, schienen kein besonderes Interesse an Freundschaften zu haben. Offenbar hatten sie davon bereits genügend. Oder sie hatten Familien. Nicht, dass sie unfreundlich waren, im Gegenteil, sie waren nur eben nicht mehr als Kollegen.

Ähnlich verhielt es sich mit den Frauen im Yogakurs. Melody war sich nicht sicher, wie man die Grenze zwischen Bekanntschaft und Freundschaft im Erwachsenenleben überhaupt überschritt. Jede Woche plauderte sie mit den Yogamädels, aber keine von ihnen schlug je vor, etwas anderes zusammen zu unternehmen. Sie bekam keine Einladungen zum Abendessen oder ins Kino. Alle tranken nur ihren Kaffee und gingen dann getrennter Wege bis zum nächsten Samstag.

Aber das war okay. Die Arbeit war gut. Los Angeles war gut. Ihr Leben war gut.

Es war sogar so gut, dass ihre Tage ineinander zu verschmel-

zen schienen. Im Gegensatz zu Boston oder Florida, wo sie aufgewachsen war, hatte Los Angeles keine Jahreszeiten. In Florida
gab es eine Regenzeit, eine gemäßigte Jahreszeit und eine Zeit,
in der es heißer war als im siebten Kreis der Hölle. In Los Angeles hingegen schien das Wetter immer gleich zu sein, weshalb es
noch leichter war, den Überblick zu verlieren. Der Juni kam und
verging wieder, ohne dass Melody es merkte. Eines Morgens
wachte sie auf und stellte fest, dass der erste Juli war, genau ein
Jahr nach Kierans Tod.

Sie redete sich ein, dass es ihr bestens gehe. Es war nur eine
Zahl. Ein bedeutungsloser, zufälliger Jahrestag wie der Pre-
sident's Day oder der Nationale Pfannkuchentag – nur ... es war
schrecklich. Weil nichts anders war als am Tag zuvor, nahm sie
an, es könne auch nicht mehr wehtun als an jedem beliebigen
anderen Tag.

Aber da lag sie falsch. Es tat viel mehr weh.

Sie hätte sie sich krankgemeldet, aber der Gedanke, den ganzen Tag allein in ihrer Wohnung zu sitzen, war noch Furcht
einflößender, als zu arbeiten und so zu tun, als sei alles in Ordnung. Auf der Arbeit hatte sie zumindest Ablenkung.

Also fuhr Melody ins Büro und versuchte, nicht an Kieran zu
denken. Mittlerweile hatte sie das Server-Re-Imaging abgeschlossen und sollte jetzt die Hardware überprüfen, was bedeutete, dass sie von Büro zu Büro ging, die Seriennummern
der Computer notierte und dafür sorgte, dass die Angestellten
alles hatten, was sie benötigten. Eine recht sinnlose Beschäf-
tigung, aber sie trieb sie immerhin aus ihrem tristen Büro hinaus und zwang sie, mit anderen ins Gespräch zu kommen. Sie

führte nicht gern Small Talk mit Fremden, aber so dachte sie wenigstens nicht an Kieran und die Hölle, die sie vor einem Jahr durchlebt hatte.

Sie arbeitete die Mittagspause durch und dann bis nach fünf Uhr. Weil sie den Gedanken nicht ertrug, in ihre leere Wohnung zurückkehren zu müssen, arbeitete sie, bis sich das ganze Gebäude geleert hatte. Dann, bis sie alle Aufgaben für den Rest der Woche und der nächsten Woche erledigt hatte – nur, um etwas zu tun zu haben.

Nach acht Uhr fiel ihr auf, dass sie den ganzen Tag nichts gegessen hatte. Obwohl sie nicht wirklich hungrig war, sollte sie vermutlich etwas zu sich nehmen. Zu Hause hatte sie außer ein paar deprimierenden Tiefkühlgerichten nichts da, also beschloss sie, auf dem Weg nach Hause zum Trost irgendwo essen zu gehen. Vielleicht Sushi.

Das Sushi in L.A. war großartig. Man konnte zu irgendeinem Imbiss in irgendeiner tristen Straße gehen, und es war tausend Mal besser als irgendwo in Boston.

Sushi würde sie sicher aufheitern. Sie konnte kaum glauben, dass sie es ganze acht Monate lang nicht gegessen hatte, ebenso wie so ziemlich alles andere Köstliche, weil Kieran beschlossen hatte, Veganer zu werden …

Jetzt dachte sie doch an Kieran und musste ihre Tränen wegblinzeln. Denn Kieran war tot. Es war ein ganzes Jahr her, und Kieran war immer noch tot, und sie hatte immer noch das Gefühl, es sei ihre Schuld.

Melody nahm ihre Tasche und rannte aus dem Büro. Sie betete, dass sie auf dem Weg hinaus niemandem begegnete. Zum Glück war es so spät, dass sie einzig den Security-Guard in der

Lobby sah, der jedoch nicht von seinem Sudoku aufschaute, als sie an ihm vorbeieilte.

Sie schaffte es bis zur relativen Privatheit ihres Autos, schaffte es, einzusteigen und die Türen abzuschließen, bevor sie völlig zusammenbrach.

Nach Kierans Tod hatte Melody sich einen Monat lang jede Nacht in den Schlaf geweint, bis schließlich keine Tränen mehr übrig waren. Auch wenn es immer noch wehtat, hatte sie seitdem nicht mehr geweint. Nicht einmal beim Serienfinale von *Fringe – Grenzfälle des FBI* oder in der »Weltuntergang«-Folge von *Doctor Who* oder wegen all den anderen Dingen, die sie sonst dazu brachten, in ihre Kleenex-Schachtel zu greifen. Es war, als hätten ihre Tränendrüsen den Geist aufgegeben und sich aus dem Heulgeschäft zurückgezogen.

Und jetzt kamen all die Tränen des vergangenen Jahres auf einmal, als hätte ihr Körper sie sich für diesen einen erschütternden Zusammenbruch aufgespart. Melody legte die Arme aufs Lenkrad, beugte sich vor und schluchzte unkontrolliert.

Sie hatte keine Ahnung, wie lange sie so dort gesessen hatte, als es an ihr Beifahrerfenster klopfte. Sie schrak zusammen, riss den Kopf hoch und sah Jeremy, der mit gerunzelter Stirn durchs Fenster spähte. Natürlich. Von all den Menschen, die hätten vorbeikommen können, musste es *ausgerechnet* er sein.

»Geht es dir gut?«, rief er durch die Scheibe.

»Sehe ich etwa so aus?«, schrie sie zurück und fuhr sich durchs Gesicht.

»Eigentlich nicht.«

Sie wühlte im Handschuhfach nach einer Packung Taschentücher. »Bitte geh einfach.«

»Melody, ich lasse dich auf keinen Fall weinend in diesem Parkhaus allein.« Er versuchte, die Tür zu öffnen, aber sie hatte sie verschlossen. »Bitte mach auf, damit wir reden können?«

Warum musste er unbedingt jetzt auftauchen? Warum konnte er nicht einfach weitergehen, statt hier den Ritter zu spielen?

»Ich will nicht mit dir reden«, sagte sie und schnäuzte sich.

»In Ordnung. Aber wenn ich dich weiter durch die Scheibe anschreie, kommt der Sicherheitsdienst, und dann stehe nicht nur ich hier.«

Melody drückte widerwillig den Entriegelungsknopf, und Jeremy zwängte sich auf den Beifahrersitz. »Was ist passiert?«, fragte er und drehte sich zu ihr, um sie ansehen zu können. Sein Kopf berührte fast das Dach des Fiats.

»Nichts.«

»Das ist eindeutig eine Lüge.«

Sie schnäuzte sich erneut und beschloss zu schweigen.

»Willst du darüber reden?«

»Nein.« Sie verschränkte die Arme und starrte geradeaus. Das Einzige, was sie wollte, war, dass er aus ihrem Auto ausstieg und sie in Ruhe ließ.

»Soll ich dich nach Hause fahren?«

»Ich kann mich selbst nach Hause fahren, wenn du aus meinem Auto aussteigst«, sagte sie durch zusammengebissene Zähne.

Aus den Augenwinkeln sah sie, dass er den Kopf schüttelte. »Du solltest aber nicht Auto fahren, solange du so durcheinander bist. Wenn du nach Hause willst, fahre ich dich – oder ich rufe dir ein Taxi. Aber so kannst du nicht fahren.« Er wartete. »Willst du nach Hause?«

Sie atmete tief durch und lehnte sich zurück. »Eigentlich nicht.«

»Ist was im Büro passiert?«

Sie riss den Kopf herum, um ihn böse anzufunkeln. »Ich hab dir doch gesagt, dass ich nicht darüber sprechen will. Wenn du das nicht respektieren kannst, steig einfach wieder aus.«

»Schon gut«, sagte er und hob beschwichtigend die Hände. »Keine weiteren Fragen.«

»Gut.«

»Außer einer ...«

»Jeremy ...«

»Es ist nicht, was du denkst.«

Melody seufzte laut. »Was denn?«

»Magst du Eis?«

Sie blinzelte. »Was?«

»Eis«, wiederholte er todernst. »Magst du Eis?«

»Natürlich mag ich Eis. Wer mag das nicht? Aber was hat das ...«

»Steig aus und tausch mit mir«, sagte er. »Ich lade dich zum Eisessen ein.«

»Was? Nein. Warum?«

»Immer wenn es meiner Schwester oder mir nicht gut ging, ist mein Dad mit uns Eisessen gegangen, und danach ging es uns immer besser.«

Melody hob ihre Brille an, um sich die Augen zu reiben. »Du glaubst allen Ernstes, dass Eisessen meine Probleme löst?«

»Nein, aber es hilft ein bisschen.« Jeremy neigte den Kopf zur Seite, und er lächelte. »Ich weiß es einfach. Komm, steig aus, damit ich fahren kann. Ich kenne da eine tolle Eisdiele, nur fünf Minuten von hier.«

Vielleicht war Eis gar keine schlechte Idee. »Kannst du mit Gangschaltung fahren?«, fragte sie ihn zweifelnd.

Er sah sie leicht verärgert an. »Ich bin beleidigt, dass du das infrage stellst.«

»Tut mir leid«, sagte sie, öffnete die Tür und stieg aus. »Nicht jeder hat in Maseratis und Lamborghinis Autofahren gelernt, Mr. Playboy-Milliardär.«

Jeremy ging um das Auto herum und setzte sich hinters Steuer. Melody ließ sich auf den Beifahrersitz sinken und schnallte sich an.

»Zu deiner Information, ich habe in einem Ford-Pickup-Truck von 1989 Fahren gelernt«, sagte er und startete den Motor.

Sie zog die Augenbrauen hoch. »Wirklich?«

Er schaltete in den Rückwärtsgang, ließ die Kupplung kommen und glitt in einem Rutsch aus der Parklücke. »Es war der Truck von unserem Gärtner«, gab er zu und schaltete in den ersten Gang. »Ich habe ihn vielleicht irgendwie geklaut und damit Spritztouren unternommen.«

»Wusste ich's doch«, sagte Melody und lächelte wider Willen. »Verwöhntes Bürschchen.«

Jeremy grinste und trat aufs Gas.

•

»Willst du Rocky Road mal probieren?«, fragte Jeremy. »Schmeckt echt gut.«

»Nein Danke.« Melody war kein Nuss-Fan. Außerdem genoss sie ihr Cookie-Dough-Eis mit heißer Toffee-Soße viel zu sehr.

Sie waren die einzigen im Laden, denn die Eisdiele hatte eigentlich bereits seit fünf Minuten geschlossen, aber weil Jeremy dem Typen hinter dem Tresen ein schon fast unanständiges Trinkgeld gegeben hatte, schien der nichts dagegen zu haben, dass sie ein wenig länger blieben.

»Hör mal, Melody«, sagte Jeremy und runzelte die Stirn. »Ich will nicht neugierig sein, aber wenn etwas auf der Arbeit war, dann möchte ich wirklich, dass du es mir sagst. Oder zumindest der Personalabteilung.«

»Es hat nichts mit der Arbeit zu tun.«

»Okay.« Er wandte sich wieder seinem Eis zu und hakte nicht weiter nach, genau wie er es versprochen hatte. Das einzige Geräusch im Laden war das schwere Brummen der Kühlgeräte. Hin und wieder summte eine lose Neonröhre.

Melody stocherte mit dem Löffel in der erstarrenden Toffee-Soße herum. »Das Problem ist das Datum«, sagte sie, weil sie das Gefühl hatte, ihm eine Erklärung zu schulden. »Etwas ...« Sie verzog das Gesicht, weil es ihr schwerfiel, es auszusprechen. »Jemand ist gestorben. Genau vor einem Jahr.«

Jeremy nickte. Er fragte nicht, wer, sondern wartete darauf, dass sie weitersprach.

Aber das tat sie nicht. So viel hatte sie gar nicht sagen wollen. Sie hasste es, darüber zu reden. Sie hasste es, wenn andere davon wussten.

»Die ersten paar Jahre nach dem Tod meines Dads«, sagte er, als sie weiter schwieg, »war es jedes Jahr an seinem Todestag besonders hart. Für uns alle. Meine Schwester ...« – er verstummte und presste die Lippen aufeinander – »ist in Schwierigkeiten geraten. Immer um diese Zeit des Jahres.«

»Mir geht es gut«, beteuerte Melody, merkte aber sofort, wie lächerlich es klang, das zu jemandem zu sagen, der einen gerade dabei erwischt hatte, wie man sich die Augen ausheulte.

»Es wird einfacher«, sagte Jeremy, ohne ihr zu widersprechen. »Es geht nicht weg, aber man lernt, damit zu leben. Es wird irgendwann zu einem Teil von einem. Wie Narbengewebe.«

Sie atmete zittrig aus. »Ich will aber nicht, dass es zu einem Teil von mir wird.« Ihre Stimme bebte ein wenig, und sie zuckte zusammen. Sie hasste es, dass sie so schwach klang.

»Ich weiß«, sagte er sanft. »Aber der Schmerz wird immer da sein. Das ist der Teil, der am schwierigsten ist. Du musst irgendwie herausfinden, wie du mit dem leben kannst, was davon übrig bleibt.«

Melody nickte. »*Derjenige, der aus dem Sandsturm kommt, ist nicht mehr derjenige, der durch ihn hindurchgegangen ist.*«

»Ganz genau. Das gefällt mir.«

»Ist aus einem Buch. *Kafka am Strand.*«

»Muss ich mir ansehen.« Er holte sein Handy hervor. »K-A-F-K-A?«

»Von Haruki Murakami. Eins meiner Lieblingsbücher.«

Er nickte und lächelte beim Tippen vor sich hin. »Dann schaue ich es mir definitiv an.«

Sie schluckte ein großes Stück Cookie-Dough. »Es geht ums Davonlaufen.«

Er schaute zu ihr auf. »Bist du deshalb hierhergezogen? Bist du weggelaufen?«

Sie zuckte die Achseln und rührte mit dem Löffel in ihrem schmelzenden Eis herum. »Irgendwie. Vielleicht. Vermutlich.« Sie dachte nach. »Aber vor allem wollte ich einen Neuanfang. Das ist wohl dasselbe.«

»Hat es denn geklappt?«

»Nein. Überall, wo man hingeht, hat man immer sich selbst dabei.«

Der Blick, den er ihr zuwarf, war weich und voller Mitgefühl. »Das ist aber nicht unbedingt etwas Schlechtes, weißt du.«

Es war nicht leicht, diese Seite an ihm mit all dem anderen zusammenzubringen, was sie über ihn wusste. Sie mochte diesen Jeremy wirklich – den Jeremy, der zuhören konnte, der sie zum Eisessen einlud, weil sie traurig war. Den Jeremy, der freundlich und aufmerksam und ehrlich war und mit dem sie vor drei Jahren jene Nacht in Boston verbracht hatte. Dieser Jeremy war es, den sie gehofft hatte, neu kennenzulernen, als sie nach Los Angeles gezogen war.

Er schob seinen leeren Becher von sich. »Als mein Dad starb, habe ich versucht, vor allem davon zu laufen«, sagte er, ohne sie anzusehen. »Ich hab sein Lieblingsauto aus der Garage geholt und bin auf Sauftour gefahren. Ich dachte, ich könnte den Schmerz herunterspülen. Stattdessen habe ich das Auto zu Schrott gefahren und mir eine Gehirnerschütterung zugezogen.« Bei der Erinnerung daran verzog er den Mund. »Ich hatte Glück, dass ich nicht noch mehr Schaden angerichtet habe. Ich war dumm und egoistisch, und es hat nicht mal geholfen.«

»Es war mein Freund«, hörte Melody sich sagen, so leise, dass es kaum noch ein Flüstern war. »Der Mensch, der gestorben ist, war mein Freund.« Sie musste sich zusammennehmen, um die nächsten Worte aussprechen zu können. »Er hat sich das Leben genommen.«

Jeremy zuckte zusammen. »Herrje ...« Er sah sie hilflos an. Was konnte er auch auf etwas so Grauenhaftes antworten? Dieses Thema brachte jedes Gespräch zum Erliegen.

Sie atmete aus, halb lachend, halb schluchzend. »Ich weiß nicht, warum ich dir das erzählt habe. Ich rede nie über Kieran. Mit niemandem. Aus irgendeinem Grund scheine ich dir immer wieder vertrauen zu wollen, obwohl du mir wirklich keinen Grund dafür gibst.« Sie schob sich eine lose Strähne hinters Ohr und schüttelte den Kopf.

»Ich habe eben ein vertrauenerweckendes Gesicht«, sagte Jeremy und lächelte sein charmantestes Lächeln – das, was er für Kellnerinnen und Mädchen in Bars reserviert hatte.

Melody runzelte die Stirn und schaute weg. Sie konnte diese schmierige Playboy-Tour nicht ausstehen.

»Sorry«, sagte er, und sein Lächeln erstarb. »Du kannst mir vertrauen, Melody. Und wenn du es nicht tust, verstehe ich das auch.«

Der Typ vom Eisladen hatte sich irgendwo nach hinten verzogen und pfiff eine Melodie, die sie nicht erkannte. Wir sollten gehen, dachte sie. Er wartet darauf, dass wir gehen, damit er abschließen kann. Ich sollte Jeremy bitten, mich zurückzufahren, damit er sein Auto holen kann.

»Es war meine Schuld, dass Kieran sich umgebracht hat«, sagte sie stattdessen.

Jeremy schüttelte den Kopf. »Das glaube ich nicht.«

»Du weißt doch nicht mal, was passiert ist. Wenn du die ganze Geschichte kennen würdest ...« Sie schauderte.

»Was auch immer du getan zu haben glaubst, es kann auf keinen Fall deine Schuld gewesen sein.«

»Wir hatten einen Streit. Ich hatte herausgefunden, dass er auf dem Campus verschreibungspflichtige Tabletten verkaufte, und habe ihm gedroht, dass ich mit ihm Schluss mache, wenn er nicht damit aufhört. Er stürmte davon, und ein paar Tage später fanden sie ihn. Er hatte eine ganze Packung Beruhigungsmittel genommen.«

Sie hätte ihn an jenem Abend nicht gehen lassen dürfen. Hätte ihm folgen oder zumindest nach ihm sehen müssen, statt ihn tagelang allein zu lassen. Sie hatte gewusst, dass er manisch-depressiv war; ihr war nur nicht klar gewesen, wie ernst es war. Sie hätte nie gedacht, dass er selbstmordgefährdet sein könnte. Er hatte Tabletten wegen seiner Erkrankung genommen, und sie sorgten dafür, dass er die meiste Zeit einigermaßen ausgeglichen war – bis er es plötzlich nicht mehr gewesen war.

Jeremy legte seine Hand auf ihre. »Es war nicht deine Schuld.«

Sie atmete zittrig auf. »Seine Mutter hat etwas anderes behauptet.«

»Sie hat getrauert. Es ist nicht fair, dich dafür verantwortlich zu machen.«

Melody riss ihre Hand weg und trocknete sich das Gesicht mit einer Serviette. Sie wollte keine Absolution, und schon gar nicht von ihm.

»Jedenfalls«, sagte sie und schniefte, »weißt du jetzt, was ich in Wirklichkeit für ein schrecklicher Mensch bin.«

Er wich zurück. »Melody ...«

»Schon gut«, sagte sie und winkte ab. »Ich meine, es ist natürlich nicht gut. Es ist furchtbar. Aber ich komme darüber hinweg.«

Jeremy lächelte sie an – und diesmal war es kein selbstgefälliges Flirt-Lächeln, sondern ein weicheres, ehrlicheres Lächeln. »Auf jeden Fall wirst du das.«

»Wir sollten gehen«, sagte sie und schob ihren Stuhl zurück, um aufzustehen. Es fiel ihr zu schwer, ihn anzusehen, wenn er so nett zu ihr war.

Jeremy warf die Pappbecher in den Müll, dann fuhren sie zurück in die Sauer-Hewson-Tiefgarage. Bevor er in sein eigenes Auto stieg, umarmte er sie.

Es war ihre erste Umarmung seit Monaten, und obwohl sie kurz und ein bisschen ungelenk war, fühlte sie sich so gut an, dass sie fürchtete, sie würde viel zu oft daran zurückdenken müssen.

KAPITEL NEUN

Nach der Nacht-des-peinlichen-Heulens-und-Eisessens achtete Melody noch genauer darauf, Jeremy bei der Arbeit nicht über den Weg zu laufen. Sie fürchtete, dass es zwischen ihnen merkwürdig werden würde – beziehungsweise noch merkwürdiger. Es war ja nicht so, als wäre es nicht schon vorher ausgesprochen komisch gewesen.

Natürlich passierte genau das ein paar Tage später.

»Tag«, sagte Jeremy hinter ihr, als sie in der Lobby auf den Aufzug wartete.

Beim Klang seiner Stimme schrak Melody zusammen, brachte ihre Gesichtszüge aber in Ordnung, bevor sie sich zu ihm umdrehte. »Tag!«, zwitscherte sie etwas zu begeistert. Na toll. Sie klang wie eine kaputte sprechende Barbie. Nicht gerade cool.

Wenn er fand, dass sie sich seltsam benahm, ließ er sich nichts anmerken. Er lächelte nur freundlich, als sei alles völlig normal zwischen ihnen – als hätte er nicht neulich erst dabei zugesehen, wie sie in ein Schälchen Cookie-Dough-Eis heulte. Er sah sie weder an, als sei sie kaputt oder traurig, noch als verdiente sie sein Mitleid, und sie war ihm dankbar dafür.

Melody wollte ihm das sagen, was aber bedeutet hätte, dass sie den Abend hätte erwähnen müssen, und das musste sie vermeiden, koste es, was es wolle.

Die Aufzugtüren glitten auf, und er machte eine Geste, um sie zuerst eintreten zu lassen.

»Welche Etage?«, fragte sie und drückte einen Knopf.

»Zwanzig.«

Natürlich. Die Geschäftsführungsetage.

Schweigend fuhren sie in den fünften Stock. Aber es war kein unangenehmes Schweigen. Es war eher ... freundschaftlich. Normal. Das Schweigen zweier Kollegen, die zusammen den Aufzug benutzten. Es war überhaupt nicht komisch – komischerweise.

»Dann noch einen schönen Tag«, sagte Jeremy, als sich die Türen öffneten.

»Dir auch.« Melody trat aus dem Aufzug. Kurz bevor die Türen wieder zuglitten, erhaschte sie noch einen Blick auf ihn. Er hob die Hand und lächelte, dann war er verschwunden.

•

Lacey kam in dieser Woche nicht zum Yoga, aber als sie am Samstag darauf erschien, fragte sich Melody unweigerlich, ob Jeremy ihr von ihrem Treffen erzählt hatte. Das musste er doch wohl, oder? Immerhin war Lacey seine Freundin. Vermutlich hatte er ihr alles erzählt.

Aber Lacey erwähnte die Sache mit keinem Wort. Sie begrüßte Melody und schien wie immer. Beim anschließenden Kaffeetrinken war Melody unruhig, weil sie darauf wartete, dass

Lacey den Vorfall ansprach, aber die redete nur von der Arbeit und von der Tanzvorführung, die Tessa und sie sich letzte Woche angeschaut hatten.

Hatte Jeremy ihr womöglich nichts von dem Vorfall erzählt? Oder hatte er sie etwa gebeten, nichts zu sagen?

Melody wagte es nicht, das Thema selbst anzuschneiden. Auf keinen Fall wollte sie, dass es wirkte, als verschweige sie ihr etwas oder als habe sie hinter ihrem Rücken Zeit mit Jeremy verbracht.

Außerdem wusste sie beim besten Willen nicht, wie sie davon anfangen sollte. *Oh, übrigens hat mich dein Freund dabei erwischt, wie ich wegen meines toten Ex-Freunds im Auto geheult habe, und mich deswegen zum Eisessen eingeladen* war schließlich nichts, was man mal eben in eine lockere Unterhaltung einfließen lassen konnte.

Was Melody jedoch am meisten zurückhielt, war, dass sie wirklich, *wirklich* nicht mehr über Kieran sprechen wollte.

»Alles okay bei dir?«, fragte Lacey, als sie aufbrachen.

»Warum?« Melody wappnete sich innerlich.

Lacey warf ihren leeren Kaffeebecher in den Müll und schob mit der Hüfte die Tür auf. »Weiß nicht. Du wirkst irgendwie abgelenkt.«

»Mir geht's gut«, sagte Melody und zerdrückte ihren Pappbecher.

»Okay.« Lacey zuckte die Achseln und wühlte in ihrer Tasche nach dem Autoschlüssel. »Wir sehen uns dann nächste Woche!« Sie winkte und ging zu ihrem Auto.

Offenbar redeten sie nicht darüber.

In den nächsten Wochen lief Melody Jeremy ein paar Mal über

den Weg, aber er war jedes Mal nett und professionell und behandelte sie nicht anders als jeden anderen. Inzwischen hatten Melodys Kollegen bemerkt, dass der Sohn der CEO ihren Namen kannte. Ein paar verhielten sich ihr gegenüber neuerdings netter, andere waren sogar noch kühler. Wofür sie ehrlich gesagt mehr Respekt hatte – immerhin versuchten sie nicht, ihr in den Hintern zu kriechen.

»Guten Morgen«, sagte Melody und stellte sich hinter Jeremy in die Schlange vor der Kaffeebar in der Lobby.

»Guten Morgen«, erwiderte er und lächelte sie an, bevor er bestellte: einen Soja-Zimt-Latte, genau wie sonst auch, wenn sie ihn hier getroffen hatte.

»Lustig«, sagte Melody, während er auf seinen Latte wartete, »in den ersten paar Monaten hier habe ich dich nie gesehen, und jetzt scheinen wir uns ständig über den Weg zu laufen.«

Er griff um sie herum, um ein paar Scheine in den Trinkgeldbecher zu stecken, und senkte die Stimme. »Weil ich dir aus dem Weg gegangen bin.«

Dieses Geständnis überraschte sie. »Bist du?«

Er schaute sich um, wie um sich zu versichern, dass niemand zuhören konnte. »Du hast ziemlich klargemacht, dass du nichts mit mir zu tun haben möchtest, und ich wollte auf keinen Fall, dass du dich bei der Arbeit irgendwie unwohl fühlst. Immer, wenn ich dich gesehen habe, bin ich also einfach ... woanders hingegangen.«

Die Erinnerung daran, wie sie ihn vor dem Restaurant angegangen hatte, war Melody unangenehm. »Jetzt habe ich ein schlechtes Gewissen. Dazu hätte ich dich nicht bringen dürfen.«

»Habe ich eben eine Zeit lang weniger Latte getrunken«, sagte er und tätschelte sich den Bauch, als sei da etwas anderes als ein Sixpack. »Was nicht unbedingt schlecht war.«

Sie verdrehte die Augen. »Immerhin trinkst du ihn jetzt wieder. So ist es doch einfacher, oder?«

»Ganz eindeutig.«

»Wie war eigentlich das Konzert?« Beim Yoga am Samstag hatte Lacey erwähnt, dass sie Tickets für das Passenger-Konzert im Wiltern hatten.

»Was?« Er sah sie verwirrt an.

»Passenger! Lacey sagte, ihr wolltet zum Konzert?«

»Oh. Ach ja.« Sein Gesicht wurde ausdruckslos. »Wir sind dann doch nicht gegangen. Also ich bin nicht gegangen.«

»Warum nicht?«

Er zuckte die Achseln und senkte den Blick. »Ich musste arbeiten. Sie ist stattdessen mit einem Freund gegangen.«

»Du musstest am Samstagabend arbeiten? Wow. Wohl etwas sehr Wichtiges.«

Er atmete hörbar aus, es klang fast wie ein Lachen. »Klar.«

Offenbar steckte mehr dahinter, als er sagen wollte, aber Melody hakte nicht nach. Es ging sie schließlich nichts an.

Die Barista stellte den Becher Latte vor Jeremy ab. »Bitte sehr, Mr. Sauer.«

»Danke«, sagte er und lächelte sein Killer-Lächeln. Dann nickte er Melody zu, murmelte ein »Wir sehen uns später« und eilte davon.

•

Es war elf Uhr am Mittwochabend, und Melody lag mit ihrem Laptop im Bett und schaute Netflix. Das tat sie an den meisten Abenden, um besser einschlafen zu können. Eine ihrer Lieblingsserien noch mal anzuschauen entspannte ihr Hirn. Wenn sie den Dialogen zuhörte, die sie auswendig kannte, und den Darstellern zusah, die ihr so vertraut waren wie alte Freunde, wurde sie ganz ruhig.

Nach ein paar Folgen ploppte das nervige Fenster auf: »Schaust du immer noch?«, fragte es. Geht dich gar nichts an, Netflix, dachte sie, streckte den Arm aus und tippte auf das Touchpad. Als die nächste Folge begann, vergrub sie sich noch tiefer in den Kissen und klemmte sich ihre Lieblings-Flauschdecke unters Kinn.

Was sie einem über L.A. verschwiegen, war, dass es nachts ziemlich *kalt* wurde, auch im Sommer. Nicht so kalt wie in Boston, aber kälter, als Melody mit ihrem Florida-Blut in Südkalifornien erwartet hatte. Sie war in einem Sumpf großgeworden, aber Los Angeles war eine Wüste, und in Wüsten waren die Nächte nun mal eisig. Sobald die Sonne unterging, sank die Temperatur. Es war eine andere Art Kälte als die, an die sie gewöhnt war – anders als die feuchten, klammen Winter in Boston. Etwas an der Trockenheit und dem Kontrast zu dem grellen Sonnenlicht tagsüber jagte ihr immer noch eine Gänsehaut über den Rücken, die sie nicht loswurde, wie bei einem Fieber oder einem Sonnenstich – deshalb lag auf ihrem Bett ein Haufen Decken, mitten im Juli.

Melodys Handy vibrierte auf dem Nachttisch und riss sie aus der Folge *Parks and Recreation*. Sie drückte auf Pause und griff zögerlich nach dem Handy. Bestimmt war es Mom.

Aber es war nicht Mom. Es war Jeremy.

»Tut mir wirklich leid, dass ich so spät noch anrufe«, sagte er, als sie ranging. »Ich hoffe, ich habe dich nicht geweckt.«

»Nein«, sagte sie. »Was ist denn los?«

»Ich stecke in Schwierigkeiten. Ich brauche deine Hilfe.«

Sie setzte sich auf und schüttelte die Decken ab. »Was ist los?«

»Mein Laptop. Mir ist was richtig Blödes passiert, und morgen früh habe ich eine große Präsentation. Geoffrey verlässt sich auf mich, und ich weiß nicht, was ich machen soll.« Er sprach so schnell, dass er nur sehr schwer zu verstehen war.

»Warte mal, ganz langsam. Was ist mit deinem Laptop?«

»Ich habe einen Becher Latte drübergekippt, und jetzt fährt er nicht mehr hoch, und meine Präsentation ist weg.«

»Okaaay. Aber du hast sicher ein Backup gemacht, oder?«

»Nein ... was vermutlich ziemlich blöd war.«

»Ziemlich blöd, ja.«

»Melody!« Seine Stimme klang panisch.

»Ist doch wahr!«, sagte sie. Mal im Ernst, wer seine Dateien nicht sicherte, bekam eben die Quittung.

»Bitte sag mir, dass es einen Weg gibt, meine Präsentation zu retten.«

»Ja, kein Problem.« Vermutlich war es keine große Sache, wenn man wusste, was zu tun war. Und das wusste sie definitiv.

»Wirklich?«

»Pfffh, klar. Hast du denn einen zweiten Laptop? Den du morgen für deine Präsentation benutzen kannst?«

»Ich kann mir einen besorgen.«

»Okay. Komm zu mir – ich schicke dir die Adresse.«

Er atmete hörbar auf. »Danke. Du rettest mir das Leben.«

Eine halbe Stunde später stand Jeremy vor ihrer Tür, die beiden Laptops an die Brust gepresst, wie Moses die Gesetzestafeln vom Berg Sinai. »Ich bin dir wirklich dankbar, dass du das tust«, sagte er – ganz grau im Gesicht.

Er trug noch seinen Anzug. Die Krawatte hatte er gelockert, sein Haar war völlig zerzaust, weil er es sich vermutlich verzweifelt gerauft hatte, wodurch er nur noch mehr wie ein GQ-Model aussah, was wirklich unfair war. Sofort fühlte sich Melody underdressed in ihrem abgetragenen Hoodie und den Yogahosen – obwohl sie in ihrer Wohnung waren und *sie ihm* mitten in der Nacht einen Gefallen tat.

»Hier lang.« Sie führte ihn durchs Wohnzimmer und in das Zimmer, das sie zum Arbeiten nutzte. »Gib mir den toten Laptop.«

Wortlos überreichte er ihr das Gerät. Die Tastatur war klebrig, roch leicht nach Zimt, und – ja – nichts rührte sich, als sie ihn anzuschalten versuchte.

Jeremy schaute ihr zu und rieb sich mit den Handflächen über die Schenkel, wie ein Kind im Büro des Schuldirektors.

»Keine Sorge«, sagte sie und wühlte in ihrer Schreibtischschublade nach einem Schraubenzieher.

Sie entnahm die Batterie, öffnete den Laptop und holte die Festplatte heraus, die Die-Große-Latte-Katastrophe offenbar unbeschadet überlebt hatte. Es dauerte ein paar Minuten, bis sie in den Kisten mit Computerzubehör das richtige Gehäuse für Jeremys Festplatte fand.

»Du hast ja praktisch eine ganze IT-Abteilung hier drin«, sagte er und hob die Augenbrauen.

»Ich tüftele gern in meiner Freizeit. Praktisch ein Hobby.« Das war es jedenfalls mal gewesen. Früher, im College, hatte sie sich Geld dazuverdient, indem sie aus alten Ersatzteilen Computer zusammenschraubte und sie an ihre Kommilitonen verkaufte, aber seit sie hierhergezogen war, hatte sie die Kisten nicht mehr angerührt.

»Da hab ich aber Glück gehabt.«

Sie lächelte ihn an und schob die Festplatte in das Gehäuse, um sie an die Anschlussstifte zu stecken. »So, jetzt fahr mal den anderen Laptop hoch.«

Bis er lief, war sie mit der externen Festplatte fertig und schloss sie über USB an. »Bitte sehr«, sagte sie, als die Dateiliste auf dem Display erschien.

»Ist sie da?« Er beugte sich über den Schreibtisch und klickte auf einen Dateinamen. »O Gott sei Dank«, seufzte er, als sich eine PowerPoint-Präsentation öffnete.

»Du kannst deine alten Dateien auf den neuen Laptop kopieren, dann ist alles wieder in Ordnung.«

Jeremy schaltete sein Tausend-Watt-Lächeln ein, und es traf sie mit voller Wucht. »Du bist großartig.«

Sie fühlte, wie ihre Wangen ganz heiß wurden. »Ist keine große Sache.«

»Ich dachte, ich hätte die ganze Arbeit umsonst gemacht. Ich kann kaum glauben, dass ich sie wiederhabe.«

»Kein Ding, wirklich, es war so leicht wie eins, zehn, elf.«

Er sah sie verständnislos an.

»Das ist ein binärer Witz. Es ist lustig, wenn man weiß, dass eins, zwei und drei im binären System ...« Sie verstummte und schüttelte den Kopf. »Ach, egal. Es ist eigentlich nicht witzig, wenn man es erklären muss.«

Wie er sie ansah, mit diesem seltsamen Beinahe-Lächeln im Gesicht, verunsicherte sie.

»Da gibt es diese Weisheit«, platzte sie heraus, bevor sie sich zurückhalten konnte, »es gibt nur zehn Sorten von Menschen auf der Welt: Die, die das binäre System verstehen und die, die es nicht verstehen.« Sie lachte nervös. »Ich habe einen ganzen Vorrat an binären Witzen. Unter Informatikern sind sie total lustig. Hexadezimale Witze auch, so wie ...«

»Danke schön«, unterbrach Jeremy sie, bevor sie weiterplappern konnte. Und dann umarmte er sie.

»Bitte ... sehr?«, sagte sie zu seiner Schulter. Das hier war anders als die flüchtige Umarmung in der Tiefgarage. Diesmal hielt Jeremy sie ganz fest und schmiegte sich an sie und ... sie blieben einfach eine Weile so stehen.

Einerseits fühlte es sich gut an – *wirklich* gut. Seit Kierans Tod hatte sie keine körperliche Nähe mehr zugelassen – woran sie jetzt *auf keinen Fall* denken sollte. Überflüssig zu erwähnen, dass es lange her war, dass jemand anders als Mom sie so umarmt hatte. Leider umarmte Jeremy auch noch außergewöhnlich gut ... was definitiv ein Problem war.

Als sie so dastand, in seinen Armen, musste sie plötzlich daran denken, wie er sie das letzte Mal im Arm gehalten hatte, vor drei Jahren, und sie versuchte den Gedanken schnell von sich zu schieben. Denn – und das war die andere Seite – er hatte eine Freundin. Eine Freundin, mit der Melody befreundet war. Den

Freund der Freundin zu umarmen, und zwar für eine seltsam lange Zeit und das auch noch spät in der Nacht allein mit ihm in der eigenen Wohnung, war eine *richtig schlimme Sache.*

Kurz bevor sie den Mut zusammengenommen hatte, sich von ihm zu lösen, ließ Jeremy sie los und sank auf den Stuhl vor dem Computer. »Das ist großartig«, sagte er und streckte die Hand nach dem Touchpad aus.

»Hmmh.« Melody rückte ihre Brille zurecht. »Was ist denn überhaupt so wahnsinnig wichtig an dieser Präsentation?«

Er runzelte die Brauen, während er seine Dateien vom externen Laufwerk auf den Laptop zog. »Geoffrey Horvath, der Finanzchef, hält morgen früh seine vierteljährliche Präsentation vor dem Vorstand und hat mich gebeten, die finanziellen Vergleichsdaten herauszusuchen. Das ist eine riesige Verantwortung, weil es ein großer Teil der Präsentation ist – den man mir offenbar nicht hätte anvertrauen dürfen.«

»Hey.« Sie berührte seine Schulter, und er schaute auf, ohne ihr ins Gesicht zu sehen. »Du hast das super gemacht. Alles wird gut.«

Er nickte halbherzig und wandte sich wieder dem Computerbildschirm zu.

Sie merkte, dass ihre Hand immer noch auf seiner Schulter lag, und versteckte sie hastig hinter ihrem Rücken. »Du wirst schon sehen. Mr. Horvath wird eine tolle Präsentation hinlegen, dank dir.«

Jeremy presste die Lippen aufeinander und schüttelte den Kopf. »Ob du's glaubst oder nicht, ich habe bisher keine besonders steile Karriere hingelegt.«

»Na komm, so schlecht kann es doch nicht laufen.«

Er schüttelte erneut den Kopf, den Blick weiter auf den Bildschirm gerichtet. »Ich war so lange Zeit so verkorkst, dass ich glaube, ich kann gar nicht anders. Ich habe mich wirklich bemüht, das zu tun, was mein Vater von mir will, aber die meiste Zeit weiß ich nicht mal, was ich da mache, und ich habe das Gefühl, alle warten nur darauf, dass ich wieder etwas vermassele.«

»Das stimmt doch gar nicht«, sagte Melody. Er sah so niedergeschlagen aus – und so verletzlich, wie sie es nie von ihm erwartet hätte.

Er fuhr sich mit der Zunge über die Unterlippe. »Glaub mir«, sagte er und kopierte weiter Dateien von einem Laufwerk aufs andere. »Das Unternehmensmotto lautet so ziemlich: fressen, oder gefressen werden. Die meisten Leute bei Sauer Hewson würden nur zu gern über meine Leiche gehen, wenn es sie voranbringt. Selbst meine Mutter ...« Er verstummte und schüttelte erneut den Kopf, und Melodys Herz zog sich zusammen. »Sie sagt, sie will, dass ich Erfolg habe, aber irgendwie sieht sie nur meine Fehler. Geoffrey ist der Einzige ...« Er zögerte und atmete tief durch. »Manchmal habe ich das Gefühl, Geoffrey ist der Einzige, der wirklich an mich glaubt. Er war der beste Freund meines Dads und hat mir in den letzten Jahren echt geholfen. Er hat sich um meine Mutter, meine Schwester und mich gekümmert. Er unterstützt mich die ganze Zeit, und ich – ich will ihn auf keinen Fall hängen lassen.«

»Tust du doch auch nicht.« Melody fand es schrecklich, ihn so zu sehen. Er hatte hart gearbeitet und verdiente es nicht, sich wegen eines albernen Unfalls wie ein Verlierer zu fühlen. »Die Präsentation ist fertig, und ich wette, sie ist super. Okay, es gab da einen kleinen Zwischenfall mit einem Heißgetränk, und wir beide müssen mal ernsthaft darüber reden, dass du deine Dokumente immer in der Cloud abspeicherst, aber du wusstest, wen du anrufen musstest, und jetzt wird alles gut.«

»Ich weiß gar nicht, wie ich dir danken soll«, sagte er und fuhr sich müde mit der Hand durch die Haare.

Der Drang, ihm sein Haar glatt zu streichen, war überwältigend, aber Melody schaffte es, ihm nicht nachzugeben. Gerade eben. »Wie wäre es, wenn du sie morgen einfach plattmachst?« Sie richtete einen strengen Zeigefinger auf ihn. »Und dann kommst du zu mir runter, weil ich es nämlich todernst meine mit der Cloud, Freundchen. Ich werde dir ein automatisches Back-up einrichten, dann musst du dir nie wieder Sorgen machen.«

Er brachte ein schwaches Lächeln zustande. »Deal.«

•

Am nächsten Nachmittag tauchte Jeremy mit einem Kaffee und seinem Laptop in Melodys Büro auf. »Fettarmer Vanille-Latte«, sagte er und stellte den Becher vor sie hin. »Mit Extrazucker.«

»Für mich?«, fragte sie, beeindruckt, dass er sich daran erinnerte, wie sie ihren Kaffee am liebsten trank.

»Für dich. Als Dankeschön.«

»Wer mir Kaffee bringt ist stets willkommen.« Sie griff nach dem Becher und löste den Deckel. »Wie lief deine Präsentation?«

»Ganz okay, glaube ich.« Er zuckte bescheiden die Achseln, wirkte aber sehr zufrieden mit sich. »Geoffrey schien jedenfalls nichts zu beanstanden zu haben.«

»Das ist großartig!«

Er strahlte sie an. »Und alles dank dir!«

»Na ja, nicht alles«, sagte sie und spürte, wie sie rot wurde. »Du hast die Präsentation immer noch selbst gemacht. Ich habe sie dir nur wiederbesorgt. Also bin ich für, sagen wir, fünf Prozent davon verantwortlich.«

In seinen Wangen erschienen Grübchen. »Fünf Prozent? Mehr Anerkennung willst du dafür nicht?«

»Vielleicht sieben Prozent«, gab sie nach.

Er lächelte noch breiter, und seine Augen glitzerten – er sah aus wie ein Disney-Prinz. »Wie wäre es mit glatten zehn?«

»Ist gut.«

»Du hast von automatischen Back-ups gesprochen?«, sagte er und hielt seinen Laptop in die Höhe. »Hast du gerade Zeit?«

»Klar.« Melody rutschte zur Seite, um ihm Platz zu machen.

Er hob einen Stapel Mappen von einem Stuhl in der Ecke und zog ihn an den Schreibtisch. Sie machte sich an die Arbeit.

Als die Installation abgeschlossen war, erklärte sie ihm die Grundlagen: wie er an seine in der Cloud gespeicherten Dateien kam, wie er nachschauen konnte, ob das Programm lief, und wie er es auf dem neuesten Stand hielt. Er hörte genau zu, als sie sprach, die Mundwinkel einen Hauch nach unten gezogen, die Stirn konzentriert gerunzelt.

Als er die Hand nach dem Touchpad ausstreckte, streiften seine Finger ihre. Sie zog ihre Hand weg, aber eine Minute später beugte er sich vor, um besser auf den Bildschirm schauen zu können, und drückte seine Brust gegen ihren Arm. Er war ihr jetzt so nah, dass sie sein Rasierwasser oder Parfüm riechen konnte, oder was immer es war. Der Duft war zart, aber berauschend, und ihr wurde schwindelig davon.

Obwohl in ihrem Büro wegen der Server im angrenzenden Zimmer immer kühle zwanzig Grad herrschten, wurde ihr so nah neben Jeremys großartig duftendem Körper furchtbar warm.

»So, das wär's.« Melody schob ihren Stuhl zurück, um ein bisschen Abstand zwischen sie zu bringen. »Meinst du, du kannst es jetzt selbst?«

»Ja, ich glaube schon.« Er stand auf und nahm seinen Laptop. »Und wenn nicht, weiß ich ja, an wen ich mich wenden kann.«

Sie nickte und wickelte sich demonstrativ eine Haarsträhne um den Finger. »Die freundliche IT-Abteilung von nebenan: stets zu Diensten.«

Seine Hand legte sich warm auf ihre Schulter. »Danke, Melody.«

Sie schluckte und nickte erneut. »Jederzeit.«

Er zog seine Hand zurück. »Wir laufen uns bestimmt bald wieder über den Weg?«, sagte er, und es klang wie eine Frage.

»Sicher.«

KAPITEL ZEHN

Das alljährliche Sauer-Hewson-Firmenpicknick war offenbar eine ziemlich große Sache. Melody mochte Picknicks nicht besonders, zumal sie Insekten, Sonnenbrand, Gruppenaktivitäten und Dixi-Klos hasste, aber ihr Chef hatte unmissverständlich deutlich gemacht, dass dieser Spaß Pflichtprogramm war. Deshalb war sie hier in Agoura Hills und schwitzte im selben limettengrünen Sauer-Hewson-T-Shirt wie die anderen achthundert Angestellten, die in der Augusthitze herumliefen.

Der August in L.A.? Nicht besonders gemäßigt. Ganz Kalifornien ächzte unter einer Hitzewelle, und ausgerechnet an diesem Samstagnachmittag herrschten brutale siebenunddreißig Grad im Schatten. Immerhin war es eine trockene Hitze und nicht diese schwere, schwüle Luft, mit der sie in Florida aufgewachsen war. Im Schatten war es weniger schlimm – nur dass es bei diesem blöden Picknick ziemlich schwierig war, überhaupt Schatten zu finden.

Die Veranstaltung schien eher etwas für Kinder zu sein, was sicher nett war, wenn man welche hatte – oder selbst eins war. Aber da nichts von beidem auf sie zutraf, blieb ihr nicht viel zu tun. Der Streichelzoo war ungefähr fünf Minuten lang unterhaltsam, bis sie sich seltsam dabei vorkam, als einzige Erwachsene ohne Begleitung eines Kindes Ziegen zu streicheln. Auf einer Bühne am Ende des Parks spielte eine Band, aber als sie sich näherte, erkannte sie ein geschrammeltes Reggae-Cover von Metallicas »Enter Sandmann« – einfach – *nein*. Definitiv *nein*.

Weshalb dann nur noch die Abteilungsmatches im Softball, Volleyball und Flag Football blieben. Melody hatte sich nicht für das Team der IT-Abteilung gemeldet, weil sie vorgehabt hatte, einfach eine Weile zuzuschauen – nicht, dass sie besonders Lust hatte, dabei zuzusehen, wie die Rechnungsabteilung im Sand gegen die Gebäudeverwaltungsabteilung Volleyball spielte, aber immerhin konnte sie dabei in Ruhe sitzen.

Es war merkwürdig, darüber nachzudenken, dass das jetzt ihr Leben war. Dass sie tatsächlich die Art Mensch war, die auf verpflichtende Firmenveranstaltungen ging und Firmen-T-Shirts mit Logo darauf trug. Ein gesichtsloses Rädchen in der Maschine des Kapitalismus, vierzig Stunden die Woche an ihren Schreibtisch geschmiedet, das sich Sorgen um das nächste Feedback-Gespräch und ihre Rente machte.

Gott, was würde bloß Kieran über sie denken? Vermutlich nichts Gutes, soviel war klar.

Kieran war ein Weltverbesserer gewesen: Er hatte Molekularbiologie studiert in der Überzeugung, auf die Welt gekommen zu sein, um sie zu einem besseren Ort zu machen, indem er Krebs heilte, die Wale rettete, für das Abtreibungsrecht demonstrierte, oder was auch immer gerade das Thema des Tages war.

Was nicht bedeutete, dass er es damit nicht ernst gemeint

hätte. Er hatte nur keine sonderlich große Aufmerksamkeits-spanne. Leidenschaftlich steckte er all seine Energie in ein Thema, nur um ein paar Monate später das Interesse daran zu verlieren und sich etwas Neuem zu widmen, das ihn interessierte.

Wenn er eine seiner guten Phasen hatte, besaß er eine ansteckende Begeisterung für das Leben, mit der er die Menschen anzog wie ein Traktorstrahl. Er liebte alles und alle um sich herum mit einer Wildheit, die ihn selbst nur noch liebenswerter machte. Für eine eingefleischte Pessimistin wie Melody war das eine völlig neue Sicht auf die Welt. Er hatte ihr die Augen für so viel Schönes geöffnet – von den kleinen Dingen wie Wildblumen, die in Rissen im Asphalt wuchsen, bis hin zu den großen Dingen wie den vielen politischen Bewegungen auf der Welt – und dafür verehrte sie ihn geradezu. Selbst wenn sie vielleicht heimlich und tief in ihrem Herzen glaubte, dass sein Idealismus einen Hauch naiv war. Ein ganzes Leben voller Zynismus verschwand eben nicht einfach so über Nacht – nicht mal, wenn man verliebt war.

Kieran hätte es verabscheut, dass sie bei Sauer Hewson arbeitete. Er hätte ihr gesagt, dass sie ihren Intellekt verschwende, ihr Talent für Geld verkaufe. Er hätte dieses bescheuerte Unternehmenspicknick schrecklich gefunden, und dieses hässliche T-Shirt, das vermutlich von ausgebeuteten Kindern in irgendeinem Ausbeuterbetrieb in Pakistan genäht worden war, hätte er ebenfalls gehasst.

»Melody!«

Beim Klang ihres Namens wirbelte sie herum und schaffte es gerade noch so eben, einer Truppe klebriger Kinder auszuweichen. Lacey rannte auf sie zu. Sie trug ein geblümtes Tanktop und abgeschnittene Jeansshorts, die ihre perfekt geformten Beine betonten. Offenbar hatte sie das scheußliche grüne Firmen-T-Shirt einfach nicht angezogen.

»O Gott sei Dank.« Lacey schlang die Arme um sie, als sei sie eine alte Freundin. »Endlich jemand, den ich kenne.«

»Ich wusste gar nicht, dass du kommst«, sagte Melody, ebenfalls erleichtert, ein bekanntes Gesicht zu sehen.

»Ich bin mit Jeremy da. Aber natürlich läuft er rum, redet mit irgendwelchen Leuten von der Arbeit und hat mich hier stehen gelassen. Ich habe mich zu Tode gelangweilt.«

»Ja, ich mich auch.«

»Na ja, jetzt können wir uns zusammen langweilen.« Lacey hakte sich bei Melody ein. »Komm, wir holen uns Drinks!«

Lacey schleppte sie zu einem Imbissstand und bestellte zwei große Limonaden mit Eis.

»Das Problem bei diesen familienfreundlichen Veranstaltungen ist, dass es nirgends Alkohol gibt«, sagte sie und streckte Melody die Becher hin. »Weshalb ich immer etwas mitbringe.« Sie holte einen Flachmann aus ihrer Patchworktasche und kippte einen großzügigen Schwung einer klaren Flüssigkeit in ihre Becher.

Melody nahm einen vorsichtigen Schluck. Es schmeckte nach Wodka. Nach sehr viel Wodka. Und es war köstlich.

»Ich freue mich so, dass wir uns über den Weg gelaufen sind«, sagte sie glücklich zu Lacey, die an ihrem Strohhalm sog und grinste. »Bleib schön bei mir, Kleines. Ich pass auf dich auf.«

•

Möglicherweise war Melody ein kleines bisschen beschwipst. Vielleicht sogar mehr als ein kleines bisschen. Andererseits fing dieses blöde Picknick endlich an, Spaß zu machen.

Sie war schon bei ihrem zweiten Becher Wodka-Limonade. Bisher hatten Lacey und sie sich aus der Hand lesen lassen, die Gesichter schminken lassen – Schmetterlingsflügel für Lacey und ein glitzerndes, pinkfarbenes Einhorn für Melody – und einen Aufseher bestochen, damit er sie mit den Kindern auf der Hüpfburg hüpfen ließ. Melody hatte sich geweigert, an die Kletterwand zu steigen, war aber mit zum Autoscooter, der Riesenrutsche und zu etwas gekommen, was sich Sally die Seeschlange nannte und sich als riesiges, aufblasbares Labyrinth herausstellte. Sie brauchten zwanzig Minuten, bis sie wieder herausstolperten.

Dann wurde der Start der Spiele für die Teams aus der Führungsebene verkündet, und Lacey zerrte sie zu den Spielfeldern. »Glaub mir, das willst du auf keinen Fall verpassen«, sagte sie. »Sie lassen die Chefs all diese blöden Sportfestwettkämpfe machen.«

Das klang in der Tat ziemlich unterhaltsam, also folgte Melody ihr durch die Menge.

»Schau mal, da ist Jeremy«, sagte Lacey und deutete auf ihn.

Tatsächlich stand Jeremy mit ein paar anderen Managern mitten auf dem Spielfeld und bereitete sich aufs Tauziehen vor. Melody kannte die Gesichter nicht gut genug, meinte aber, den Leiter der IT-Abteilung im gegnerischen Team zu sehen. Eine Weile ging es hin und her, bis Jeremys Seite es schließlich schaffte, den Wimpel über die Linie zu ziehen, und die Zuschauer rasteten aus, als das andere Team in den Schmutz fiel.

Melody johlte und schrie, beides, weil sie ein wenig – na ja, vielleicht mittlerweile auch sehr – betrunken war und weil es sich verdammt befriedigend anfühlte, den Chef ihres Chefs mit dem Gesicht im Dreck zu sehen.

Danach gab es ein Sackhüpf-Match, bei dem der IT-Chef erneut in den Schmutz fiel, und dann bereiteten sich die Teams auf den Dreibeinlauf vor.

»Mit wem läuft Jeremy da?«, fragte Melody, als er sich mit einem hübschen Mädchen im Teenager-Alter zusammentat.

»Das ist seine Schwester Hannah. O wow, ihre Mutter macht sogar auch mit.«

Angelica Sauer hatte im gesamten Büro den Ruf, humorlos und angsteinflößend zu sein. Heute aber lächelte sie und lachte sogar. Sie hockte neben einem Mann, den Melody als den Finanzchef Geoffrey Horvath erkannte, und die beiden banden ihre Beine zusammen.

Als das Rennen begann, schossen Jeremy und seine Schwester wie eine perfekt aufeinander abgestimmte Einheit los und ließen all ihre Konkurrenten mühelos zurück. Sie machten den ersten Platz mit Leichtigkeit. Melody nahm an, dass sie ihre Technik bei all den Sauer-Hewson-Picknicks im Laufe der Jahre perfektioniert hatten. Mrs. Sauer und Mr. Horvath hingegen humpelten weit abgeschlagen hinterher. Als sie endlich, mehr fallend als laufend, die Ziellinie erreichten, lachten sie aus vollem Hals.

Als Nächstes folgte die Wasserballon-Schlacht, bei der Jeremy ein Team mit seiner Mutter bildete, während sich seine Schwester mit Mr. Horvath zusammentat. Jeremy gab sich sichtlich Mühe, seiner Mutter den Wasserballon vorsichtig zuzuwerfen, um ihre geschmackvolle und vermutlich sehr teure Föhnfrisur nicht zu ruinieren. Schließlich platze der Ballon in seinen Händen und durchnässte die Vorderseite seines T-Shirts.

Der arme Mr. Horvath hatte weniger Glück. Hannah schleuderte den Ballon auf ihn zu und lachte, als er bereits beim zweiten Wurf auf seiner Hose zerplatzte. Er schien das mit Humor zu nehmen, zumindest lächelte er, während er sich das Wasser von der Hose schüttelte.

Danach schienen die Spiele beendet zu sein, und die Menge begann sich zu verteilen. Lacey winkte, um Jeremys Aufmerksamkeit zu erlangen, und er kam zu ihnen herüber. »Da bist du ja«, sagte er, umarmte Lacey fest und wirbelte sie durch die Luft. »Ich habe dich vermisst.«

Melody sah die beiden zum ersten Mal seit jenem schrecklichen Abendessen zusammen. Sie wirkten heute viel glücklicher. Fast wie eins dieser Paare auf den Fotos, die als Platzhalter in Bilderrahmen steckten: wunderschön, strahlend, perfekt.

»Ih, du bist ja ganz nass!«, rief Lacey lachend und schob ihn von sich.

Er küsste sie auf die Nasenspitze. »Ich mag deine Schmetterlingsflügel. Sieht aus wie eine Superhelden-Maske.«

»Melody hat ein Einhorn«, sagte Lacey.

»Hey, Melody.« Jeremy lächelte sie an. »Amüsierst du dich?«

»Jap.« Melody hob ihren Limonadenbecher. »Dank Lacey.«

Jeremy nahm Lacey den Becher aus der Hand. »Oh-oh, was haben wir denn hier?« Er saugte am Strohhalm und hustete lachend. »Wow! Kein Wunder, dass ihr beide so glücklich wirkt.«

»Hey, das ist meins! Trink es ja nicht aus!«, sagte Lacey und griff nach dem Becher.«

»Mmmm, ich glaube, ich konfisziere das besser, zu eurem Besten.«

Lacey stürzte sich auf ihn, und die beiden begannen zu rangeln. Jeremy hatte den Größenvorteil, aber Lacey war schnell, geschickt und ziemlich rücksichtslos. Und sie hatte es auf seine kitzligen Stellen abgesehen.

»Hallo, Lacey, meine Liebe«, ertönte plötzlich Angelica Sauers kühle Stimme. Sie war hinter sie getreten, und augenblicklich war die Ausgelassenheit wie weggeblasen.

Lacey erstarrte und ließ Jeremy los, als hätte sie sich an ihm verbrannt. »Hallo, Angelica.«

Mrs. Sauer beugte sich vor, um Lacey ein höfliches Begrüßungsküsschen auf die Wange zu geben, aber es wirkte weniger wie eine freundliche Begrüßung als wie der Todeskuss eines Mafiabosses. Dann richtete sie ihren erhabenen Blick auf Melody und hob ihre eleganten Brauen. »Willst du mir deine Freundin nicht vorstellen?«

Jeremy gab Lacey ihren Becher zurück und trat vor. »Mom, das ist Melody Gage. Sie arbeitet in der IT-Abteilung.«

»Schön, Sie kennenzulernen, Melody.« Mrs. Sauer lächelte würdevoll und streckte ihre Hand aus.

»Die Freude ist ganz auf meiner Seite, Mrs. Sauer«, sagte Melody, die verzweifelt hoffte, nicht so betrunken zu klingen wie sie sich fühlte, und wow – autsch –, Angelica Sauer hatte einen Griff ähnlich dem einer olympischen Gewichtheberin.

»Hast du zufällig gesehen, wo deine Schwester hin ist?«, fragte Mrs. Sauer, an Jeremy gewandt.

Er zuckte die Achseln. »Sie wollte sich mit ein paar Freunden treffen.«

Angelica Sauers Finger krümmten sich an ihrem Halsansatz. »Verstehe.«

»Es ist schon okay, Mom.«

Seine Mutter lächelte steif. »Sicher hast du recht.«

Jeremy runzelte die Stirn. »Soll ich sie suchen gehen?«

»Nein, Schatz, du sollst den Rest des Tages genießen.« Seine Mutter tätschelte ihm den Arm. »Oh, seht mal, da ist Edgar Harmon. Entschuldigt mich«, murmelte sie und nickte Lacey und Melody zu.

Mit einem Mal überkam Melody eine Welle der Zuneigung für ihre eigene Mom, die ihr, bei all ihren Fehlern, im Vergleich zu Jeremys Mutter wie ein Korb voll flauschiger Kätzchen vorkam. Sie konnte sich kaum vorstellen, wie es gewesen sein musste, mit Angelica Sauer aufzuwachsen.

»Du willst nach Hannah suchen, oder?«, fragte Lacey. Jeremy seufzte. »Vielleicht.«

»Wir kommen mit«, erwiderte Lacey und drückte seinen Arm. »Oder, Melody?«

»Klar.« Melody zuckte die Achseln. Sie hatte schließlich nichts Besseres zu tun.

•

Ein einziges Mädchen im Teenageralter unter achthundert Menschen zu finden, die alle das gleiche T-Shirt trugen, war leichter gesagt als getan. Fast eine Stunde lang liefen sie herum, bis sie Hannah Sauer fanden, die sich gerade ein Henna-Tattoo machen ließ.

Hannah – oder Shorty, wie ihr Bruder sie nannte – verdrehte

die Augen, wie es nur eine Sechzehnjährige kann, als sie sie sah. »Hat Mom Euch geschickt?«, fragte sie mit einem genervten Seufzen. Sie hatte Jeremys goldbraunes Haar und seine leuchtend blauen Augen, dazu den leicht skeptischen Gesichtsausdruck ihrer Mutter.

»Nein«, sagte Jeremy, was genau genommen keine Lüge war. Er schien erleichtert, sie gefunden zu haben. Hatte er nicht erwähnt, seine Schwester sei nach dem Tod ihres Vaters in Schwierigkeiten geraten?

»Wie findet ihr es?« Hannah zeigte ihnen das komplizierte Muster auf ihrer Hand. »Ist es nicht wunderschön?«

»Sehr cool«, sagte Lacey.

»Mom ist bestimmt begeistert«, seufzte Jeremy. »Sag mir bitte, dass das nicht für immer ist.«

»Das verblasst in ein paar Tagen«, sagte Hannah und verdrehte erneut die Augen. »Aber wartet's nur ab. Sobald ich achtzehn werde, lasse ich mir ein echtes Tattoo stechen. Völlig egal, wie Mom das findet.« Sie warf Melody einen vorsichtigen Blick zu. »Wer sind Sie denn?«

»Hannah, das ist Laceys Freundin Melody«, sagte Jeremy.

»Hi.« Melody lächelte, als machte es ihr nicht das Geringste aus, dass Jeremy sie als Laceys Freundin vorstellte und nicht als seine. Warum sollte er auch? Es war ja irgendwie wahr. Und dass er ihr nicht erklären wollte, wie sie sich wirklich kennengelernt hatten, war nur verständlich.

»Hey«, murmelte Hannah, die bereits das Interesse an Melody verloren hatte.

»Was ist denn mit den Freunden, mit denen du dich treffen wolltest?«, fragte Jeremy.

»Die waren langweilig.«

Jeremy wirkte, als wollte er sie weiter ausfragen, aber bevor er dazu ansetzen konnte, mischte sich Lacey ein. »Wir wollten uns etwas zu essen holen. Willst du mit?«

Hannah zuckte die Achseln. »Klar, warum nicht?« Es klang, als fände sie die Idee ungefähr so spaßig, wie zum Zahnarzt zu gehen und die Zahnspange festgezogen zu bekommen.

Sie schlenderten alle zusammen hinüber zum Essenzelt und beluden sich ihre Pappteller mit Spareribs und Rinderbrust. Jeremy fand einen leeren Picknicktisch, sie setzten sich auf die Holzbänke davor und stopften alles in sich hinein, während sie über ihre Lieblings-Grillgerichte und die Vor- und Nachteile von Essigsoße im Gegensatz zu süßer Soße diskutierten – nur Hannah schwieg und schob ihr Essen auf dem Pappteller herum.

»Alles okay?«, fragte Jeremy sie schließlich. Er wischte sich die Finger an einem Erfrischungstuch ab.

»Ja.«

»Shorty«, sagte er sanft. »Was war mit deinen Freunden?«

»Nichts.« Sie starrte auf ihren Pappteller. »Sie wollten was nehmen, und als ich ihnen gesagt habe, dass ich nicht mitmache, sind sie abgehauen.«

»Hey.« Er knuffte sie liebevoll in die Seite. »Ich bin stolz auf dich.«

»Meinetwegen«, murmelte sie, aber man sah ihr an, dass sie sich freute.

»Wer will ein Eis?«, fragte Jeremy und warf seine Serviette in den Müll.

»Ich!«, riefen Lacey und Hannah wie aus einem Munde.

Jeremy sah Melody an. »Und du?«, fragte er und lächelte sie an, als teilten sie ein Geheimnis miteinander. »Magst du Eis?«

Melody lächelte zurück. »Wer tut das nicht?«

·

Als sie ihr Eis gegessen hatten, wurde es langsam dunkel, also gingen sie über die Spielfelder zurück, um sich einen Platz zu suchen, von dem aus sie das Feuerwerk sehen konnten. Jeremy überredete einen der Vorstandsassistenten, ihnen eine übrig gebliebene Decke abzugeben, dann zogen sie ihre Schuhe aus und legten sich zu viert darauf, um in den dunklen Himmel zu schauen.

»Funkel, funkel, kleiner Stern, ach wie bist du mir so fern«, sagte Hannah und zeigte auf das hellste Stecknadelköpfchen über ihnen.

»Wünsch dir was«, sagte Jeremy zu ihr.

»Das ist die Venus. Ein Planet, kein Stern«, verbesserte Melody automatisch. »Aber man nennt sie auch den Abendstern«, fügte sie hastig hinzu. »Also kann man sich vermutlich auch etwas wünschen, wenn man sie sieht.«

»Kennst du noch andere Sterne oder Sternbilder?«, fragte Hannah, die zum ersten Mal so etwas wie Interesse an Melody zeigte.

»Ähm ...« Melody suchte am Himmel nach etwas Wiedererkennbarem. »Siehst du die Gruppe Sterne da drüben? Das ist der Schütze. Das Sternbild soll aussehen wie ein Zentaur, der einen Langbogen hält.«

»Sieht für mich eher wie ein unförmiger Fleck aus«, sagte Hannah und kräuselte die Nase.

»Weil der Rest der Sterne in diesem Sternbild zu schwach leuchtet. Manche Leute nennen es auch die Teekanne, weil das Innere ein wenig so aussieht. In einer wirklich klaren Nacht, ohne die Lichter der Stadt, sieht man die Milchstraße aus der Tülle herauskommen wie eine Dampfwolke.«

»Wo hast du das alles gelernt?«, fragte Hannah.

»In der Schule«, antwortete Jeremy an ihrer Stelle. »Melody hat in der Highschool fleißig gelernt, damit sie zum Studium aufs MIT gehen konnte.«

»Herrje, großer Bruder, danke für den subtilen Lebensratschlag«, versetzte Hannah sarkastisch und stieß ihn mit dem Ellenbogen.

Melody strich sich eine Strähne aus dem Gesicht, und plötzlich wurde ihr bewusst, dass sie noch immer Farbe im Gesicht hatte. »O mein Gott!«, sagte sie erschrocken.

»Was ist los?«, fragte Jeremy.

»Ich hatte ein Glitzer-Einhorn im Gesicht, als ich deine Mutter kennengelernt habe!« Sie hatte das dumme Ding ganz vergessen.

Jeremy, Hannah und Lacey wollten sich ausschütten vor Lachen.

»Das ist nicht witzig.« Melody vergrub das Gesicht in den Händen. »Jetzt denkt die CEO unserer Firma, dass ich eine Idiotin bin.«

»Mach dir keine Sorgen«, sagte Jeremy. »Du siehst supersüß aus. Sie wird es dir nicht übel nehmen.«

»Nein, sie wird zu sehr damit beschäftigt sein, dir übel zu nehmen, dass du mit mir befreundet bist«, fügte Lacey hilfsbereit hinzu.

»Na toll«, murmelte Melody.

»Hey, das Feuerwerk geht los«, sagte Hannah, als helle, bunte Lichter am Himmel über ihnen explodierten.

Sie verstummten, spürten das Donnern und Knallen in ihren Brustkörben vibrieren. Funkelnde Blüten entfalteten sich am Himmel, und der Geruch nach Schwefel zog zu ihnen herüber, bevor er als bläulicher Rauch davonwaberte.

Als sie so neben Lacey im Gras lag und zusah, wie das Feuerwerk den Nachthimmel verzierte, breitete sich ein wohliges Gefühl in Melody aus. Dieser Tag war vollkommen gewesen.

Genau darauf hatte sie gehofft, als sie hergezogen war – wieder ein Teil von etwas zu sein. Freunde zu haben, mit denen sie durchs Leben gehen konnte.

Zum ersten Mal seit langer Zeit war sie glücklich.

KAPITEL ELF

»Mom«, stöhnte Melody ins Telefon. »Bitte, ich möchte keine Dating-Portal-Mitgliedschaft zum Geburtstag. Ich habe dir doch gesagt, ich bin nicht an Online-Dating interessiert.«

Seit Neuestem nörgelte Melodys Mutter noch eifriger an ihrem Liebesleben herum als sonst. Sie war überzeugt, dass Melody im fortgeschrittenen Alter von zweiundzwanzig Jahren Gefahr lief, zu einer vertrockneten alten Jungfer zu werden.

»Bist du überhaupt auf ein einziges Date gegangen, seit du in L.A. wohnst?«

»Na ja ...« Rein theoretisch konnte sie das bejahen, wenn sie das katastrophale Dinner mit Jeremy, Lacey und Drew mitzählte. Aber dann würde Mom alle Einzelheiten wissen wollen, und das würde wiederum Dinge ans Licht bringen, von denen sie nicht wollte, dass ihre Mutter sie erfuhr.

»Ich hatte zu tun.«

»Ich will einfach nicht, dass du einsam bist, mein Schätzchen.«

»Ich bin nicht einsam.« *Zumindest meistens.* »Ich habe Freunde.« Lacey zählte als Freundin, oder?

»Du, da draußen, in einer neuen Stadt, ganz allein. Ich mache mir Sorgen.«

»Mir geht es gut, Mom.«

Ihre Mutter gab ein melodramatisches Seufzen von sich. »Es ist jetzt schon über ein Jahr her, dass du Du-weißt-schon-wen verloren hast, Schätzchen.«

Sie sprach Kierans Namen niemals aus. Weil sie wusste, dass Melody nicht gern über ihn redete. Da sie ihn aber trotzdem ständig erwähnen zu müssen schien, vermied sie es einfach, seinen Namen zu sagen – als wäre er Lord Voldemort.

»Ich möchte jetzt nicht darüber reden«, sagte Melody durch zusammengebissene Zähne.

»Ich meine doch nur, es ist an der Zeit, wieder aufs Pferd zu steigen. Wenn du zu lange wartest, vergisst du vielleicht, wie es geht.«

»Ich habe nicht vergessen, wie *es* geht.«

Oder etwa doch? Sie redete sich ständig ein, dass sie sich noch nicht auf jemanden einlassen wollte. Dass sie noch nicht bereit war. Aber vielleicht war das nur eine Ausrede. Vielleicht wusste sie schlicht nicht mehr, wie man liebte. Vielleicht war sie nicht mehr fähig dazu. Wie wenn man seine Beine lange nicht benutzte: Die Muskeln bildeten sich zurück. Ob sich ihr Herz zurückgebildet hatte?

»Ich kenne dich doch, Melody«, widersprach Mom. »Wenn es hart auf hart kommt, versteckst du dich vor der Welt, aber so findest du dein Glück nicht. Du musst ausgehen. Mach doch bei einem Buchclub mit oder so.«

»Ich gehe jede Woche zum Yoga.«

Zum Glück klingelte es in diesem Augenblick an der Tür, so

dass Melody einen Grund hatte, das Gespräch abzubrechen. »Mom, ich muss auflegen. Meine Pizza ist da«, verabschiedete sie sich hastig und ging zur Tür, um zu öffnen.

»Jeremy!«, rief sie überrascht aus und machte einen Schritt rückwärts. »Du bist nicht meine Pizza.«

Er war nass bis auf die Knochen. Die Hitzewelle war vorbei, stattdessen regnete es heute Abend tatsächlich – zum ersten Mal, seit Melody nach Los Angeles gezogen war –, und Jeremy hatte weder Jacke noch Schirm dabei. Wasser tropfte ihm vom Gesicht, und sein Blick war so hart, dass sie einen Augenblick brauchte, um zu erkennen, wie rot seine Augen waren – es sah aus, als hätte er geweint.

»Wusstest du es?«, knurrte er, bevor sie ihn fragen konnte, was überhaupt los war.

»Was denn?«, fragte sie erschrocken.

»Das mit Lacey und Tessa.«

Sie blinzelte verwirrt. »Was ist denn mit Lacey und Tessa?«

Sein Zorn verrauchte, und er sank vor ihren Augen in sich zusammen. »Lacey hat mit mir Schluss gemacht«, sagte er mit bebender Stimme. »Wegen Tessa.«

Mehrere Sekunden lang war Melody zu verblüfft, um auch nur ein Wort herauszubringen. Es klang zunächst völlig unbegreiflich – aber je länger sie darüber nachdachte, desto mehr leuchtete es ihr ein. Wie eng Tessa und Lacey jedes Mal miteinander gewirkt hatten, wenn sie sie gesehen hatte. Wie liebevoll. Wie glücklich. Und dass Lacey nicht über Jeremy sprach. Nie.

Und deshalb, das begriff Melody jetzt, war die Sache völlig klar und sie eine Idiotin, weil sie es nicht früher erkannt hatte.

»Komm rein«, sagte sie und öffnete die Tür noch ein Stück.

Als sich Jeremy nicht rührte, nahm sie ihn am Arm und zog ihn über die Schwelle. »Du bist ja pitschnass.«

»Sorry«, murmelte er, während er auf ihren Wohnzimmerfußboden tropfte.

»Zieh die Schuhe aus. Ich hole dir ein Handtuch.«

Als sie mit dem Arm voller Handtücher zurückkam, stand er immer noch an genau derselben Stelle, hatte seine Schuhe aber neben die Tür gestellt. »Hier«, sagte sie und hielt ihm eins der Handtücher hin. Ein anderes warf sie auf den Fußboden und schob es mit den Zehen herum, um die Wasserpfütze aufzuwischen, die sich dort gebildet hatte.

Er rubbelte sich mit dem Handtuch die Haare, so dass sie zu allen Seiten abstanden wie Stachel, und streifte sich dann die Füße an dem Handtuch auf dem Fußboden ab.

»Setz dich«, sagte sie und deutete aufs Sofa.

»Ich mache dein Sofa nass.«

Sie legte ein weiteres Handtuch über die Sitzkissen und klopfte mit der Handfläche darauf. »Setz dich.«

Wortlos setzte er sich auf das Handtuch. Es brach ihr fast das Herz, ihn so dahocken zu sehen, barfuß in seinen nassen Kleidern, das Handtuch um die Schultern, an dem er sich festklammerte wie an einer Rettungsweste. Jeremy sah aus, als stünde er noch unter Schock; er musste direkt hergekommen sein, nachdem ihm Lacey die Neuigkeiten eröffnet hatte.

Melody setzte sich neben ihn. »Erzähl mir, was passiert ist.«

Er senkte den Kopf und rieb sich die Augen. »Sie hat gesagt, sie liebt mich nicht. Sie sagte, sie sei in ihre beschissene Yogalehrerin verliebt.« Er lachte bitter auf. »Ich meine, klingt doch wie das Drehbuch eines besonders schlechten Films, oder?«

»Tut mir leid.« Melody wollte tröstend die Hand auf seinen Rücken legen, aber in letzter Sekunde verließ sie der Mut, und ihre Hand sackte stattdessen zwischen ihnen auf die Couch.

»Ich kann es echt nicht glauben. Meine Freundin ist lesbisch.«

»Bisexuell.«

Jeremy sah sie ausdruckslos an.

»Lesbische Frauen gehen gar nicht mit Männern aus. Lacey ist vermutlich bisexuell.«

»Sie ist schon seit *Monaten* in jemand anders verliebt«, sagte er unglücklich und vergrub wieder das Gesicht in den Händen.

Es fiel ihr schwer, *allzu* viel Mitleid mit ihm zu haben, weil sie von seinen Frauengeschichten wusste. Aber er hatte gesagt, er habe sich geändert, und vielleicht war er Lacey ja tatsächlich treu gewesen. So oder so, es lag auf der Hand, dass er das hier nicht hatte kommen sehen.

»Es muss ihr sehr schwergefallen sein, dir die Wahrheit zu sagen«, meinte Melody. Sie dachte daran, wie unglücklich Lacey die ganze Zeit gewesen sein musste, weil sie hatte verbergen müssen, wer sie wirklich war.

»Ich habe nicht besonders gut reagiert.« Jeremy kniff die Augen zu. »Ich habe Dinge gesagt, die ich mir wohl besser hätte verkneifen sollen.«

Melody biss sich auf die Unterlippe. Sie wollte weder Einzelheiten hören noch sich auf eine Seite schlagen.

Wieder kam die Rettung in Gestalt der Türklingel – endlich! Die Pizza. Dankbar für die Ablenkung sprang sie vom Sofa auf.

Sie gab dem Boten ein Trinkgeld und trug den Pizzakarton in die Küche. Ohne nachzufragen, kramte sie zwei Teller hervor und ging damit ins Wohnzimmer. Jeremy hatte sich noch immer nicht aus seiner Erstarrung auf dem Sofa gelöst.

»Hier«, sagte sie und schob ihm einen Teller hin. »Ich hoffe, du magst Salami und Pilze.«

Er nahm den Teller, setzte sich auf und stellte ihn dann auf seine Knie. Schweigend und vor sich hin starrend aßen sie ihre Pizza. Als sie fertig waren, nahm Melody ihm den Teller wieder ab. »Willst du noch ein Stück?«, fragte sie über die Schulter hinweg auf dem Weg in die Küche.

»Nein danke.« Er stand auf und rieb sich die Handflächen an der nassen Hose. »Vielen Dank, aber ich sollte vermutlich besser gehen.«

Kurz war sie versucht, ihn zum Bleiben zu überreden, aber er schien wirklich gehen zu wollen, also begleitete sie ihn zur Tür und wartete, bis er seine durchnässten Schuhe angezogen hatte. Immerhin hatte es mittlerweile fast aufgehört zu regnen, und er würde nicht wieder nass werden.

»Hey«, sagte sie, als er die Tür öffnete. »Schaffst du das allein?«

Er nickte ihr halbherzig zu. »Ich bin ja nicht zum ersten Mal sitzen gelassen worden.« Er atmete zittrig aus. »Danke, dass ich mich an deiner Schulter ausheulen durfte.«

»Du hast doch noch nicht mal geweint«, sagte sie. »Weder an meiner Schulter noch sonst wo. Wobei du das natürlich jederzeit darfst, wenn du willst. Meine Schulter ist dafür ziemlich gut geeignet. Die andere auch. Und sie stehen dir beide zur Verfügung.«

Er lächelte beinahe. »Schon gut. Oder zumindest wird es schon gut werden.« Er sah sie direkt an, als wollte er noch et-

was anderes sagen, öffnete den Mund, aber alles, was heraus-
kam, war: »Bis dann, Melody.«

•

Am nächsten Tag rief Lacey an und bat Melody, sich mit ihr auf
einen Kaffee zu treffen. Sie verabredeten sich für den Nachmittag in ihrem Stamm-Café beim Yogastudio.

Melody kam als Erste an und stellte sich in die Schlange. Lacey tauchte ein paar Minuten später auf. Sie trug ein T-Shirt
und dieselbe abgeschnittenen Jeans wie beim Picknick. Ihr Haar
hatte sie unter einer Baseballkappe versteckt. »Tut mir leid,
dass ich zu spät bin«, sagte sie.

»Schon gut«, antwortete Melody. »Ich hole Kaffee, und du si-
cherst uns den Platz da hinten am Fenster.«

Als ihre Bestellung fertig war, trug sie sie zum Tisch, an dem
Lacey bereits wartete und mit den Fingern auf der Resopal-
Oberfläche herumtippte.

»Ich muss dir was sagen«, begann sie, kaum dass Melody sich
gesetzt hatte.

»Ich glaube, ich weiß es schon.«

Laceys Gesicht wurde ganz knittrig. »Jeremy hat es dir gesagt,
oder?«

»Ja.«

»Tut mir so leid, dass ich es dir nicht früher sagen konnte. Ich
habe ein schlechtes Gewissen deswegen.«

Melody berührte sie am Arm. »Du musst mir gar nichts sagen,
wenn du dazu nicht bereit bist. Aber ich bin da, wann immer du
mich brauchst, okay?«

»Danke.« Lacey knibbelte an der Pappmanschette des Kaffee-
bechers und runzelte die Stirn.

»Und ... Bist du okay?«

»Klar.« Lacey hob eine Schulter, ein halbes Achselzucken.
»Ich meine, ich bin nicht diejenige, die verlassen wurde, oder?«
Sie gab ein Geräusch von sich, das vermutlich ein Lachen sein
sollte, aber eher wie ein Schluchzen klang.

»Es muss trotzdem schwer gewesen sein.«

Lacey atmete zittrig aus. »Ein Spaß war es nicht, das stimmt.
Aber es hätte sicher noch schlimmer laufen können, wenn auch
nicht viel schlimmer.«

»Er war verletzt. Was auch immer er gesagt hat, er hat es sicher nicht so gemeint.«

»Oh, ich bin mir ziemlich sicher, dass er alles genau so gemeint hat.« Lacey starrte in ihren Kaffee, den sie noch nicht angerührt hatte. »Es kam schließlich nicht aus heiterem Himmel.
Ich hätte es ihm früher sagen müssen. Ihn so anzulügen war
nicht fair.« Sie verstummte und atmete tief durch, schaute dann
hoch zu Melody. »Wie geht es ihm?«

Melody hatte keine Ahnung, denn seit er gestern ihre Wohnung verlassen hatte, hatte sie nichts mehr von Jeremy gehört.
»Ich glaube, es war ein Schock für ihn.«

Lacey nickte. Sie sah elend aus. »Er wird schon wieder.«,
sagte sie und klang, als wollte sie sich selbst davon überzeugen.
»Es ist ja nicht so, als ob wir die ganze Zeit furchtbar glücklich gewesen wären. Schon bevor ich Tessa kennengelernt habe,
waren wir ...« Sie zögerte. Dann fügte sie hinzu: »Manchmal
wusste ich gar nicht, warum wir überhaupt zusammen waren.«

»Und hast du jetzt eine Antwort darauf?« Melody konnte nicht anders, sie musste das einfach fragen. Sie verstand beim besten Willen nicht, wie man mit jemandem zusammen sein konnte, wenn man doch eigentlich in jemand anderen verliebt war.

»Du musst das verstehen«, sagte Lacey und rutschte unruhig auf ihrem Stuhl herum, »als Charlotte das mit uns herausfand, hatte ich wirklich eine scheußliche Zeit. Sie und Jeremy waren so lange zusammen gewesen – obwohl sie einen großen Teil der Zeit nicht *wirklich* zusammen waren, zumal er ja am anderen Ende des Landes auf die Uni ging. Aber alle dachten, sie würden heiraten.«

»Wusste sie denn, dass sie betrogen wurde?«

Lacey zuckte die Achseln. »Sie hat immer behauptet, dass sie es nicht wusste, aber ich glaube, das stimmt nicht. Sie muss es geahnt haben. Jeremy war nie besonders vorsichtig gewesen. Ich schätze, dass sie wirklich glaubte, er würde sich ändern. Dass er sich in der Uni noch mal so richtig ausleben würde, um dann zu ihr zurückzukommen und mit ihr eine Familie zu gründen.«

»Das klingt ein bisschen ... naiv«, bemerkte Melody.

»Ja, aber so ist Charlotte. Sie muss immer perfekt sein: perfekte Noten, perfekte Klamotten, perfekter Freund. Sie und Jeremy waren das perfekte Paar – oder zumindest wollte sie, dass alle das glaubten. Solange er auf der Uni war, konnte sie die Augen vor seinen Affären verschließen – aus den Augen, aus dem Sinn, verstehst du? Aber als sie herausfand, dass er auch mit mir schlief, war es vorbei. Sie ist vollkommen durchgedreht.«

»Wie hat sie es denn herausgefunden?«

Laceys Blick glitt zur Seite. »Ich habe es ihr wohl erzählt.«

Melody blieb der Mund offen stehen. »Warum?«

»Ich wünschte, ich könnte sagen, weil ich sie zu schützen versucht habe, aber ... wir hatten einen Streit – über irgendetwas Dummes, ich weiß es nicht einmal mehr –, und ich wurde so sauer, dass ich es ihr ins Gesicht sagte.«

»Ih«, machte Melody. »Was ist dann passiert?«

»Sie hat eine Riesenszene gemacht. Hat mit Jeremy Schluss gemacht und dafür gesorgt, dass alle wussten, warum. Sie hat fast ein Jahr lang nicht mehr mit mir gesprochen. Es ist immer noch nicht einfach zwischen uns, aber immerhin erträgt sie es mittlerweile, mit mir in einem Raum zu sein.«

Melody wollte Mitleid mit Lacey haben, aber sie konnte nicht anders, als gleichzeitig zu finden, dass sie es verdient hatte.

»Schon in Ordnung«, sagte Lacey, die ihren Gesichtsausdruck richtig deutete. »Du darfst mich scheiße finden.«

»Ich finde dich nicht scheiße. Ich finde nur ..., dass du ein paar weniger gute Entscheidungen getroffen hast.«

»Ich habe es total vermasselt. Keine Frage. Ich kann nur sagen, dass ich jung war und eindeutig ein paar Probleme hatte.«

»Okay, aber wie kamt Jeremy und du nach der ganzen Sache dann zusammen?« Diesen Teil verstand sie nicht. Das war doch ein sicherer Weg in noch mehr Chaos.

Lacey seufzte. »Jeremy und ich waren die beiden Bösen in dieser Geschichte, und alle, die wir kannten, haben sich gegen uns verbündet, also mussten wir uns aneinanderklammern. Es hat uns irgendwie zusammengeschweißt, verstehst du?«

Melody nickte, und Lacey sprach weiter.

»Es sollte eigentlich nichts Ernstes werden. Wir haben nur ein bisschen Spaß gehabt. Zwei dumme Kinder, die hinter dem Rücken meiner Schwester miteinander rummachten und dachten, sie kämen damit durch. Aber als es rauskam, beschlossen wir, wenn wir schon so viel Elend angerichtet hatten, sollten wir wenigstens auch zusammen sein. Ich glaube, keiner von uns hat sich darüber Gedanken gemacht, ob es das war, was wir wirklich wollten.« Sie schüttelte den Kopf. »Ich weiß nicht einmal, ob wir als Paar je glücklich waren, um ehrlich zu sein.«

»Bist du denn jetzt glücklich? Mit Tessa?«

»Ja«, sagte Lacey und lächelte breit. »Das bin ich.«

»Nur das ist wichtig«, sagte Melody. »Tessa scheint wirklich ein toller Mensch zu sein.«

Lacey lächelte noch breiter. »Das ist sie. Ein besserer Mensch, als ich ihn verdiene, so viel ist schon mal sicher.«

»Wie lange seid ihr beiden denn …« Melody wusste nicht recht, wie sie es nennen sollte. Heimlich verliebt?

»Seit Mai.«

»Wow.« Also schon bevor Melody sie überhaupt kennengelernt hatte. Das erklärte eine Menge.

»Ja, ich weiß«, sagte Lacey und schürzte die Lippen. »Ich hätte es wirklich nicht so lange hinauszögern dürfen.«

»Und warum hast du es getan? Ich meine, wenn du schon wusstest, dass du bei Tessa bleiben wolltest?«

Lacey kauerte sich ein wenig zusammen und ballte die Hände zu Fäusten. »Weil ich ein verdammter Feigling bin. Ich hatte die ganze Zeit gehofft, dass Jeremy mit mir Schluss machen würde, damit ich es nicht tun muss. Damit ich ihm nicht sagen muss, dass ich ihn wegen einer Frau verlasse.«

Melody hatte Lacey für vollkommen furchtlos gehalten. Sie war so direkt und selbstsicher, als nähme sie alles völlig gelassen. Es war ein Schock – aber auch irgendwie ermutigend – zu sehen, dass selbst jemand wie sie starr vor Angst sein konnte.

»Die Sache ist die«, sagte Lacey, »es war nicht mal das Gespräch mit Jeremy, vor dem ich am meisten Angst hatte. Es war alles, was danach kommt. Es ihm zu sagen, bedeutet, es allen Freunden zu sagen. Und Charlotte. Und unseren Eltern. Es war ... es kam mir so überwältigend viel vor.«

Melody nickte mitfühlend. Sie hatte erlebt, wie ihr bester Freund in der Highschool seinen Eltern gestand, dass er schwul war. Sie hatten geschrien, geweint und gedroht, ihn auf eine Militärschule zu schicken oder einer Konversionstherapie unterziehen zu lassen, bevor sie sich allmählich an den Gedanken gewöhnten, einen schwulen Sohn zu haben. »Hast du es ihnen schon gesagt?«

Lacey lehnte sich zurück und lächelte. »Ich habe heute Vormittag beim Familienbrunch die Bombe platzen lassen. Es war viel leichter, als es Jeremy zu sagen. Wer hätte das gedacht. Charlotte musste ein paar passiv-aggressive Kommentare von sich geben, weil es mal nicht um sie ging, aber mein Dad hat nicht mal mit der Wimper gezuckt. Dieser Macho-Latino-Polizist hatte nichts weiter dazu zu sagen als: ›Na, dann muss ich mir ja keine Sorgen mehr machen, dass du schwanger wirst.‹«

Melody lachte. »Das ist doch gut, oder?«

»Ja. Und meine Mom war geradezu begeistert. Konnte es kaum erwarten, all ihren Freundinnen von ihrer queeren Tochter zu erzählen. Offenbar bringt ihr das mehr liberale akademische Glaubwürdigkeit oder so. Zum ersten Mal bin ich nicht das schwarze Schaf in der Familie.«

»Mütter«, sagte Melody und schüttelte den Kopf.

Lacey schnaubte und griff endlich nach ihrem Kaffee. »Sie sind doch alle total durchgedreht, oder?«

KAPITEL ZWÖLF

Erst ein paar Tage später sah Melody Jeremy wieder. Er ging gerade ins Firmengebäude, als sie aus dem Aufzug in die Lobby trat. »Hi«, sagte sie und kam auf ihn zu. »Wie geht es dir?«

Er schenkte ihr sein professionelles Lächeln. »Gut.«

»Wirklich?« Sie sah ihn an und versuchte zu entscheiden, ob er die Wahrheit sagte oder ob er nur jemanden spielte, dem es gut ging. Aber er sah wirklich ganz okay aus – sogar beinahe fröhlich.

»Wirklich«, versicherte er ihr und warf einen Blick auf seine Armbanduhr. »Sorry, ich habe oben ein Meeting ...«

»Alles klar.« Melody winkte und schaute ihm hinterher. Er lächelte. Er war frisch rasiert, sein Haar war makellos gestylt, und er trug einen glatt gebügelten Anzug. Keine Anzeichen für eine Depression oder übermäßiges Grübeln. Vielleicht kam er gut mit der Trennung zurecht. Sie hoffte es.

Bevor er in den Aufzug stieg, warf er noch einen Blick in ihre Richtung. Melody hob die Hand, und er neigte als Antwort kurz den Kopf, um dann zu verschwinden.

Am Ende der Woche rief Lacey an und lud Melody auf ein paar Drinks in die Bar ein, in der sie arbeitete.

»Das ist eine ganz entspannte Sache«, sagte sie. »Nur Tessa, ich und ein paar Freunde. Eine kleine Feier.«

»Was feiern wir denn?«

»Mein Coming-out oder so.« Lacey klang, als sei es ihr ein wenig peinlich. »Das war Tessas Idee. Eigentlich ist es für uns beide, wir feiern, dass wir jetzt zusammen sein können. Ein bisschen albern, oder?«

»Das ist nicht albern. Es ist süß.«

Lacey schnaubte ein wenig gereizt, und Melody konnte praktisch sehen, wie sie die Augen verdrehte. »Also kommst du jetzt, oder was?«

»Natürlich komme ich.« Melody grinste.

»Cool«, sagte Lacey. »Nimm dir ein Uber. Vor der Bar gibt es keine Parkplätze. So kommst du nach Hause, und wir können selbst einen trinken.«

•

Die Bar, in der Lacey arbeitete, lag in Studio City. Es war eins dieser coolen, billigen Lokale, die zurzeit in waren. Die Drinks auf der Cocktailkarte hatten Namen wie »Vollblondige Busine« und »Ferdammt Französisch« und wurden aus Zutaten gemixt, von denen Melody noch nie gehört hatte, wie Demerara und Chartreuse – was sie eigentlich für eine Farbe gehalten hatte, aber offenbar in Wirklichkeit ein Schnaps war –, oder aus Zutaten, von denen sie zwar schon mal gehört hatte, die sie sich aber nie in einem Drink hätte vorstellen können, so wie Feigenmarmelade oder Rote Bete. Zum Glück ersparte man ihr die Qual der Wahl, denn der Bartender – Verzeihung, der *Alchemist* – brachte eine Flasche Champagner an ihren Tisch.

Abgesehen von Melody, Lacey und Tessa waren noch zwei andere Frauen dabei: Devika und Kelsey. Devika hatte dunkle Haut und dicke kupferfarbene Zöpfe, die sie sich oben auf dem Kopf zu einem Knoten zusammengesteckt hatte – und den edelsten Knochenbau, den Melody außerhalb eines Films oder einer Zeitschrift je gesehen hatte. Kelsey sah aus wie ein Pin-up-Girl aus den 1940er Jahren. Sie trug knallroten Lippenstift, der in starkem Kontrast zu ihrer blassen Haut stand, und ihr tintenschwarzes Haar war zu Wasserwellen gestylt.

Melody fühlte sich in Gesellschaft dieser Frauen wie das hässliche Entlein, aber an dieses Gefühl hatte sie sich seit ihrem Umzug nach Los Angeles schon gewöhnt. Die Leute hier sahen einfach besser aus als im Rest des Landes. Von den Schauspielern war das natürlich zu erwarten, aber auch Personen, die nichts mit der Unterhaltungsindustrie zu tun hatten, sahen verdammt schön und stylisch aus. Es war ehrlich gesagt fast ein wenig beunruhigend.

Lacey warf dem Bartender ein Luftküsschen zu, als er ihre Gläser füllte. »Danke, Terrance.« Sie saß zwischen Melody und Tessa auf einem der Ledersessel an der Wand, Devika und Kelsey hatten es sich ihnen gegenüber in den Lounge-Sesseln bequem gemacht.

»Für dich immer gern, meine Schöne«, erwiderte Terrance und zwinkerte ihr zu. Auch er war wunderschön. Er sah aus wie Luke Cage – Schwarz, glatzköpfig und mit einem Bizeps, der so groß war wie Melodys Schenkel –, und aller Wahrscheinlichkeit nach war er schwul. »Ruf einfach nach mir, wenn ihr zu etwas anderem bereit seid.«

»Ein Toast!«, sagte Kelsey und hob ihr Champagnerglas. »Darauf, dass die da ...« – sie warf einen bedeutungsvollen Blick in Richtung Lacey – »... endlich ihr Leben geregelt bekommt.«

»Das ist verdammt noch mal auch an der Zeit!«, fiel Devika ein.

»Und auf Tessa«, fügte Lacey hinzu. Sie sah sie an, als hätte sie sie gerade aus einem brennenden Gebäude gerettet. Was in gewisser Weise vermutlich auch stimmte, dachte Melody. »Dass sie so geduldig darauf gewartet hat, dass ich meinen jämmerlichen Hintern hochkriege.«

»Zufällig liebe ich deinen Hintern«, sagte Tessa und verschränkte die Finger mit Laceys.

»Prost!«, rief Melody, und sie beugten sich vor und stießen an. Sie kannte sich mit Champagner nicht aus, aber dieser hier schmeckte teuer. Er fühlte sich gut an in ihrer Kehle.

»Was machst du denn so, Melody?«, fragte Kelsey, lehnte sich in ihrem Lounge-Sessel zurück und streckte die Beine aus. Sie trug Budapester mit acht Zentimeter hohen Absätzen, wie eine Femme fatale in einer Raymond-Chandler-Geschichte.

»Ich ... äh, arbeite in der IT«, antwortete Melody und brachte ihre schwarzen Converse Sneaker außer Sichtweite.

»In welcher Firma denn?«

»In Jeremys Firma, tatsächlich«, sagte Lacey und grinste.

»Ach wirklich?« Kelsey zog eine perfekt gezupfte und nachgemalte Augenbraue hoch. »Erzähl mal.«

»Ach, da gibt es eigentlich gar nichts zu erzählen.« Melody war sich nicht sicher, was die anderen darüber denken würden, dass sie im College einen One-Night-Stand mit Jeremy gehabt hatte, und sie wollte es auch nicht unbedingt herausfinden. Die Tatsache, dass Lacey und sie beide mit ihm geschlafen hatten, war schon schräg genug – es wäre sicher noch schräger, darüber reden zu müssen. Laut. Vor ihren Freundinnen.

»Keine Sorge, sie ist cool«, sagte Lacey. »Sie ist aufs MIT gegangen. Sie ist praktisch ein Genie.«

»Was machst du denn so?«, fragte Melody an Kelsey gewandt, um das Thema zu wechseln.

Kelsey zuckte die Achseln. »Ich bin die typische Schauspielerin-Schrägstrich-Kellnerin. Zurzeit eher mehr Kellnerin, aber so ist wohl das Leben.«

»Wie lief denn dein Casting letzte Woche?«, fragte Tessa. »Das war doch für einen Film, oder?«

Kelsey verdrehte die Augen. »Sie wollten jemanden, der ein bisschen magersüchtiger ist als ich. So ein Pech aber auch. Jon Hamm spielt ebenfalls mit.«

»Er war mal hier«, sagte Lacey. »Ich habe ihm einen Martini gemacht. Extra dirty.«

»Sieht er in Wirklichkeit auch so gut aus?«, fragte Melody. Sie hatte einmal drei Staffeln *Mad Men* an einem Wochenende geschaut. Don Draper war vielleicht ein ekelhaft sexistischer, unreifer Kerl, aber Jon Hamm war so heiß, dass sie ihn sofort heiraten und eine Million Babys mit ihm machen würde, wenn er sie darum bäte.

»Besser«, grinste Lacey. »Du weißt doch, was sie über ihn sagen, oder?«

»Du meinst, dass er einen dreißig Zentimeter langen Schwanz hat?«, fragte Kelsey grinsend.

Lacey nickte. »Terrance da drüben«, sagte sie und bewegte

das Kinn in seine Richtung, »wollte es selbst sehen und ist ihm auf die Herrentoilette gefolgt.«

»Das hat er nicht gemacht!«, rief Devika erschrocken.

»Und, was hat er herausgefunden?«, fragte Melody.

Lacey zuckte die Achseln. »Er ist in eine der Toilettenkabinen gegangen.«

»Ist vermutlich sogar besser«, sagte Kelsey und ließ den Champagner in ihrem Glas kreisen. »Das hält den Zauber am Leben.«

»Kommen viele Promis hierher?«, fragte Melody und schaute sich in der Bar um. Seit sie nach L.A. gezogen war, war sie nicht vielen Promis begegnet, bis auf das eine Mal, als sie Jared Leto im Trader Joe's gesehen hatte. Er hatte eine Jogginghose und ein zerrissenes T-Shirt getragen, und sie hätte ihn beinahe für einen Obdachlosen gehalten.

»Ein paar. Aber meistens sind es Rohstoffhändler und Banker, die hierherkommen, um ehrlich zu sein. Obwohl, Emma Stone war einmal hier. Sie war sehr nett.«

»Na endlich wird's interessant«, sagte Devika. »Ich steh auf Rothaarige.«

»Versuchst du mich deshalb ständig davon zu überzeugen, mir die Haare rot zu färben?«, fragte Kelsey.

»Vielleicht«, sagte Devika und beugte sich vor, um ihr einen Kuss zu geben.

Also waren die beiden auch ein Paar. Und Melody somit nicht nur das hässliche Entlein, sondern *auch noch* das fünfte Rad am Wagen. Na gut. Egal. Sie war ja daran gewöhnt.

»Hört auf, so süß zusammen zu sein.« Lacey streckte die Zunge aus. »Das ist eklig.«

»Ihr zwei könnt ab jetzt auch so süß sein«, gab Devika zurück.

»Hey, du hast recht.« Lacey wandte sich um und küsste Tessa – lange und langsam, sie nahm sich richtig Zeit.

Lacey wirkte so unfassbar glücklich, dass Melody fast ein wenig traurig wurde, wenn sie daran dachte, wie lange sie gebraucht hatten, an den Punkt zu kommen, öffentlich ihre Zuneigung füreinander zeigen zu können.

»Okay, das reicht jetzt. Herrje.« Kelsey rümpfte die Nase. »Ein bisschen Manieren bitte schön, die Damen.«

»Wir brauchen mehr Drinks.« Lacey schwenkte ihr leeres Champagnerglas in der Luft herum und versuchte, Terrances Blick aufzufangen. Sie hatte frisch manikürte, blassblau lackierte Fingernägel. Offenbar kaute sie nicht mehr an den Nägeln.

»Verdammt, auf jeden Fall«, sagte Devika und stürzte ihren Rest Champagner hinunter.

Kelsey nickte. »*Viel* mehr zu trinken.«

»Gin Tonic?«, schlug Lacey vor. »Ich bestelle uns Gin Tonics.«

Terrance kam, räumte die Champagnergläser ab und ging dann wieder, um ihnen eine Runde hausgemachter Gin Tonics zu bereiten. Melody hatte keine Ahnung, in welcher Hinsicht hausgemachter Gin Tonic sich von normalem Gin Tonic unterschied. Musste man Gin Tonic nicht ohnehin mischen? Das war doch Sinn und Zweck eines Barbesuchs – dass sie dort Drinks mixten, oder?

»Wir müssen Melody verkuppeln«, sagte Tessa und betrachtete sie mit geschürzten Lippen.

Melody schüttelte erschreckt den Kopf. »Das müssen wir wirklich nicht.«

»Was ist denn dein Typ?«, fragte Devika.

»Männer«, antwortete Lacey an ihrer Stelle.

»Exklusiv?«, fragte Kelsey?

»Ähm, ja, so ziemlich«, sagte Melody.

»Tragisch.« Devika verzog das Gesicht.

»Hey, Männer haben auch ihr Gutes«, sagte Kelsey und grinste. »Nicht wahr, Lacey?«

Lacey schnaubte. »Einige mehr als andere.«

Melody sah sie mit schmalen Augen an und versuchte herauszufinden, ob das eine Anspielung auf Jeremy war, woraufhin Lacey grinsend die Brauen hochzog. Bedeutete das, dass sie tatsächlich über Jeremy sprach? Und wenn ja, war es eine Beleidigung oder ein Kompliment?

Nein. Halt. Eigentlich wollte sie es gar nicht wissen. Je weniger sie über die schmutzigen Einzelheiten von Laceys und Jeremys Beziehung wusste, desto besser.

»Also, was machst du beruflich?«, fragte Melody, an Devika gewandt.

»Ich bin Kinderkrankenschwester«, antwortete Devika.

»Oh, wow.« Melody konnte weder Kinder ertragen *noch* Blut sehen und bewunderte jeden, der die Kraft hatte, sich um kranke Kinder zu kümmern.

Devika zuckte die Achseln, als sei das nicht der Rede wert. »Ich arbeite in einer Kinderarztpraxis, daher pieke ich Kinder hauptsächlich mit Nadeln.«

»Wechsel nicht das Thema«, warnte Kelsey sie und sah Melody streng an. »Wie magst du deine Typen denn? Blond? Braun? Dünn? Muskulös?«

»Ähm«, sagte Melody und versuchte, nicht an Kierans volles

153

braunes Haar und sein sanftes Lächeln zu denken. »Ich weiß nicht genau.«

»Wie wäre es hiermit: Wenn du irgendeinen Schauspieler flachlegen könntest, wen würdest du nehmen?«

Melody grinste. Endlich eine Frage, die sie beantworten konnte, ohne dass es ihr unangenehm war. »Chris Evans.«

»Hervorragende Wahl«, sagte Tessa.

»Scheiße, selbst ich würde es mit Chris Evans treiben, wenn er hier vor mir stünde«, stimmte Devika zu.

»Ich bin eher Typ Chris Hemsworth«, sagte Kelsey und warf ihr Haar zurück.

»Yay, Drinks!«, rief Lacey, als Terrance mit einem Tablett Einmachgläser zurückkehrte. Sie jubelten, als er es auf den Tisch stellte, und er tippte sich an eine imaginäre Hutkrempe.

Der hausgemachte Gin Tonic war köstlich. Und stark. Melody spürte bereits nach wenigen Schlucken, wie er ihr zu Kopfe stieg.

Die vier diskutierten weiter, mit welchen Prominenten sie schlafen würden, bis Kelsey und Tessa begannen, sich darüber zu streiten, wer eher infrage käme: Kate Winslet oder Cate Blanchett. Melody war eindeutig im Team Kate Winslet, zog es aber vor, sich lieber nicht öffentlich auf eine Seite zu schlagen. Schließlich spielten sie Fuck, Marry, Kill.

»Han Solo, Prinzessin Leia oder Chewbacca«, fragte Tessa Devika, nachdem Terrance die zweite Runde Gin Tonics gebracht hatte.

»Neue oder alte Filme?«

Tessa wedelte ungeduldig mit der Hand. »Egal.«

»Das ist aber wichtig«, beharrte Kelsey. »Oder?« Sie sah Melody Unterstützung heischend an.

Melody nickte zustimmend. »Eindeutig.«

»Dann die alten Filme«, sagte Tessa.

»Ähm ...« Devika runzelte die Stirn und überlegte. »Okay, ich würde Leia heiraten – *offensichtlich*.«

Tessa nickte. »Offensichtlich.«

»Und Han Solo umbringen, was bedeutet, ich müsste mit Chewbacca schlafen, fürchte ich.«

»Du würdest Han Solo *umbringen*?«, fragte Melody entsetzt. Han Solo war der erste Mann, den sie je hatte heiraten wollen. Ihr heterosexuelles Hirn empfand Devikas Antwort praktisch als Sakrileg.

Kelsey hob die Hand. »Ich würde gern über die Tatsache sprechen, dass meine Freundin gerade gesagt hat, sie würde *einen Wookiee vögeln*.«

»Ich hätte da eine Frage«, sagte Lacey und neigte den Kopf zur Seite. »Glaubt ihr, er hat ein Männerding unter all dem Pelz, oder ist es eher so ein rotes Würstchen wie bei einem Hund?«

»Er trägt keine Hose.« Tessa runzelte die Stirn; offenbar dachte sie ernsthaft über das Problem nach. »Also muss es wohl eher ein Hundepimmel sein, oder?«

»Möchtest du deine Antwort anpassen?«, fragte Kelsey.

»Ne, schon in Ordnung«, sagte Devika und grinste.

Sie brachen allesamt in Kichern aus, als wäre das das Lustigste, was sie je gehört hätten.

·

»Die Drinks sind wirklich stark«, bemerkte Melody mit dem dritten in der Hand. Sie fand zwar, dass sie sich angesichts der gegebenen Umstände ganz gut hielt, trotzdem verschwamm die Welt eindeutig ein bisschen an den Rändern.

Kelsey beugte sich vor und stach ihr mit einem glänzend roten Fingernagel ins Knie. »Warum sollen wir dich nicht verkuppeln?«

Melody zuckte die Achseln und ließ sich auf dem Sofa zurückfallen. »Ich bin einfach gerade nicht an einer Beziehung interessiert.«

»Jeder ist an einer Beziehung interessiert«, versetzte Devika und schüttelte den Kopf. »Alle, die etwas anderes sagen, lügen. Oder lügen sich selbst etwas vor.«

»Ich war in einer Beziehung«, gab Melody zu und ließ die Eiswürfel in ihrem Einmachglas kreisen. »In einer ernsthaften. Ich bin noch nicht wieder bereit für so etwas.«

Devika blinzelte sie an, als wollte sie etwas fragen, und überlegte, wie sie es am besten formulieren sollte. »Wie alt bist du?«, sagte sie schließlich.

»Zweiundzwanzig. Fast dreiundzwanzig.«

Tessa beugte sich über Lacey hinweg zu ihr. »Wann hast du Geburtstag?«

»Tatsächlich nächsten Mittwoch.«

Melody hatte schon die ganze Woche versucht, nicht weiter darüber nachzudenken. Sie hatte niemanden, mit dem sie ihren Geburtstag feiern konnte, also würde es einfach ein normaler Tag werden. Es war keine große Sache. Nach dem Einundzwanzigsten war es wahrscheinlich ohnehin sinnlos, Geburtstage zu feiern.

»Hey, wir sollten ausgehen!«, sagte Lacey und wandte sich an Tessa. »Oder?«

»Auf jeden Fall«, sagte Tessa.

»Nein, wirklich«, erwiderte Melody und schüttelte den Kopf. »Das müsst ihr nicht tun.«

»Doch, müssen wir«, entschied Lacey, ohne sich auf ihrem Widerstand einzulassen. »Mittwochabend nach der Arbeit Abendessen. Okay?«

Melody musste lächeln. »Okay.«

·

»Ich mag dein Haar«, sagte Melody zu Kelsey beim vierten Gin Tonic – oder war es der fünfte? Wer konnte da schon mitzählen? »Und dein Make-up. Und dein ...« – sie wedelte mit der Hand – »alles. Wo hast du das bloß gelernt?«

»YouTube«, sagte Kelsey. »Kein Witz.«

Melody fühlte sich ganz aufgeweicht und flauschig. Als trüge sie ihren Lieblings-Fleece-Pyjama, nur ums Hirn gewickelt. Alkohol war eine tolle Sache – sie konnte sich gar nicht mehr daran erinnern, warum sie nicht öfter trank.

»Lacey, deine Freundin ist betrunken«, stellte Devika fest.

Lacey blinzelte zu Tessa herüber.

»Nicht deine *Freundin*-Freundin. Deine andere Freundin.« Devika machte eine Kinnbewegung in Richtung Melody.

»Da steckt wohl der Teufel im Detail«, sagte Melody und brach in wildes Kichern aus.

Morgen würde sie auf jeden Fall einen Kater haben. Und es war ihr so was von egal.

»Ist schon okay«, sagte Lacey und tätschelte ihr liebevoll den Arm. »Wir bringen sie nach Hause.«

Melody legte den Kopf auf Laceys Schulter und kuschelte sich an sie. »Ihr seid einfach die Besten.«

•

Melody wurde von einem Handyklingeln aus dem Schlaf gerissen. Ihr Kopf fühlte sich an, als versuchte jemand, ihren Schädel von innen mit einem Presslufthammer aufzustemmen.

»Wie geht's dir mit deinem Kater?«, fragte Lacey, als Melody endlich ihr Handy gefunden hatte und rangegangen war.

»Verheerend.«

»Mach dir einen Bloody Mary. Das hilft.«

Natürlich hatte Melody die Zutaten für einen Bloody Mary nicht zufällig in ihrer Wohnung herumliegen. Und selbst wenn: Allein bei dem Gedanken an mehr Alkohol wollte ihr der Magen aus dem Mund springen und schreiend durchs Zimmer laufen.

»Ich werd's mir merken«, murmelte sie und schluckte den Drang herunter, sich zu übergeben.

»Ich dachte, ich ruf mal an, um zu sehen, ob du noch am Leben bist. Du warst wirklich ziemlich betrunken.«

»Ja.« Melody rieb sich die Stirn. »Danke, dass ihr mich nach Hause gebracht habt.«

Sie erinnerte sich nicht daran. Alles, was sie wusste, war nur noch, dass sie die Bar auf Tessa gestützt verlassen hatte. Und dass sie in ihr Bett gefallen war. Und dass Lacey ihr die Schuhe ausgezogen hatte. Alles andere lag im Nebel.

»Okay. Ich überlasse dich dann mal deinem Kater«, sagte Lacey. »Aber Mittwochabend steht, oder?«

Mittwoch?

Ach ja. Ihr Geburtstag.

»Ihr müsst aber wirklich nicht ...«

»Sei nicht albern«, versetzte Lacey. »Ist doch dein Geburtstag.«

.

Abgesehen von dem begeisterten Anruf ihrer Mutter frühmorgens – samt Ständchen –, verging Melodys Geburtstag wie jeder andere Tag. Und das war ihr recht. Vollkommen recht.

Man hatte ihr endlich ein Software-Entwicklungsprojekt übertragen, wenn auch nur als Testerin und nicht als Entwicklerin. Aber es war immerhin ein Schritt in die richtige Richtung. Es bedeutete, dass sie jetzt Teil eines Projektteams war und enger mit den Kollegen zusammenarbeitete. Aber weil das erst seit Kurzem so war, wusste keiner in ihrem Team, dass sie Geburtstag hatte. Nicht, dass das irgendwie wichtig gewesen wäre, aber vielleicht hätte ihr jemand doch eine Karte oder einen Kuchen besorgt.

Möglicherweise wünschte sich ein kleiner Teil von ihr, Jeremy würde vorbeikommen, um ihr zu gratulieren, aber das war natürlich eine dämliche Hoffnung. Woher sollte er ihr Geburtsdatum wissen? Sie waren schließlich keine richtigen Freunde. Was auch immer sie stattdessen waren.

Jeremy war einfach niemand, mit dem man befreundet war. Er sah zu gut aus, war zu reich, zu unerreichbar. Mal abgesehen davon, dass es unangenehm war, mit jemandem befreundet zu sein, mit dem man einen One-Night-Stand gehabt hatte, *und* abgesehen von der Tatsache, dass er Laceys Ex-Freund war, gehörte seiner Familie auch noch das Unternehmen, bei dem Melody angestellt war. Das ging einfach einen Schritt zu weit.

Sie hatte ihn in letzter Zeit ohnehin kaum zu Gesicht bekommen. Seit der Trennung von Lacey hatte sie ihn erst zweimal gesehen, und beide Male hatte er ihr lediglich ein paar Sekunden seiner Aufmerksamkeit geschenkt, um dann wieder weiterzuhetzen.

Sie waren flüchtige Bekannte – mehr nicht. Jetzt, da Lacey und er getrennt waren, war Melody nur noch eine Freundin seiner Ex-Freundin, was im Grunde gar nichts war.

Aber es war in Ordnung. Weder Jeremy noch sonst jemand auf der Arbeit musste ihr zum Geburtstag gratulieren, dafür hatte sie Lacey und Tessa. Melody hatte jetzt ihre eigenen Freundinnen, und sie wollten zu ihrem Geburtstag mit ihr essen gehen.

Sie hatten ein kubanisches Restaurant auf dem La Cienega Boulevard vorgeschlagen, was perfekt war, weil kubanisches Essen Melody an zu Hause erinnerte. Sie ging direkt von der Arbeit dorthin. Das Essen war großartig – kein Vergleich zu Florida natürlich, aber das Knoblauchhühnchen konnte sich sehen lassen. Auch der Krug Sangria, den Lacy bestellte, war gut, aber Melody gönnte sich nur ein Glas davon. Es war mitten in der Woche – und seit Samstagabend hatte sie ein wenig Respekt vor Alkohol.

Abgesehen davon, dass sie Yoga unterrichtete, arbeitete Tessa als Masseurin und unterhielt sie während des Essens mit Anekdoten über ihre schrägen Kunden.

»Da war dieser Typ, total verklemmt und ordentlich, wie ein Banker oder so – mittleren Alters, Anzug und Krawatte, graues Haar. Jedenfalls, ich ging aus dem Zimmer, damit er sich bis auf die Unterwäsche ausziehen konnte, und als ich zurückkam, stand er in einem roten Glitzertanga da.«

»Igitt!«, sagte Melody und kräuselte die Nase.

»Das zeigt mal wieder«, sagte Lacey, den Mund voll Lechon Asado, »dass man nie weiß, was für schräges Zeug die Leute unter ihrer Oberfläche verstecken.«

Melody versuchte, sich einen der Kollegen auf der Arbeit mit einem Glitzertanga unter den Khakihosen vorzustellen. Allein der Gedanke daran war verstörend.

»Und er war richtig haarig. Robin-Williams-haarig.«

»Ein Bär«, sagte Lacey wissend.

Tessa schüttelte den Kopf, wobei sich eine Strähne ihres blonden Haares aus dem Pferdeschwanz löste und ihr in die Stirn fiel. »Ich bin mir ziemlich sicher, dass er hetero war.«

»Heteromänner tragen keine Tangas«, sagte Lacey. »Nur Stripper vielleicht.«

»Ich schwöre es dir«, sagte Tessa und schenkte sich noch ein Glas Sangria ein, »dieser schon.« Sie goss auch Lacey nach, deutete dann auf Melodys Glas und zog fragend die Brauen hoch.

Melody schüttelte den Kopf. »Wie machst du das? Fremde Leute anfassen – und dann auch noch halbnackte.« Sie konnte sich kaum vorstellen, sich von jemand Fremdem massieren zu lassen, und schon gar nicht, einer fremden Person eine Massage zu geben.

Tessa lächelte und schob sich die lose Strähne wieder hinters

Ohr. »Das ist nicht so schlimm. Körper sind nur Körper. Und wir haben alle einen.«

»Weißt du, was Tessa von normalen Menschen wie dir und mir unterscheidet?«, sagte Lacey in verschwörerischem Tonfall an Melody gewandt, »Dass sie Menschen wirklich *mag*.«

»Menschen sind interessant«, sagte Tessa. »Jeder hat eine Geschichte.«

»Ja, wie der Arsch in der Bar gestern, der mir sagte, ich hätte Wolverine-Titten.« Lacey verdrehte die Augen. »Der war ein echter Garrison Keillor. Ich wisst doch noch, dieser Radiomoderator?«

»Was soll das überhaupt heißen?«, lachte Melody. »Was für Titten hat denn ein Wolverine?«

»Wer zum Teufel soll das wissen? Menschen sind ekelhaft.« Lacey spießte eine frittierte Kochbanane von Melodys Teller auf und grinste. »Anwesende natürlich ausgenommen.«

»Hast du ihr von Krav Maga erzählt?«, fragte Tessa.

»Ich habe mich für einen Krav-Maga-Kurs angemeldet«, sagte Lacey und zuckte die Achseln.

»Sag ihr, warum.«

»Ich werde mich für das nächste Ausbildungstraining des Los Angeles Police Department bewerben. Ich dachte, Krav Maga verschafft mir vielleicht einen Vorteil bei den Fitnessprüfungen.«

»Das ist großartig!« Melody streckte die Hand aus, um Laceys Arm zu drücken. Auch ohne Krav Maga konnte sie sich nicht vorstellen, dass Lacey Schwierigkeiten haben würde, den Fitness-Test zu schaffen.

»Hast du es schon deinen Eltern erzählt?«

Lacey schüttelte den Kopf. »Ich warte, bis ich angenommen bin. *Wenn* ich überhaupt angenommen werde.«

»Das wirst du auf jeden Fall«, sagte Melody.

Lacey schob ihr Essen auf dem Teller herum. »Werden wir ja sehen.«

Als der Kellner zurückkam, um ihr Geschirr abzuräumen, sagte Lacey etwas auf Spanisch zu ihm, und ein paar Minuten später brachte er einen Tres-Leches-Kuchen mit einer Kerze darauf und stellte ihn vor Melody ab.

»Feliz cumpleaños«, sagte Lacey. »Sie haben angeboten, dir ein Ständchen zu singen, aber ich dachte, das wäre dir vielleicht peinlich.«

»Danke«, sagte Melody und senkte den Blick auf die Tischplatte, aber die Tränen in ihren Augen verrieten sie. »Danke, dass ihr mir das Ständchen erspart habt, und Danke für den Kuchen. Und für das Abendessen. Eigentlich für den ganzen Abend.«

»Wünsch dir was«, sagte Tessa zu ihr.

Ich wünsche mir mehr Abende wie diesen, dachte Melody und blies die Kerze aus.

KAPITEL DREIZEHN

Melody backte Scones für ihren Buchclub.

Ja gut, sie war einem Buchclub beigetreten, aber nicht weil ihre Mutter es vorgeschlagen hatte, sondern weil sie Bücher liebte. Und sie redete gern über Bücher. Und sie wollte andere Leute kennenlernen, die gern über Bücher sprachen.

Ihr soziales Leben blühte zwar in letzter Zeit auf, doch mit Lacey und Tessa auszugehen, reichte ihr bald nicht mehr. Vielleicht vermisste sie die Universität auch ein wenig. Nicht, dass sie nicht froh gewesen war, das MIT und all die damit verbundenen Erinnerungen hinter sich zu lassen, aber bisher war praktisch ihr gesamtes Leben dem Studium gewidmet gewesen. Jetzt, da es das nicht mehr war, gab es eine Leerstelle, von der sie noch nicht wusste, wie sie sie füllen sollte.

Ihre Aufgaben auf der Arbeit nahmen zu, waren jedoch immer noch nicht so anspruchsvoll, dass sie die ganze Zeit zu tun gehabt hätte. Wenn sie es schaffte, zwei Jahre lang bei Sauer Hewson zu bleiben, würden sie ihr den Master-Abschluss finanzieren, aber bis dahin ...

Bis dahin hatte sie sich bei einem Buchclub angemeldet, weshalb sie an einem Freitagabend Scones backte, gerade, als Lacey anrief.

»Du musst mir einen Gefallen tun.«

Melody klemmte sich das Handy zwischen Schulter und Ohr und öffnete den Ofen. »Klar.« Sie spähte auf das Blech mit den Cranberry-Scones darauf. Sie war keine großartige Bäckerin, aber sie versuchte es. Es war schließlich etwas Gutes, Neues auszuprobieren, oder?

»Es ist eigentlich ein ziemlich großer Gefallen«, sagte Lacey entschuldigend. Im Hintergrund wummerte ein schwerer Bass, was bedeutete, dass sie von der Arbeit aus anrief.

»Du willst, dass ich jemanden für dich umbringe?« Melody betrachtete die Scones kritisch und versuchte zu entscheiden, ob sie noch ein paar Minuten brauchten oder eher nicht.

»So groß nun auch wieder nicht. Ich bin bei der Arbeit, und Jeremy ist hier – betrunken. Du musst ihn abholen.«

Melody stellte das Blech mit den Scones auf die Küchenarbeitsplatte und streifte ihre Ofenhandschuhe ab. »Jetzt?«

»Ja. Tut mir leid. Ich erkläre es dir dann.«

»Ich habe heute Abend meinen Buchclub, Lacey. Ich bringe Scones mit.«

»Gott, du bist vielleicht ein Nerd.«

»Hey! Wer bittet hier gerade wen um einen Gefallen?«

»Tut mir leid, aber es ist Freitagabend. Du brauchst dringend ein echtes Sozialleben.«

»Das *ist* mein Sozialleben!«

»Bitte, Melody.«

»Seit wann ist Jeremy Sauer mein Problem?« Er hatte seit Wochen kaum mit ihr gesprochen, und jetzt sollte sie alles stehen und liegen lassen, nur um seinen betrunkenen Hintern nach Hause zu bringen?

»Er braucht heute Abend eine Freundin«, antwortete Lacey. »Und ich brauche jemanden, der ihn nach Hause bringt, sonst werde ich gefeuert.«

Melody warf einen traurigen Blick auf die Cranberry-Scones und seufzte. »Bin in zwanzig Minuten da.«

•

Auf dem Ventura Freeway war ein Auto liegen geblieben, daher dauerte es fast eine halbe Stunde, bis Melody in Studio City ankam, und dann musste sie noch fünf Minuten um den Block fahren, bis sie endlich einen Parkplatz fand.

Sie wich einem Pulk Möchtegern-Wolf-of-Wall-Street-Typen aus, die direkt hinter der Tür stehen geblieben waren, und ging zum hinteren Teil der Bar, wo Lacey gerade etwas aus einem Shaker in ein Martiniglas mit Zuckerrand goss, das aussah wie künstlich orange gefärbte Limo. Als sie Melody sah, nickte sie ihr zu und sagte etwas zu einem anderen Bartender, um dann auf sie zuzugehen.

»Wo ist denn der Notfall?«, schrie Melody über die laute Musik hinweg, die aus den Lautsprechern dröhnte.

»Da hinten.« Lacey nickte in Richtung des hinteren Endes der Theke.

Melody suchte die Menge mit ihrem Blick ab und entdeckte Jeremy auf einem Barhocker, den Kopf in die Hände gestützt. »Das sieht aber nicht aus wie ein schlimmer Notfall, Lacey.«

»Na ja, als ich dich angerufen habe, hat er noch herumgeze-

tert und geschrien und versucht, sich mit meinen Kunden an-
zulegen. Zum Glück scheint er sich jetzt von arschlochbesoffen
zu schmollbesoffen entwickelt zu haben.«

»Warum ist er denn so betrunken?«, fragte Melody. »Was ist
passiert?«

Immer, wenn sie ihn in letzter Zeit bei der Arbeit gesehen
hatte, auch wenn es nicht oft gewesen war, hatte er völlig normal gewirkt. Klar, das war im Büro gewesen, wo er sich zusam-
menreißen musste, aber sie hatte angenommen, dass er über
das Betrunken-eine-Szene-machen-Stadium nach der Trennung inzwischen hinweg war.

»Drew und Charlotte haben sich verlobt«, sagte Lacey.

Charlotte und Drew? Wie lange lief das denn schon? »Ich
wusste gar nicht, dass sie zusammen sind«, sagte Melody.

»Jeremy auch nicht. Sie haben ihm das seit Monaten verschwiegen, ihn deswegen sogar angelogen. Ich glaube, Drew
und er haben sich irgendwie gestritten, als er es endlich herausgefunden hat.« Sie zuckte die Achseln. »Die beiden haben
eine lange Geschichte. Und keine besonders schöne.«

»Hört sich ganz so an.« All diese attraktiven Menschen mit ihren komplizierten romantischen Verwicklungen – das war wie
bei *Grey's Anatomy*, nur mit weniger ekligen Operationen.

»Ja, und dann auch noch direkt, nachdem ich mit ihm Schluss
gemacht habe ...«

»Jaaaaa.« Die Menschen, die Jeremy am nächsten standen,
hatten ihn in letzter Zeit ziemlich oft angelogen. Melody verstand, dass er wütend war, wenn sie sich auch wünschte, er
hätte sich nicht ausgerechnet ihren Buchclubabend ausgesucht,
um sich total zu besaufen und gerettet werden zu müssen.

»Ich weiß, dass wir nicht mehr zusammen sind, aber es ist mir trotzdem nicht egal, was mit ihm ist, verstehst du?« Lacey schaute sich im Raum um und runzelte die Stirn. »Ich will nur, dass er sicher nach Hause kommt.«

Melody sah zu Jeremy hinüber. Er bot einen jämmerlichen Anblick, wie er, über dem Tresen zusammengesackt, trübe das Eis in seinem Glas kreisen ließ. »Du schuldest mir was«, sagte sie zu Lacey. »Und zwar nicht zu knapp.«

Lacey grinste sie schief an. »Du kannst es auf meine Rechnung setzen.« Sie zeigte auf einen Durchgang ganz hinten in der Bar. »Bring ihn da raus, okay? Vorn sind vielleicht Paparazzi.«

Melody folgte ihr durch die Menge zu dem Teil der Theke, an dem Jeremy saß.

»Hey, Jeremy«, sagte Lacey und tippte ihn an.

»Hmm?« Er schaute sie aus halb geschlossenen Augen an.

»Melody fährt dich jetzt nach Hause, okay?« Sie nickte Melody zu, die auf seiner anderen Seite stand.

Jeremys Blick fiel kurz auf Melody, dann wandte er sich wieder seinem Drink zu. »Mir geht's gut, danke.«

»Na komm schon. Steh auf«, sagte Lacey.

»Ich brauche verdammt noch mal keinen Babysitter, Lacey, und ich muss auch nicht mehr tun, was du willst.« Er lallte etwas, als er sprach, was seinen Worten den Nachdruck nahm.

»Herrgott, echt jetzt?« Die Leute an der Bar, die auf ihre Drinks warteten, wurden langsam ungeduldig, und einer der anderen Bartender machte verzweifelte Komm-endlich-her-und-hilf-mir-Zeichen in Laceys Richtung. »Scheiße«, sagte sie. »Ich muss wieder an die Arbeit.«

»Ich schaff das schon«, sagte Melody. »Geh ruhig.«

»Danke«, formte Lacey mit den Lippen und eilte davon.

»Jeremy, komm schon«, sagte Melody. »Ich bring dich jetzt nach Hause.« Sie nahm seinen Arm und versuchte, ihn vom Barhocker zu ziehen, aber er war mindestens dreißig Kilo schwerer und zwanzig Zentimeter größer als sie und rührte sich kein bisschen. Es war, als versuchte Tweety, Hector die Bulldogge zu bewegen.

Er blinzelte langsam und sah sie trübe an. »Was machst du hier, Melody?«

Sie gab es auf, ihn vom Hocker zu zerren, und ließ seinen Arm los. »Lacey hat mich gebeten, dich nach Hause zu fahren.«

»*Lacey*«, wiederholte er, und seine Stimme triefte vor Groll. »Natürlich hat sie das getan. Weil Lacey immer alles bekommt, was sie will. Sie verliebt sich in jemand anderen, und sie bekommt *dich*.«

»Wovon redest du?«

»Ihr beide seid nur befreundet, weil ich dich ihr vorgestellt habe, aber sie ist diejenige, die dich nach unserer Trennung behalten durfte, und ich kriege nichts – niemanden. Ich habe nicht mal mehr Drew.«

Autsch. Aber andererseits? Nicht wirklich fair. Vielleicht hatte sich Melody seit seiner Trennung von Lacey nicht oft bei ihm gemeldet, aber das hatte er erst recht nicht. Wenn überhaupt, dann hatte er sich von ihr ferngehalten. Und sie hatte angenommen, dass er das auch so gewollt hatte.

»Hey.« Melody beugte sich zu ihm, damit sie ihm in die Augen schauen konnte. »Niemand darf mich behalten. Lacey hat gesagt, dass du heute eine Freundin brauchst, also bin ich hier und habe *für dich* all meine Freitagabendpläne abgesagt.«

Er sah weg und schwieg. Wie ein großes, beleidigtes Baby.

»Jetzt hör mal zu«, sagte sie, weil sie langsam ungeduldig wurde. »Ich verpasse meinen Buchclub, weil ich hier bin. Wir lesen gerade *Die Elenden*! Weißt du eigentlich, wie lang dieses Buch ist? Richtig lang, Jeremy – es ist *richtig* lang! Ich habe außerdem Scones gebacken – mit Cranberrys!«, rief sie und piekste ihn in den Arm, um ihre Worte zu unterstreichen. »Und zwar ohne Backmischung!« Wieder piekste sie ihn. »Die jetzt in den Müll wandern, weil du jemanden brauchst, der deinen besoffenen Hintern nach Hause bringt. Also stehst du jetzt gefälligst von deinem Barhocker auf und lässt dich von mir nach Hause bringen, *verstanden*?«

Einen Moment lang wirkte er verblüfft von ihrer Tirade, aber dann stand er auf und schwankte ein wenig. Melody legte sich seinen Arm um die Schultern und zog ihn zu dem Durchgang, auf den Lacey gezeigt hatte und der zum Lieferanteneingang führte.

Jeremy stützte sich den ganzen Weg zum Auto auf sie. Er roch wie eine ganze Schnapsbrennerei, und seine Schritte waren langsam und staksig, aber er schaffte es, einigermaßen aufrecht geradeaus zu gehen. Trotzdem war er *schwer*. Es war eine Erleichterung, als sie es endlich zu ihrem Auto geschafft hatten und sie ihn auf den Beifahrersitz verfrachten konnte.

»Gott sei Dank«, stöhnte sie und setzte sich hinters Steuer. »Als ich hergelaufen bin, kam mir der Weg nicht so lang vor.«

Jeremy schwieg. Er war im Sitz zusammengesackt, den Kopf gegen die Scheibe gelehnt, die Augen geschlossen.

»Tut mir leid, das mit Charlotte und Drew«, sagte Melody. Sie hatte ein schlechtes Gewissen, weil sie ihn angeschrien hatte.

Wahrscheinlich hätte sie ihn nach der Trennung öfter anrufen sollen. Vielleicht hatte er gehofft, dass sie sich bei ihm melden würde. »Willst du darüber sprechen?«

»Nein«, sagte er, ohne die Augen zu öffnen.

Na gut, dann eben nicht.

»Du kotzt jetzt aber nicht in mein Auto, oder?« Den Buchclub zu verpassen, um ihn nach Hause fahren zu können, war das eine, aber Kotze in ihrem Auto war mehr, als sie ertragen konnte, egal, was er gerade durchmachte.

Er öffnete ein Auge, gerade so weit, dass er seiner Empörung Ausdruck verleihen konnte. »Nein.«

»Gut.« Sie hielt ihm die Navigations-App auf ihrem Handy vor die Nase.

»Tipp deine Adresse ein.«

Dann kramte sie eine Wasserflasche aus ihrer Yogatasche auf dem Rücksitz hervor.

»Trink das«, befahl sie ihm, steckte das Handy in die Halterung am Cockpit, schnallte sich an und startete den Motor.

»Melody?«

Sie zog die Brauen hoch und warf ihm einen Blick zu.

»Danke, dass du gekommen bist.«

All ihr Ärger verflog, und sie drückte seinen Arm. »Gern geschehen.«

●

Was Melody nicht über Jeremy Sauer gewusst hatte: Er wohnte noch bei seiner Mutter.

Und zwar offenbar in Professor Xaviers Villa aus *X-Men-* oder in etwas, das aussah wie das Hollywood-Hills-Gegenstück davon. Okay, wenn Melodys Mom in einer verdammten Villa wohnte, würde Melody vielleicht auch noch dort wohnen. Wobei, nein, das konnte man streichen, nicht einmal in einer Villa würde sie je wieder freiwillig zusammen mit ihrer Mutter wohnen wollen.

»Wow.« Melody starrte das riesige Gebäude beeindruckt an, als sie auf der kreisförmigen Auffahrt vor der massiven Eingangstür parkten. »Wie ist es denn so, in einem Schloss zu wohnen?«

Jeremy zuckte gleichgültig die Schultern. »Es ist nur ein Haus.« Er schien auf der Fahrt ein wenig ausgenüchtert zu haben, aber seine Stimmung ließ definitiv noch zu wünschen übrig.

»Wirklich? Weil das hier ganz genau wie die Märchenschlösser aussieht, die ich mir als Kind vorgestellt habe, wenn wir Prinzessin und Drache gespielt haben. Mein Hund Waffles spielte immer den Drachen – er war ein Dackel. Sehr bedrohlich.« Sie formte ihre Hände zu Klauen und machte ein gefährliches Gesicht.

Jeremys Mundwinkel verzogen sich zu etwas, was beinahe ein Lächeln hätte sein können. »Willst du es dir ansehen? Wenn du schon mal da bist.«

»Da reingehen? Ich fürchte, dafür bin ich nicht passend angezogen.«

»Du bist völlig in Ordnung angezogen. Es ist keine Abendgesellschaft, sondern nur mein Haus.« Er neigte den Kopf zur Seite. »Komm, ich führe dich rum«, sagte er und stieß die Autotür auf.

Melody schaltete den Motor aus und folgte ihm, denn wie oft

im Leben bekam man schon die Gelegenheit, die *Lifestyles of the Rich and Famous,* wie die Band *Good Charlotte* sie in ihrem Punk-Song aufs Korn nimmt, aus der Nähe zu sehen?

Er hielt ihr die Tür auf und machte eine einladende Handbewegung in die große Eingangshalle hinein. Im Haus war es so still wie in einem Museum bei Nacht. Silbriges Licht drang durch ein paar geschliffene Fensterscheiben am Treppenabsatz über ihnen. Es fiel auf einen enormen steinernen Kamin, der aussah, als gehörte er in den Metkeller eines Wikingerfürsten. Ein paar steife, formelle Möbelstücke waren kunstvoll im Raum arrangiert worden.

Das düstere Mobiliar, die dunkle Holzvertäfelung und die gotischen Bauelemente ließen den Raum eher wie eine Kulisse aus der Serie *Spuk in Hill House* wirken als wie ein gemütliches Familienheim. Das Einzige, was einigermaßen warm und persönlich wirkte, war ein rundes Tischchen, auf denen gerahmte Familienfotos standen.

»Sind das du und Hannah?«, fragte sie und zeigte auf das Bild eines kleinen Jungen mit großen Zähnen und glatt gekämmter Schmachtlocke, der ein Baby auf dem Schoß hielt.

Er lächelte schwach. »Ja, zwei Sekunden, nachdem das Foto gemacht wurde, hat sie sich auf mich übergeben.«

Das Foto daneben zeigte einen schlaksigen Jeremy als Teenager und einen Mann, der nur sein Vater sein konnte. Beide standen an Deck eines Bootes. »Du siehst genauso aus wie dein Dad.«

»Das sagen alle.« Jeremy schaute das Bild einen Augenblick lang an und neigte dann den Kopf zur Seite. »Komm. Die Bibliothek wird dir sicher gefallen.«

»Bibliothek?«, wiederholte Melody erfreut. »Ja, bitte.«

Er führte sie einen Korridor entlang, an dessen Wänden Ölbilder in schweren, vergoldeten Rahmen hingen, und in die Bibliothek. Mit weit aufgerissenen Augen wanderte sie in die Mitte des Raumes und drehte sich langsam um die eigene Achse, um alles in sich aufzunehmen.

Genau so hatte sie sich immer eine Bibliothek vorgestellt: dunkel und geheimnisvoll und voller Schnitzereien, mit einem Marmorkamin und Holzvertäfelungen und Ledersesseln und einem riesigen Holzschreibtisch ... und die Bücher! Vom Boden bis zur Decke waren alle Wände mit Büchern bedeckt, jedes einzelne Regal war zum Platzen voll mit Büchern zu jedem erdenklichem Themenbereich. Es gab sogar eine Leiter, mit der man bequem an die obersten Regalbretter gelangen konnte! Ihr ganzes Leben lang hatte sie von einer Bibliothek mit Leiter geträumt.

Sie ging direkt darauf zu und erklomm die ersten Sprossen, um die in Leder gebundenen antiken Bände auf dem obersten Brett zu berühren.

»Gefällt es dir?«, fragte Jeremy hinter ihr. Als sie sich umdrehte, sah sie, dass er lächelte.

»Es ist wunderbar!« Sie schüttelte überwältigt den Kopf und stieg wieder von der Leiter. »Bist du als Kind nicht ständig hier drin gewesen?«

Er steckte die Hände in die Taschen und schaute sich unbeeindruckt um. »Eigentlich durfte ich hier als Kind gar nicht rein.«

Melody verzog mitfühlend den Mund. »Oh.« Das war vermutlich das Traurigste, was ihr je jemand erzählt hatte. Welchen

Sinn hatte es, in diesem Luxus zu leben, wenn man ihn nicht genießen durfte?

Er zuckte die Achseln. »Ich war sowieso nie ein großer Leser.«

Eins der Bilder an der Wand fiel ihr ins Auge, und sie sog scharf den Atem ein. »Ist das ein Whistler? Ein echter Whistler? Ein Bild, das er mit seinen eigenen Händen gemalt hat?«

Er nickte. »Mein Dad war ein großer Kunstsammler.«

Sie durchquerte den Raum, um es sich genauer anzusehen. »Das ist unglaublich! Ich kann nicht fassen, dass so etwas in deinem Haus hängt!« Die Pinselführung war außergewöhnlich detailreich. Es war eine völlig andere Erfahrung, sich dieses Bild im Original anzusehen statt als Druck oder Foto im Internet. Der Drang, mit dem Finger über die Oberfläche der Farbe zu streichen, war so stark, dass sie die Hände hinter dem Rücken verschränkte, um ihm nicht nachzugeben.

Jeremy stellte sich neben sie. »Ich wusste gar nicht, dass du dich für Kunst interessierst.«

»Oh, das tue ich eigentlich auch nicht. Aber ich habe mal ein Seminar in Kunstgeschichte belegt, weil ich noch einen Pflichtkurs in Geisteswissenschaften machen musste, und Whistler war einer meiner Lieblingskünstler. Ich liebe seine Nocturnes. Sie sind ein bisschen verträumt, aber trotzdem fest in der Realität verwurzelt, verstehst du? Sie sind irgendwie beruhigend.«

Jeremy neigte den Kopf zur Seite und betrachtete das Bild, als sähe er es zum ersten Mal. Dann sagte er: »Im Flur oben ist noch eins von ihm, wenn du es sehen willst.«

Melody nickte begeistert. »Ja, bitte!«

Er führte sie zurück zur Eingangshalle und eine der breiten

Treppen zu beiden Seiten des Raums hinauf. Am Treppenabsatz mit den geschliffenen Fensterscheiben vorbei, ein weiteres halbes Stockwerk hinauf, dann eine lange Empore entlang, von der man auf die Eingangshalle hinunterschauen konnte. Am Ende des Ganges bogen sie in einen kleinen Flur ein, in dem ein weiterer Whistler hing. Anders als die grau-goldene Stadtansicht in der Bibliothek zeigte dieses Bild eine Meereslandschaft in kühlen Blau- und Violetttönen.

»Das war eins der Lieblingsbilder meines Dads«, sagte Jeremy.

»Es ist wunderschön.« Sie sah sofort, warum sein Vater es gemocht hatte: nur ruhiges Wasser, das sich endlos bis in die Ferne erstreckte, mit drei kleinen Schiffen am Horizont. Etwas an den schwungvollen, horizontalen Pinselstrichen und dem subtilen Spiel der Farben erfüllte Melody mit einem Gefühl des Friedens.

In diesem Moment öffnete sich eine Tür am Ende des Flurs, und Geoffrey Horvath trat heraus. Er trug einen pinkfarbenen Damen-Seidenmorgenmantel, weiter nichts. »Jeremy!«, rief er und blieb erschrocken stehen.

Melody riss die Augen auf. Sie hörte, dass Jeremy neben ihr scharf einatmete. Vermutlich bedeutete das, dass er ebenso überrascht war wie sie, den Finanzchef von Sauer Hewson in etwas herumspazieren zu sehen, was aller Wahrscheinlichkeit der Morgenmantel der Firmenchefin war. Igitt.

»Geoff?« Angelica Sauer trat neben Mr. Horvarth. Sie trug ein pinkfarbenes Negligé, das zu seinem Morgenmantel passte. Ihr Gesicht erstarrte, als sie ihren Sohn sah. »Jeremy. Ich dachte, du seist ausgegangen.«

»Offensichtlich.« Jeremys Tonfall klang kälter, als ihn Melody je gehört hatte.

Sie stellte sich hinter ihn in der Hoffnung, dass Mrs. Sauer und Mr. Horvath sie vielleicht nicht erkennen würden. In der Hoffnung, dass dieser Zwischenfall nicht ihre Zukunft in der Firma zerstören würde.

»Es besteht keinerlei Grund für diesen Tonfall«, sagte Mrs. Sauer.

»Ach wirklich? Der beste Freund meines Vaters schläft mit meiner Mutter, und du findest nicht, dass das Auswirkungen auf meinen Tonfall haben sollte?«

Mr. Horvath räusperte sich. »Jeremy ...«

»Wie lange schläfst du schon mit meiner Mutter?«, fragte Jeremy.

»*Jeremy*«, sagte seine Mutter streng. »Wir wollten nicht, dass du auf diese Weise herausfindest, dass ...«

»Weiß Hannah davon?«

»Natürlich nicht. Sie schläft heute Nacht bei einer Freundin.«

»Wie lange läuft das schon?«

»Ich finde wirklich nicht, dass dich das etwas angeht.«

»*Wie lange?*«, schrie Jeremy so laut, dass Melody zusammenzuckte.

Seine Mutter senkte den Blick. »Fünf Jahre.«

»Fünf Jahre?« Es klang erstickt. »Du hast schon mit Geoffrey geschlafen, als Dad noch am Leben war? Als er *im Sterben* lag?«

Melody blickte starr zu Boden und wollte unsichtbar sein. Sie sollte nicht hier sein – sie sollte *nichts* von dem hier hören. Die Situation war schlimm genug, aber die Tatsache, dass sich das alles vor einer Fremden abspielte, machte es noch *so* viel schlimmer.

Jeremys Mutter trat einen Schritt auf ihn zu. »Es ist kompliziert. Du verstehst das nicht. Ich habe nur versucht, dich zu beschützen.«

»Nein, du hast versucht, dich selbst zu beschützen, Mom. Denn der einzige Mensch, für den du dich interessierst, bist du selbst.«

Mrs. Sauers kaltes Gesicht verzog sich qualvoll. Sie bewegte sich weiter auf Jeremy zu, aber er drehte sich auf dem Absatz um und marschierte davon.

Melody blieb allein mit Angelica Sauer und Geoffrey Horvath im Nachtdress zurück. Ihr schlimmster beruflicher Alptraum war wahr geworden, nur umgekehrt, denn in ihrem Alptraum war *sie* diejenige, die halbnackt vor den Unternehmenschefs stand.

Sie lächelte ihnen gezwungen und entschuldigend zu und rannte Jeremy hinterher. Als sie ihn einholte, saß er auf dem Beifahrersitz ihres Autos. Sie setzte sich hinters Steuer und drehte sich zu ihm.

Er sah vollkommen verstört aus. Wie ein kleines Kind, das gerade seine Eltern verloren hatte. Und sie hatte gedacht, sein Leben sei so perfekt, aber das war nur eine Illusion gewesen. Unter der glatten Oberfläche herrschte das reinste Chaos.

»Bringst du mich hier weg, bitte?«, sagte er mit gepresster Stimme.

»Wo möchtest du denn hin?«, fragte sie voller Mitgefühl.

Er biss die Zähne zusammen. »Absolut überall hin, solange es nicht hier ist.«

KAPITEL VIERZEHN

Sie brachte Jeremy zu sich nach Hause, weil sie nicht wusste, wohin sie sonst mit ihm sollte.

Während der Fahrt sagte er kein einziges Wort, und auch nicht, als sie die Treppe hinaufstiegen. Kaum hatte sie die Wohnungstür aufgeschlossen und sie geöffnet, ließ er sich aufs Sofa fallen und vergrub den Kopf in den Händen. »Dieser beschissene Monat.«

Melody stellte ihre Tasche ab und setzte sich neben ihn. Sie zögerte kurz, dann legte sie die Hand auf seinen Rücken.

Er seufzte, und sie spürte unter ihren Fingern, wie sich sein Rücken hob. Dann atmete er lang und zittrig aus. »Lacey hat jemand anderen gefunden. Charlotte und Drew haben einander. Selbst meine Mom hat Geoffrey.« Er lachte bitter auf. »Und ich habe gar nichts, weil ich alles vermassele, was ich anfasse.«

Da war er wieder, dieser lähmende Selbstzweifel, unter dem er litt. Melodys Hand strich jetzt seinen Rücken auf und ab, folgte den Linien seiner Anspannung. »Das stimmt doch gar nicht.«

»Die ganze Zeit habe ich gedacht, dass Geoffrey an mich

glaubt, dabei hatte er nur Schuldgefühle, weil er mit meiner Mutter schläft.«

»Das weißt du doch gar nicht.«

Er fuhr sich mit den Händen übers Gesicht, den Kopf immer noch gesenkt. »Ich habe mich Drew gegenüber wie ein absolutes Arschloch benommen, und jetzt redet er nicht mehr mit mir. Ich habe Charlotte beschissen behandelt. Und als ich versucht habe, mich zu bessern, habe ich es trotzdem geschafft, die Sache mit Lacey zu versauen.«

Melody hörte auf, ihn zu streicheln. »Ich denke nicht, dass das, was mit Lacey passiert ist, nur deine Schuld war.«

Er setzte sich auf, und Melody zog ihre Hand zurück. »Ich konnte sie nicht glücklich machen«, sagte er und schaute finster die Wand gegenüber an. »Wenn sie mit mir glücklich gewesen wäre, hätte sie sich nie in jemand anderen verliebt.«

Okay, das mochte so sein. Andererseits ... »Vielleicht war sie einfach nicht der richtige Mensch für dich. Vielleicht solltest du Datingoptionen außerhalb der Familie Lopez in Erwägung ziehen. Nur so ein Gedanke.«

Sein Blick richtete sich auf sie und wurde weich. »Tut mir so leid, dass ich dich da mit reinziehe. Du hast dich darum nun wirklich nicht beworben.«

Sie schüttelte den Kopf. »Erinnerst du dich nicht an den Abend, als du mich heulend im Auto gefunden hast? Ich schulde dir was.« Plötzlich kam ihr eine Idee. »Eis!«, sagte sie und sprang auf. »Das brauchst du jetzt.«

»Du musst jetzt aber nicht ...«

»Pssst«, sagte sie und öffnete den Gefrierschrank. Alle Eisdielen waren schon geschlossen, aber sie hatte immer einen Vorrat für Notfälle da, und das hier war ganz eindeutig einer. Sie brachte die Packung Eis mit zwei Löffeln ins Wohnzimmer.

»Extreme Maximum Chocolate Fudge Chunk«, sagte sie, ließ sich aufs Sofa fallen und stellte den Becher zwischen sie beide. Dann drückte sie Jeremy einen Löffel in die Hand. »Pour vous, Monsieur.«

Er nahm ihn, spähte in den Becher und zog die Brauen hoch. »Ich weiß nicht recht, ist das denn schokoladig genug?«

»Hmmm, da hast du recht«, sagte sie und grub mit dem Löffel eine Grube in das Schokotoffee-Eis. »Man hätte doch wirklich noch etwas mehr Schokolade hineinquetschen können.«

»Sie haben sich nicht mal richtig bemüht«, sagte er mit vollem Mund.

Innerhalb weniger Minuten leerten sie den ganzen Becher.

»Fühlst du dich jetzt besser?« Melody stellte die leere Packung auf den Tisch.

»Ehrlich gesagt habe ich jetzt ein bisschen Magenschmerzen«, sagte er und rieb sich den Bauch.

»Ich auch«, gab sie zu und verzog das Gesicht. Sie zog die Beine an und legte den Kopf gegen die Rückenlehne.

»So viel zu meiner Wunder-Eis-Kur.« Jeremy gähnte, streckte sich und warf dann einen Blick auf seine Uhr. »Mist, schon so spät«, sagte er. Er griff in die Hosentasche und holte sein Handy heraus. »Ich rufe ein Taxi und lasse dich in Frieden.«

»Und wohin genau willst du?«

»Zurück zu meinem Auto«, antwortete er und wischte mit dem Daumen über das Display. Was keine Antwort auf ihre Frage war.

»Und dann? Zurück nach Hause zu deiner Mutter?«

Die Hand, mit der er das Handy hielt, rührte sich nicht mehr.

»Dachte ich's mir doch.« Melody nahm ihm das Smartphone aus der Hand. »Bleib heute Nacht hier. Du kannst das Sofa haben.«

Jeremy senkte den Kopf, dann sah er sie mit einem Gesichtsausdruck an, der herzzerreißend verletzlich war. »Du musst das nicht tun.«

»Ich weiß«, antwortete sie. »Ich will aber.«

»Danke.« Er atmete tief aus. »Ich bin nur ... ich bin so furchtbar müde.«

Sie stand auf. »Ich hole dir ein Kissen und eine Decke.«

Als sie mit dem Bettzeug zurückkam, war Jeremy bereits eingeschlafen, auf der Seite zusammengerollt, eine Hand unter dem Kinn. Er wirkte jünger, jetzt, da die Anspannung aus seinem Gesicht gewichen war – viel mehr wie der sorglose College-Junge, den sie vor drei Jahren in Boston kennengelernt hatte. Nur mit einem weitaus besseren Haarschnitt, Gott sei Dank.

Er rührte sich nicht, als sie die Decke über ihn legte.

»Schlaf schön«, flüsterte sie und schaltete das Licht aus.

•

Als Melody am nächsten Morgen aufwachte, war Jeremy schon weg. Auf dem Couchtisch lag ein Kassenbon, auf dessen Rückseite er gekritzelt hatte:

Habe mir ein Taxi gerufen. Danke für das Eis und deine Gesellschaft. Nächstes Mal bin ich dran. – J

Zum Frühstück aß Melody die bereits leicht trockenen Scones und dachte darüber nach, dass Jeremy Sauer – milliardenschwerer Junggeselle und Teil der Oberschicht von Los Angeles – im Grunde nicht viele Freunde hatte. Jedenfalls keine echten Freunde. Keine Freunde, die zu mehr taugten als zum Trinken und Partymachen. Freunde, denen man seine Ängste und Schwächen gestand. Freunde, die wirklich zu einem hielten, wenn man sie brauchte.

In dieser Hinsicht hatten sie offenbar etwas gemeinsam. Weshalb sie ihn später anrief, um zu fragen, wie es ihm ging.

Er klang, als freute er sich, von ihr zu hören. Tatsächlich wirkte er insgesamt recht glücklich, was eine riesige Erleichterung war.

»Hast du das mit deiner Mutter geklärt?«, fragte sie.

»Gewissermaßen. Wobei wir in meiner Familie eigentlich nicht über derlei Dinge reden. Wir schließen eher eine Art Waffenstillstand.«

»Das klingt nicht gerade nach einer Aussprache.«

Er gab einen Grunzlaut von sich. »Aussprechen gibt es bei meiner Mutter nicht. Zu chaotisch und unwürdig. Aber sie hat versprochen, es Hannah zu sagen, das ist ja immerhin etwas. Sie sagt es ihr heute Abend. Wird sicher ein lustiges Familienessen.«

Melody wickelte sich den Saum ihres T-Shirts um den Finger. Schon bei dem Gedanken an dieses Essen machte sie sich Sorgen um ihn. »Was meinst du denn, wie Hannah damit zurechtkommen wird?«

»Ich weiß es ehrlich gesagt nicht. Sie mag Geoffrey sehr. Und sie war noch jünger als ich, als wir Dad verloren haben. Sie erinnert sich weniger gut an ihn als ich. Vielleicht nimmt sie es nicht so schwer.« Er seufzte, als versuchte auch er, mit der Vorstellung Frieden zu schließen. »Ich habe wohl ein bisschen überreagiert. Ich wusste immer, dass die Ehe meiner Eltern nicht gerade märchenhaft war. Und mein Vater ist jetzt schon drei Jahre tot. Es ist nicht fair, von meiner Mutter zu erwarten, für immer die trauernde Witwe zu spielen.«

Melody drückte das Handy fester ans Ohr. »Ich finde, du darfst verletzt sein, weil sie die Sache so lange vor dir geheim gehalten hat.« Sie hatte den Stoff jetzt so fest um den Finger gewickelt, dass er ganz taub wurde. »Auch wenn ich verstehe, warum sie Angst hatte, es dir zu sagen.«

Er atmete leicht zittrig aus. »Ich habe das Gefühl, in letzter Zeit eine Menge Dinge falsch gemacht zu haben.«

»Zu deiner Verteidigung: Du musstest auch mit vielen Dingen auf einmal zurechtkommen.« Melody bezweifelte, dass sie sich in seiner Situation nur halb so gut geschlagen hätte wie er.

»Tut mir leid, dass du meinetwegen gestern nicht zu deinem Buchclub gehen konntest. Danke, dass du mich nach Hause gebracht hast.«

»Dafür hat man schließlich Freunde, oder?« Sie versuchte, heiter zu klingen, als sei das nur so eine Floskel. Als bedeutete es nichts.

»Sind wir das? Freunde?« So wie er es sagte, klang es überhaupt nicht mehr heiter, sondern todernst. Als bedeutete es sehr wohl etwas.

»Inzwischen müssen wir der Tatsache wohl ins Auge sehen.« Er lachte leise. »Ja, vermutlich.«

•

Ein paar Tage später kam Jeremy bei Melody im Büro vorbei. Er stand einfach in der Tür und wartete, bis sie ihn bemerkte.

Sie wäre vor Schreck beinahe vom Stuhl gefallen.

»Herrgott noch mal«, murmelte sie und legte sich die Hand auf die Brust. »Ich habe gar nicht gesehen, dass du da lauerst.«

»Ich lauere nicht. Ich stehe hier für alle gut sichtbar.« Er hatte sich die Hemdsärmel bis zu den Ellenbogen hochgekrempelt, und man konnte die Adern auf seinen Unterarmen sehen. Melody war sich ziemlich sicher, dass er viel Sport trieb. Er sah definitiv so aus.

Als sie merkte, dass sie ihn anstarrte, senkte sie den Blick und spürte, wie ihr Gesicht ganz warm wurde. »Du hättest was sagen können.«

»Ich wollte dich nicht erschrecken.«

»Na, das hat ja nicht so gut funktioniert, oder?«

Er verlagerte das Gewicht auf den anderen Fuß, um sich gegen den Türrahmen zu lehnen, und grinste. »Nein. Nächstes Mal sage ich Hallo.«

Nächstes Mal? Sie hatte keine Ahnung, was dieses Mal zu bedeuten hatte, und dann sollte es gleich ein nächstes Mal geben?

»Ich muss eine Viertelstunde zwischen zwei Meetings totschlagen«, sagte er und beantwortete damit ihre unausgesprochene Frage. »Also dachte ich, ich komme vorbei und sage Hi.«

»Hi.« Also war das hier ein freundschaftlicher Besuch? Weil sie jetzt Freunde waren?

»Hi.« Er fuhr sich mit der Zunge über die Unterlippe. »Ich hoffe, ich störe nicht? Wenn du viel zu tun hast ...«

»Nein, du störst nicht, und viel zu tun habe ich auch nicht. Nichts, dass ich nicht arbeiten würde, denn das tue ich, absolut.« Sie wedelte mit der Hand in Richtung ihres Computers. »Immer fleißig bei der Arbeit – so bin ich. Ich stehe niemals still, Mr. Sauer, Sir.«

Er schnaubte. »Ich bin nicht dein Chef.«

Sie verengte die Augen zu schmalen Schlitzen. »Irgendwie schon. Oder nicht?«

Er schüttelte den Kopf. »Wirklich nicht. Ich bin eine Arbeitsbiene im selben Bienenstock wie du.«

»Du meinst den Bienenstock, von dem deine Mutter die Mehrheit der Anteile besitzt?«

»Meine Mutter, nicht ich.« Sein Lächeln verschwand, und seine Schultern sackten herunter. »Vertrau mir, niemand hier hört auf das, was ich sage.«

»Harter Tag da oben?«

Er zuckte die Achseln. »Nicht schlimmer als sonst auch.« Sein Blick leuchtete auf, als er die Actionfiguren sah, die auf dem Regal hinter ihrem Schreibtisch aufgereiht standen, und er trat näher, um sie sich genauer anzuschauen. »Du hast ja eine ganz schön große Sammlung. Wie eine kleine Armee.« Er tippte gegen ihre Ron-Swanson-Wackelkopffigur und setzte sie damit in Bewegung.

Melody drehte sich auf ihrem Stuhl zu ihm herum und sah ihn an. »Möglicherweise bin ich süchtig. Aber sag es nicht den oberen Etagen, obwohl – ups – zu spät.«

Seine Mundwinkel verzogen sich zu einem Beinahe-Lächeln. »Dein Geheimnis ist bei mir sicher.« Er nahm ihre Black-Widow-Funko-Pop!-Figur in die Hand. Es war eine ihre Lieblingsfiguren, eine limitierte Edition aus *Avengers: Age of Ultron* mit einem Captain-America-Schild. Jeremy runzelte die Stirn.

»Wonach entscheidest du, welche Figuren du mit ins Büro nimmst, und welche zu Hause bleiben?«

»Oh, also das ist ein extrem komplexes Entscheidungssystem, das auf absolutem Zufall und reinen Launen beruht.«

Er stellte Black Widow wieder hin – an die falsche Stelle. Melody setzte sich auf ihre Hände, um dem Drang zu widerstehen, die Figur zurechtzurücken. Es war in Ordnung. Sie würde das richten, wenn er gegangen war.

Er drehte sich um und neigte den Kopf etwas zur Seite. »Ich lasse dich dann wohl lieber weiterarbeiten.«

Sie zuckte die Achseln. »Ich kann auch arbeiten, wenn du hier bist.«

»Okay.« Sein Blick glitt zum Computerbildschirm. »Was machst du denn gerade?«

»Das willst du gar nicht wissen. Das ist total langweilig.«

Das Projekt, das man ihr übertragen hatte, war ein Update der bestehenden Software für Klimakontrollsysteme in Flugzeugen. Das war weder sexy noch aufregend, wie etwa das Frachtraumschiff für die Space Station, aber die Abteilung für Verkehrsflugzeuge generierte 70 Prozent des Unternehmensumsatzes – sorgte also dafür, dass die Gehälter bezahlt werden konnten. Und die Passagiere brauchten nun mal Heizung und Klimaanlage, wenn sie wie die Sardinen in eine fliegende Dose gequetscht wurden. Also schrieb sie Programme, um die Funktionsfähigkeit der Software zu testen, die die Entwicklungsabteilung ihr lieferte.

Jeremy ließ sich auf den freien Stuhl in ihrem Büro fallen und lehnte sich zurück. »Ich mache den ganzen Tag langweilige Dinge. Ich bin sehr gut in Langweiligem. Wetten?«

»Okay«, sagte sie. »Also gerade führe ich einen Test durch, um sicherzugehen, dass unsere Software nicht zusammenbricht, wenn ein Nutzer plötzlich beschließt, den Namen eines der Sensoren zu ändern. Also wenn sie zum Beispiel einen der Luftstromsensoren ›Air_flow‹ nennen, aber drei Stunden später plötzlich finden, dass ›air_flow_alpha‹ der bessere Name ist, dann muss unsere Software in der Lage sein, damit zurechtzukommen, ohne sich zu übergeben. Was ein technischer Begriff ist für plötzliches Zusammenbrechen, und zwar auf beeindruckende und ziemlich üble Weise.«

Sein Mundwinkel zuckte. »Klingt wichtig.«

»Ist es auch. Ich bin sehr wichtig. Deswegen haben sie mir dieses Luxusbüro gegeben, wie du sehen kannst.« Sie machte eine Handbewegung in den Raum hinein, als wollte sie Werbung für den Schrank machen, in dem sie arbeitete.

Er nickte. »Viel Privatsphäre.«

»Das stimmt. Die Privatsphäre ist ein Vorteil. Ich meine, nicht, dass ich etwas gegen Gesellschaft hätte«, fügte sie hinzu für den Fall, dass er dachte, sie wollte ihn loswerden. »Ich liebe Gesellschaft. Es kann hier unten ziemlich einsam werden, und ich freue mich über Besuch.« Sie merkte, wie sie rot wurde, und lächelte, damit die Farbe auf ihren Wangen nicht so auffiel.

Jeremy lächelte zurück und zeigte seine Grübchen. »In diesem Fall muss ich wohl bald wiederkommen.«

KAPITEL FÜNFZEHN

Er kam tatsächlich wieder. Und wieder. Und wieder.

Jetzt, da sie offiziell Freunde waren, besuchte Jeremy Melody regelmäßig zumindest für ein paar Minuten in ihrem Büro, um ein wenig mit ihr zu plaudern. Weil ihr Job immer noch keine besonders große Herausforderung war, freute sie sich stets über Ablenkung. Besonders heute.

»Hey«, sagte Jeremy und streckte seinen Kopf durch die Bürotür.

Melody war gerade am Telefon und hob einen Finger. Er wollte sich schon zurückziehen, aber sie winkte ihn herein. »Mom, ich muss jetzt aufhören, da kommt jemand in mein Büro … Okay … Okay. Hab dich lieb. Tschüss.«

»Du hättest nicht auflegen müssen«, sagte er entschuldigend.

»Vertrau mir, ich bin sehr dankbar für die Ausrede.«

Manchmal fragte sie sich, ob sie in seinem Büro oben in der Geschäftsführungsetage wohl ebenso willkommen wäre. Nicht, dass sie es herausfinden und dabei riskieren wollte, Geoffrey Horvath oder Angelica Sauer über den Weg zu laufen – seit dem peinlichen Negligé-Vorfall vermied sie es gründlich, ihnen in die Augen zu sehen. Nein, danke.

Sie wusste nicht einmal, wo genau Jeremys Büro lag oder wie es aussah. Sicher, sie hätte ihn einfach fragen können, aber da sie nicht die Absicht hatte, ihn dort zu besuchen, war das wohl nicht nötig.

Nein, sie war zufrieden damit, in ihrer Höhle im fünften Stock zu hocken und hin und wieder Besuch von Jeremy zu bekommen, wann immer er sich dazu herabließ, bei ihr aufzutauchen. Er beschwerte sich dann über die Intrigen in den oberen Kreisen der Geschäftsführung, und sie beschwerte sich über die Softwareentwickler, die behaupteten, die Bugs, die sie fand, seien auf Melodys Mist gewachsen und nicht auf ihrem eigenen. Es war so schön, jemanden zu haben, mit dem sie all die kleinen Ärgerlichkeiten im Büro teilen konnte, dass sie beinahe vergaß, dass er der Sohn der Geschäftsführerin war.

»Ich dachte, wir könnten rüber zu Coffee Bean gehen«, sagte er, wieder mal im Türrahmen lehnend. »Hast du Lust?«

»O mein Gott, ja.« Sie nahm ihre Tasche und stand auf. »Ich brauche unbedingt einen Kaffee.«

Er zog eine Braue hoch. »Alles in Ordnung?«

»Klar«, sagte sie mit aufgesetztem, heiterem Lächeln. »Ich muss heute nur ganz dringend Koffein zu mir nehmen.«

Auf dem Weg zum Café redete Jeremy von dem Cyber-Genom-Projekt, das der Advanced R&D-Gruppe vom Verteidigungsministerium übertragen worden war. Normalerweise hätte das Melody brennend interessiert, aber sie war in Gedanken noch mit dem letzten Gespräch mit ihrer Mutter beschäftigt, daher nickte sie nur, ohne richtig zuzuhören.

»Hey«, sagte er, als sie sich mit ihrem Kaffee an einen Tisch setzten. »Sonst interessiert dich dieses nerdige Wissenschaftszeug doch immer. Rede mit mir, Melody.«

Sie blinzelte. »Was?«

»Du bist mit den Gedanken irgendwo anders. Was ist los?«

»Nichts«, antworte sie und rückte ihre Brille zurecht. »Es ist nur ... meine Mutter kommt mich nächste Woche besuchen.«

Er lehne sich zurück und zog die Brauen hoch. »Deinem Gesichtsausdruck nach zu schließen ist das nichts Gutes?«

»Nein, es ist nicht direkt schlimm. Es ist nur ...« Sie suchte nach den richtigen Worten, fand sie aber nicht. »Sie ist meine Mutter.«, sagte sie schließlich, als erklärte das alles.

Jeremy nickte wissend.

»Versteh mich nicht falsch, ich freue mich, dass sie endlich meine Wohnung sieht und ich ihr L.A. zeigen kann. Wirklich.« Sie wollte auf keinen Fall, dass er dachte, ihre Mutter sei schrecklich, denn das war sie nicht – sie hatte nur ein ganz besonders Talent dafür, Melody in den Wahnsinn zu treiben.

»Aber ...?«, sagte er.

»Aber sie wird mich wegen meines Liebeslebens nerven – oder besser deswegen, weil ich keins habe –, und zwar die ganze Zeit, und das wird furchtbar anstrengend.« Sie schüttelte den Kopf und verzog das Gesicht. »Und wahrscheinlich auch ziemlich verletzend.«

»Dann denk dir doch was aus. Sag ihr, dass du mit jemandem zusammen bist.«

Melody zog die Nase kraus. »Du meinst, einen Fake-Boyfriend?«

Er zuckte die Achseln. »Dann lässt sie dich in Ruhe.«

»So einfach ist das nicht. Sie wird nicht lockerlassen, wenn ich ihr sage, dass ich mit jemandem zusammen bin. Das wird ihr Interesse nur noch mehr anfachen. Sie wird mir eine Million Fragen stellen. Und sie wird ihn kennenlernen wollen.« Melody rieb sich die Schläfen. Es war eine so schreckliche Vorstellung, dass sie schon Kopfschmerzen bekam, wenn sie nur daran dachte.

»Ich könnte so tun, als wäre ich dein Freund«, sagte er, als sei das keine große Sache.

»Klar.« Das hier war schließlich kein Disneyfilm. Sie würde keinen Fake-Boyfriend anheuern, um ihre Mom an der Nase herumzuführen.

»Warum nicht?«

»Weil es eine Lüge wäre. Und überdies eine völlig lächerliche Lüge.«

»So lächerlich ist das gar nicht. Und wenn es deine Mutter glücklich macht, was würde es dann schaden? Wir müssen ja nicht auch noch fake-heiraten und den Rest unseres Fake-Lebens damit verbringen, Fake-Kinder aufzuziehen. In ein paar Wochen sagst du ihr dann, dass es nicht geklappt hat. Keine große Sache.«

»Aber es wäre immer noch eine Lüge.« Meldoy war sich nicht ganz sicher, ob er hier Richtig von Falsch unterscheiden konnte. »Wobei ...« – sie lächelte in sich hinein – »ihr Gesichtsausdruck, wenn ich ihr sagen würde, dass ich mit einem Milliardär ausgehe, wäre sicher unbezahlbar.«

»Ich spiele mit, wenn du willst.« Er zog erwartungsvoll die Brauen hoch.

Melody versuchte sich vorzustellen, wie ihre Mutter, mit Gelnägeln und in ihrer mit Glitzersternchen besetzten Jeansjacke, Jeremy Sauer kennenlernte, den Ivy-League-Studienabbrecher aus der Oberschicht, der mal ein Konzernimperium erben würde. Allein der Gedanke war zu peinlich.

»Tja, nein«, sagte sie und schüttelte den Kopf. »Danke für das Angebot, aber ich bleibe lieber bei der Wahrheit.«

•

Ihre Entschlossenheit, bei der Wahrheit zu bleiben, hielt ungefähr zwanzig Minuten an, nachdem ihre Mutter am Los Angeles International Airport aus dem Flugzeug gestiegen war.

»Du siehst aber blass aus«, sagte ihre Mom, als sie auf das Gepäck warteten und stumpf auf das leere, kreisende Gepäckband starrten. »Wie kann es sein, dass du in Los Angeles wohnst und nicht braun bist?«

Melodys Mutter war eine Bräunungsfanatikerin. Ihre Haut hatte inzwischen ein tiefes, fleckiges Braun angenommen, das in hartem Kontrast zu ihrem strohgelb gebleichten Haar stand.

»Ich arbeite den ganzen Tag in einem fensterlosen Büro«, antwortete Melody. »Und ich werde ohnehin nicht braun. Ich verbrenne bloß, und hinterher bin ich genauso weiß wie vorher.«

Ihre Mom schaute säuerlich drein. »Das sind die Gene deines Vaters.«

Jede unerwünschte Eigenschaft, die Melody besaß, hatte sie von ihrem Vater – zumindest, wenn man ihrer Mutter Glauben schenkte.

»Oh! Das erinnert mich an etwas. Du kennst doch Sandy von der Arbeit?«

Melody kannte Sandy nicht. Mom arbeitete seit einem Jahr am Empfang eines Autohandels, und Melody hatte keine ihrer Kolleginnen je kennengelernt.

»Sie hat auf einer christlichen Datingseite einen Chiropraktiker kennengelernt, und sie heiraten zu Weihnachten auf Hawaii! Wie findest du das? Ich hab dir ja gesagt, dass Online-Dating absolut nicht nur was für Loser ist.«

»Ich bin nicht besonders christlich«, wandte Melody ein und biss die Zähne zusammen. »Und ich will keinen Chiropraktiker kennenlernen. Das ist Quacksalberei.«

Ihre Mutter wedelte ungeduldig mit der Hand. »Ich will doch *nur* sagen, dass es da draußen heutzutage eine Menge Möglichkeiten für junge Frauen gibt. Du willst doch deine Jugend nicht wegwerfen – glaub mir, Schätzchen, sie dauert nicht ewig.« Sie blinzelte Melody ein wenig widerwillig an. »Du bist so ein hübsches Mädchen, weißt du. Wenn du dir nur mehr Mühe mit deinem Äußeren geben würdest.«

Melody rieb sich die Schläfen. »Du weißt schon, dass das beleidigend ist, oder?«

Sie hatten es nicht einmal durch die Gepäckausgabe geschafft, und ihre Fassade begann bereits zu bröckeln.

»Ich sage ja nur, dass es dich nicht umbringen würde, dich ein bisschen weiblicher zu zeigen. Du kannst doch nicht erwarten, einen Mann zu beeindrucken, wenn du selbst wie einer gekleidet bist.«

Melody konnte es kaum fassen. Sie wurde von einer Frau über Mode belehrt, die einen türkisfarbenen Samtjogginganzug und Flipflops mit Plateau trug.

»Es sei denn, du willst lieber lesbisch werden«, fuhr ihre

Mutter fort. »Was für mich völlig in Ordnung ist, wenn du das möchtest. Meine Freundin Maryellen ist letzten Monat zu einer lesbischen Hochzeit gegangen, und sie sagte, dort sei es sehr geschmackvoll zugegangen.«

»Ich habe einen Freund«, hörte sich Melody sagen, bevor sie begriff, was sie da tat.«

Pamela Gage hob eine sorgfältig aufgemalte Augenbraue und sah ihre Tochter an. »Seit wann?«

»Noch nicht lange. Seit ein paar Wochen. Deshalb habe ich noch nichts davon erzählt. Ich wollte es nicht verschreien.« Es war erschreckend, wie leicht ihr diese Lügen fielen – aber sie schämte sich nicht genug, um sie zurückzunehmen. Verzweifelte Situationen erforderten nun mal verzweifelte Maßnahmen, oder so ähnlich.

»Wie heißt er? Was macht er beruflich? Wie habt ihr euch kennengelernt?«

»Er heißt Jeremy, und wir haben uns bei der Arbeit kennengelernt.«

Mom wühlte in ihrer Tasche und holte ein Päckchen Kaugummi heraus. »Jeremy ist ein schöner Name. Macht er auch dieses Computerzeugs?«

»Zum hundertsten Mal, Mom, es heißt IT. Die Abkürzung steht für Informationstechnik. Und nein, er ist Management-Trainee.«

»So so.« Ihre Mom wickelte einen Kaugummistreifen aus und stopfte ihn sich in den Mund. »Und hast du ein Bild von Mr. Manager in spe?«

Melody schüttelte den Kopf. »Ich habe es dir doch gesagt, wir sind noch nicht sehr lange zusammen. Wir haben noch keine

Fotos gemacht.« Sie hatte wirklich auf alles eine Antwort. Wer hätte gedacht, dass sie so gut darin war?

»Werde ich diesen Management-Typen kennenlernen?«, fragte Mom und ließ eine Kaugummiblase platzen.

»Ich weiß es nicht.« Melody biss sich auf die Unterlippe. »Es ist vielleicht noch ein bisschen zu früh, ihm meine Mutter vorzustellen, denkst du nicht?«

Ihre Mutter beugte sich vor und kniff ihr in die Wange, als sei sie ein Kleinkind. »Süße, es ist nie zu früh, seiner Mutter den Freund vorstellen.«

Lieber Gott, was hatte sie nur getan?

•

Noch am selben Abend rief Melody Jeremy an, als ihre Mom gerade im Badezimmer war, um sich »ein Gesicht aufzumalen«, damit sie essen gehen konnten.

Sie lud sie ins Jerry's Deli ein. Ihre Mutter konnte scharfes Essen nicht ausstehen, wozu nach ihrer Einschätzung von Chipotle bis hin zu chinesischem Essen fast alles gehörte. Es war schwierig, ein anständiges Restaurant zu finden, das ihrer Mutter nicht »zu exotisch« war. Ein altmodisches Deli im New-York-Stil schien ihr da eine sichere Wahl zu sein. Außerdem würde Mom wahrscheinlich hellauf begeistert sein von all den Promi-Fotos an den Wänden.

»Was machst du morgen Abend?«, fragte Melody, als Jeremy annahm. »Bitte sag, dass du Zeit hast.«

»Nichts, was ich nicht absagen könnte.«

»Gehst du mit mir und meiner Mutter essen?«

Er machte eine Pause, bevor er antwortete, lange genug, dass Melody ihre Frage schon wieder bereute. »Als dein Freund oder als *dein Freund*?«

Sie warf einen ängstlichen Blick zur Badezimmertür. Ihre Mutter sang laut und schief einen Billy-Joel-Song. »Das zweite.«

»Okay«, sagte er heiter. »Ich reserviere uns was. Sieben Uhr?«

»Nichts zu Trendiges. Auch nichts Exotisches. Sie mag am liebsten richtig langweiliges Essen.«

»Langweilig. Alles klar.«

Melody atmete tief durch. »Danke.«

»Melody?«

»Hmmm?«

»Mach dir keine Sorgen. Das kriegen wir schon hin.«

Er hatte leicht reden. Er kannte ihre Mutter nicht.

KAPITEL SECHZEHN

»Wow!«, machte Melody, als sie am nächsten Abend die Tür öffnete. Da stand Jeremy. Mit zwei Rosensträußen. Er trug einen Anzug, so wie auf der Arbeit, aber keine Krawatte, und der Blick auf die Mulde über seinem Schlüsselbein, den das offene Hemd erlaubte, war merkwürdig faszinierend – sie kam sich vor wie die Heldin in einer Renaissance-Romanze. »Du hättest dir wirklich nicht solche Mühe geben müssen«, sagte sie und riss den Blick von seinem furchtbar attraktiven Hals los.

»Man lernt ja nicht jeden Tag die Mutter seiner Freundin kennen«, sagte er, zwinkerte ihr zu und bedachte sie mit seinem strahlendsten Lächeln.

O nein. Das hier war eine schreckliche, grauenhafte, sehr, sehr schlechte Idee gewesen. Was hatte sie sich dabei nur gedacht? Er war viel zu perfekt. Ihre Mutter würde sich vermutlich alle Finger nach ihm lecken, und Melody würde vor lauter Fremdscham sterben müssen. Mal abgesehen davon, dass sie sich gar nicht ausmalen wollte, was ihre Mutter tun würde, wenn sie ihr sagte, dass sie sich getrennt hätten.

Jeremy neigte den Kopf zur Seite. »Melody?«

»Ja?«

»Lässt du mich rein?«

»Klar! Sorry!« Sie trat zurück, und er beugte sich vor, um ihr einen Kuss auf die Wange zu hauchen, als er an ihr vorbeiging. Der Kuss überraschte sie mehr, als sie erwartet hatte. Er hatte das schon öfter getan. Sie hatte es nur vergessen, weil sie so lange keinen Kontakt mehr außerhalb der Arbeit gehabt hatten.

»Entspann dich«, flüsterte er ihr ins Ohr. »Das wird super laufen.«

Sie wusste, dass er sie beruhigen wollte, aber sein Satz hatte die gegenteilige Wirkung auf sie.

»OmeinGOOOTT, ist er das?«, kreischte Melodys Mutter, die in den Flur getreten war. Sie trug Plateausandalen und ein leuchtend buntes Blümchen-Wickelkleid, das beinahe als geschmackvoll durchgegangen wäre, wenn es nicht so verdammt viel von ihrer Oberweite gezeigt hätte.

»Hi«, sagte Jeremy, schenkte ihr Das Lächeln und streckte die Hand aus. »Es ist mir eine Ehre, Sie kennenzulernen, Mrs. Gage.«

Melodys Mom strahlte, nahm seine Hand zwischen ihre beiden Hände und schüttelte sie begeistert. »O nein, mein Lieber, du sollst mich doch Pam nennen. Und glaub mir, die Freude ist ganz auf meiner Seite.« Sie grinste ihn an und hielt seine Hand so lange fest, dass es seltsam wurde – natürlich tat sie das.

Als sie ihn endlich losließ, gab ihr Jeremy einen der beiden Sträuße. »Die sind für Sie, Pam.« Den anderen streckte er Melody hin und lächelte. »Und die hier sind für dich.«

Dabei küsste er sie erneut. Diesmal auf die Lippen.

Melody schloss flatternd die Augen und beugte sich unwillkürlich zu ihm. Der Kuss war flüchtig und unschuldig, aber sein Mund fühlte sich so zärtlich an auf ihrem.

Sie riss die Augen wieder auf, und Jeremy runzelte die Stirn. Sein Blick fragte: War das okay?

Sie zwang sich, ihn anzulächeln, als sei Küssen etwas, das sie dauernd täten. Diese Situation rief all die Erinnerungen an ihr erstes Treffen in ihr wach, was wirklich … wirklich nichts war, was sie jetzt gebrauchen konnte.

Oh, verdammt. Lacey. Sie hatte gerade Laceys Ex-Freund geküsst.

Nach ihrem Telefonat mit Jeremy gestern hatte sie Lacey angerufen und ihr erzählt, worum sie ihn gebeten hatte, nur um sicherzugehen, dass es ihr nichts ausmachte. Lacey hatte nur gelacht und gesagt, das sei vollkommen in Ordnung. Aber vielleicht nur, weil sie nicht erwartet hatte, dass diese Vereinbarung auch Küssen involvierte.

»Was seid ihr beide doch süß!«, quiekte Melodys Mom entzückt. »Oh, Schätzchen, wo ist dein Handy? Lass uns ein paar Fotos von euch Turteltäubchen machen.«

»Mom, nein!«

»Ich finde, das ist eine tolle Idee«, sagte Jeremy und grinste sie an. Ehe sie sich's versah, posierten sie wie ein Highschool-Pärchen auf dem Weg zum Abschlussball, und ihre Mutter knipste ungefähr eine Million Bilder.

»Ein bisschen näher zusammen«, befahl Mom. »Jeremy, mein Lieber, leg mal den Arm um ihre Taille. Genau so. Jetzt lächeln!«

Jeremy zog Melody nah an sich heran und legte die Lippen auf ihre Wange.

»Perfekt!«, freute sich Pam. »Still halten!«

Melody zählte innerlich bis drei, dann löste sie sich aus Jeremys Griff. »Okay. Genug Fotos. Wir kommen zu spät ins Restaurant.«

•

Jeremy fuhr einen eleganten perlgrauen Jaguar. Melody war überrascht – sie hatte gedacht, sein Geschmack sei ein wenig protziger und nicht so … reif.

Aber das Auto war schick genug, um ihre Mutter zu beeindrucken. Sie verbrachte die ersten fünf Minuten der Fahrt damit, an der Klimaanlage am Rücksitz herumzufummeln und sich entzückt über all die schicken Kleinigkeiten zu äußern, ganz zu Melodys Missfallen.

Als sie genug am Auto herumgespielt hatte, beugte sich ihre Mutter vor, so dass ihr Gesicht zwischen den beiden Vordersitzen auftauchte. »Melody hat mir erzählt, ihr habt euch auf der Arbeit kennengelernt.«

Jeremy warf Melody einen Blick zu und grinste. »Stimmt.«

Meldoy spürte, wie sie rot wurde, und schaute aus dem Beifahrerfenster.

»Und du bist so eine Art Management-Trainee? Wie bist du denn an die Stelle gekommen?«

»Na ja, eigentlich …«

»Wirtschaftsabschluss«, sagte Melody statt seiner. »Sie haben ein ganzes Management-Programm bei Sauer Hewson für Leute, die einen Business-School-Abschluss haben.«

Sie hatte beschlossen, ihrer Mom nichts von Jeremys Familie

oder seinem Vermögen zu erzählen. Allein bei der Vorstellung, wie sehr sich ihre Mutter bei ihm einschmeicheln würde, wenn sie wüsste, dass er reich war, wäre sie am liebsten im Boden versunken. Ganz zu schweigen davon, wie viel schwieriger es hinterher werden würde, ihr klarzumachen, dass sie sich getrennt hatten.

Jeremy warf Melody erneut einen Blick zu, diesmal mit leicht hochgezogenen Brauen. Sie sah ihn flehend an.

»Ja, ich habe direkt nach der Uni angefangen«, sagte er zu ihrer Mutter.

»Gut gemacht, mein Lieber. Es ist schön, einen jungen Mann kennenzulernen, der sich nicht vor harter Arbeit scheut, um etwas aus sich zu machen.«

Bevor ihre Mom noch etwas sagen konnte, schaltete Melody das Radio ein und drehte die Lautstärke auf.

●

Das Restaurant, das Jeremy ausgesucht hatte, war absolut perfekt: schön genug, um ihrer Mom das Gefühl zu geben, dass dies etwas Besonderes war, aber nicht so schön, dass sie sich fehl am Platz fühlten.

»Ist das da Dustin Hoffman?«, flüsterte ihre Mutter in Bühnenlautstärke, als die Dame am Empfang sie zu ihrem Tisch führte.

»Nicht hinschauen, Mom.«

Ihr Tisch stand zum Glück ganz hinten im Saal. Weit weg von dem Typen, der vielleicht Dustin Hoffman war oder auch nicht. Melodys Mutter las die Speisekarte und machte Ah und Oh, um sich dann für das Hühner-Cordon-bleu zu entscheiden. Melody bestellte die Krabbenküchlein und einen Gin Tonic. Und dann noch einen Gin Tonic, weil das Abendessen mit Jeremy und ihrer Mutter eine einzige Aneinanderreihung peinlicher Momente war.

Es begann damit, dass Mom Jeremy von der Nacht erzählte, in der die Wehen mit Melody einsetzten, denn klar, wer wollte nicht Details über Fruchtwasser und Plazentas hören, während er bei einem guten Essen saß? Als Melody sanft versuchte, sie vom Thema abzubringen, fuhr ihre Mutter mit der Anekdote auf, wie Melody als Vierjährige versucht hatte, im Stehen zu pinkeln wie ein Junge. Außerdem lachte ihre Mutter zu lang und zu laut über alles, was Jeremy sagte, und berührte dabei ständig seinen Arm. Und das waren keine leichten Berührungen, sondern sie *streichelte* seinen Bizeps. *Igitt.*

Jeremy ertrug all das geduldig, fast wie ein Heiliger, während Melody am liebsten unter den Tisch gekrabbelt wäre und sich dort zum Sterben zusammengerollt hätte.

»Es tut mir ja so leid«, sagte sie, kaum dass sich ihre Mom entschuldigt hatte, um zur Toilette zu gehen.

»Was?«

»Meine Mutter. Sie ist grauenvoll, ich weiß. Es tut mir so leid, dass du damit zurechtkommen musst.«

»Melody«, sagte er und sah sie an, als sei sie diejenige, die hier verrückt war. »Deine Mutter ist toll. Ich mag sie wirklich, und ich genieße den Abend. Warum du nicht auch?«

»Weil sie einfach so sehr ... sie selbst ist. Sie verhält sich mit Absicht so, dass ich mich für sie schämen muss.«

Er schüttelte den Kopf und lächelte. »Sie liebt dich sehr. Und ...

okay, sie ist vielleicht ein wenig enthusiastisch und eigenwillig, aber hast du eigentlich eine Ahnung, was du für ein Glück hast? Eine Mutter zu haben, die stolz auf dich ist und das zeigt?«

Melody dachte an Angelica Sauer mit ihrem angespannten Lächeln und dem stolzen Gehabe und schämte sich plötzlich. »Oh, Mist, Jeremy, ich wollte nicht ...«

Er hob die Hand, lächelte aber immer noch. »Ich will dir auf keinen Fall ein schlechtes Gewissen machen. Glaub mir, ich weiß, dass die Familie einen in den Wahnsinn treiben kann, wie es sonst niemand schafft. Ich will nur sagen ... ich mag deine Mutter. Sie erinnert mich an dich.«

»Oh.« Melody senkte den Blick und wusste nicht, ob sie empört oder geschmeichelt sein sollte.

»Wusstet ihr, dass sie auf den Klos hier Musik spielen?«, verkündete ihre Mutter, als sie wieder an den Tisch trat. »Das hat wirklich Klasse.« Sie summte ein paar Takte einer unerkennbaren Melodie, lächelte und wiegte sich ein wenig. »Wisst ihr, wenn ihr beiden heiratet ...«

»Mom!«, sagte Melody, aber es klang jetzt weniger streng.

»Was denn?«

»Wir gehen gerade mal zwei Wochen miteinander aus, vielleicht fährst du das Gerede über Hochzeit ein bisschen zurück.«

»Schon gut, mein Schätzchen. Tut mir leid.« Ihre Mutter beugte sich vor und tätschelte ihre Hand. »Ich plane nun mal gern lange im Voraus.«

Melody fing Jeremys Blick auf, und so, wie er sie anlächelte, schmolz ihre Scham dahin.

•

Auf der Fahrt nach Hause plauderte ihre Mutter munter weiter. Aber irgendwie fand Melody das Gerede nicht mehr ganz so peinlich, selbst als sie Jeremy davon erzählte, wie Melody sich als Kind scharfe Chilichips in die Nasenlöcher gesteckt hatte und dass sie danach in die Notaufnahme fahren mussten.

»Und deshalb habe ich sie früher immer meine kleine Chilischote genannt«, schloss ihre Mutter stolz, als hätte sie gerade erzählt, dass Melody in der Schule den ersten Platz im Naturwissenschaftswettbewerb belegt hatte – was sie an diesem Abend übrigens völlig unerwähnt ließ. Vielleicht, weil *diese* Geschichte nicht peinlich genug war.

Jeremy legte eine Hand auf Melodys und drückte sie sanft. Die Wärme seiner Haut breitete sich über ihren Arm bis in ihre Brust aus, aber sie zog die Hand nicht zurück. Sie mussten sich schließlich den Anschein geben, dass sie zusammen waren, und das hier gehörte zur Show.

Als sie vor ihrer Wohnung hielten, brachte er sie zur Tür, lehnte aber das Angebot ihrer Mutter ab, noch einen Absacker zu trinken – offensichtlich lebte ihre Mutter in einer Seifenoper aus den 1980er Jahren, in der man tatsächlich das Wort »Absacker« benutzte –, mit der Entschuldigung, dass er morgen früh mit seiner Mutter frühstücken gehe.

»Hörst du das? So ein guter Junge!«, sagte Mom. »Halt den ja fest.«

Melody presste die Lippen zusammen und blickte hoch zum Himmel, während ihre Mutter Jeremy so fest umarmte, dass es irgendwo zwischen übertrieben-vertraut und unangenehm-übergriffig lag.

»Es war so schön, dich kennenzulernen, Jeremy. Pass gut auf mein Mädchen auf, hörst du?«

»Keine Sorge, Pam. Genau das habe ich vor«, erwiderte er und lächelte ihr charmant zu.

»Ich gehe dann mal rein, damit ihr euch voneinander verabschieden könnt«, verkündete Mom und zwinkerte ihnen so aufdringlich zu, wie es nur ging.

»Danke«, sagte Melody zu Jeremy, als ihre Mutter im Haus verschwunden war. »Ernsthaft. Vielen Dank.«

»Das Vergnügen war ganz auf meiner Seite«, sagte er und lächelte zu ihr hinunter. Er hatte fast den ganzen Abend lang durchgehend gelächelt, und sie fühlte sich warm und erfüllt deshalb. »Du hast mir oft genug den Hintern gerettet, und ich freue mich, dir diesen Gefallen tun zu können.«

Sein Blick glitt zum Fenster, und er unterdrückte ein Grinsen. »Sie beobachtet uns durch die Vorhänge.«

Melody seufzte. Das war so unglaublich peinlich! »Natürlich tut sie das.«

»Dann lass uns mal eine gute Show hinlegen.«

Melody schüttelte den Kopf. »Du musst jetzt aber nicht ...«

Aber er hob schon ihr Kinn an, und dann küsste er sie. Und zwar *richtig*. Der Kuss war sanft und zunächst etwas vorsichtig, hatte aber eindeutig nichts Unschuldiges mehr.

Und er nahm. Kein. Ende. So, wie wenn man jemanden küsste, den man wirklich, wirklich mochte. Und je länger der Kuss dauerte, desto weniger zögerlich wurde er, bis seine Zunge ihren Mund erforschte, und sie ihn leidenschaftlich zurückküsste.

Das hier war nicht echt – der rationale Teil ihres Gehirns wusste, dass es nur zum Schein war. Aber der Teil ihres Gehirns, der weniger rational war, konnte sich auf nichts anderes mehr konzentrieren, als *dass sie Jeremy küsste* – und es sich großartig anfühlte.

Er war ein außerordentlich guter Küsser. Das wusste sie noch von vor drei Jahren, aber sie hatte diese Information irgendwo hinten in ihrem Gedächtnis abgespeichert, und jetzt bekam sie einen Auffrischungskurs, der ... *heilige Scheiße.*

Die Sache war nur, es fühlte sich nicht fake an. Es fühlte sich eher so an, als stünden sie wieder auf dem Bürgersteig vorm Cask 'n Flakon. Es fühlte sich an, als verlöre sie sich wieder in ihm.

Sie keuchte an seinem Mund, atemlos und viel zu hingerissen, und er löste sich von ihr. Er schaute sie einen langen Moment aus dunklen, unergründlichen Augen an. Seine Arme waren noch um sie geschlungen, hielten sie fest, sie war an ihn geschmiegt, und – oh, hey, eine seiner Hände lag auf ihrem Hintern. Wann war das denn passiert?

Sie schluckte trocken. »Jeremy.«

Er ließ sie abrupt los und wich zurück. Sie schwankte ein wenig, weil es so plötzlich kam, und er streckte die Hand aus, um sie festzuhalten. Sobald er sicher war, dass sie nicht umkippen würde – wäre es nicht das perfekte Finale für den Abend, wenn sie ihm buchstäblich zu Füßen sank? –, ließ er sie wieder los.

»Meinst du, sie hat es uns abgekauft?«, fragte er und grinste.

Melody räusperte sich. »Auf jeden Fall.«

»Gut. Okay. Dann also gute Nacht«, sagte er, als sei alles ganz normal. Als hätte er sie nicht gerade um den Verstand geküsst. Als vollführte ihr Magen nicht gerade Purzelbäume deswegen.

Dann wandte er sich ab und ging zu seinem Auto.

Also – okay. Was?

Melody sah ihm hinterher und fühlte sich, als wäre sie gerade von einem Laster angefahren worden.

Reiß dich zusammen, befahl sie sich. Das war nur gespielt. Es musste gespielt gewesen sein. *Oder?*

Wenn es echt gewesen wäre, wäre er nicht einfach so davongegangen, als sei nichts gewesen. Er hätte sie nicht so *angegrinst*.

»Sieh mal einer an. Du bist ja ganz rot im Gesicht!«, bemerkte ihre Mutter, als sie endlich zurück in die Wohnung ging. »Ich wette, der Sex mit ihm ist absolut himmlisch.«

»*Mom*«, stöhnte Melody und betete, dass sich der Boden auftat und sie verschluckte. »Bitte nicht.«

•

Melody schlief noch, als am Morgen ihr Telefon klingelte. Sie hatte die halbe Nacht lang wach gelegen und immer wieder Jeremys Abschiedskuss vor ihrem inneren Auge ablaufen lassen, deshalb hatte sie verschlafen. Stöhnend wälzte sie sich auf die Seite und tastete nach ihrem Handy.

Mist. Es war Lacey.

Sie hatte gestern Abend Laceys Ex-Freund geküsst. Und zwar *ziemlich heftig*. Mist.

Melody nahm das Handy ans Ohr und kniff die Augen zu. »Hey.«

»Wie war dein Date mit Jeremy?«

»Uhhhh ...« Sie überlegte, was sie sagen konnte, ohne Jeremys Zunge in ihrem Mund zu erwähnen.

»Hat er deiner Mom gefallen? Er ist ein echter Schwiegermutterschatz. Ich meine, *meine* Mom fand ihn schrecklich, aber die meisten Moms mögen ihn.«

»Ja ... sie, äh, hat ihn sehr gemocht.« Sie musste Lacey von dem Kuss erzählen, oder? Ja ... nein. Ja. Sie musste es ihr sagen.

»Wusste ich es doch.«

»Du hattest recht.« Wobei ... Lacey hatte diese ganze Fake-Dating-Sache von Anfang an unterstützt, vielleicht war es ihr ja egal, dass sie sich geküsst hatten? Es war schließlich nicht echt gewesen. Vielleicht hatte sie so was sogar erwartet. Vielleicht *musste* Melody es ihr gar nicht beichten.

»Alles in Ordnung mit dir? Du klingst irgendwie komisch. Stresst dich deine Mom so sehr?«

»Nein, ähm ... ich meine, ein bisschen, aber nein, mir geht's gut.« Sie sollte es ihr vermutlich doch sagen. Nur für den Fall, dass es ihr tatsächlich etwas ausmachte. Die Hosen herunterlassen, alle Karten auf den Tisch legen, sich der Sache stellen ... und ein paar andere Klischees, die ihr gerade nicht einfielen.

»Soll ich vorbeikommen, um sie ein bisschen von dir abzulenken? Ich kann dir helfen, sie heute Nachmittag zu unterhalten.«

»Nein!«, sagte Melody. »Ich meine, danke, aber ich kriege das schon hin. Das würde ich dir nicht zumuten wollen. Genieß lieber deinen Sonntag.«

»Okay.« Sie konnte Laceys Achselzucken beinahe hören. »Wollen wir diese Woche mal essen gehen? Donnerstag hätte ich Zeit.«

»Auf jeden Fall. Das sollten wir auf jeden Fall tun.«

»Cool«, sagte Lacey. »Ich ruf dich dann an.«

»Super! Bye!«

Melody stöhnte und vergrub ihr Gesicht in den Kissen.

Es war der letzte volle Tag, den ihre Mom in Los Angeles hatte, also quälte sich Melody aus dem Bett, duschte und fuhr mit ihr zu The Grove.

Melody hasste Einkaufszentren, aber Mom liebte sie, deshalb liefen sie jetzt durch eine Mall, die sich kaum von all den anderen Malls in Amerika unterschied, außer dass man in dieser die leicht erhöhte Chance hatte, einen weniger bekannten Teen-Popstar oder einen TV-Nebendarsteller zu treffen.

Mom wühlte sich gerade wie eine Profi-Shopperin durch den Schlussverkauf bei Tommy Bahama, als Jeremys Name auf Melodys Handydisplay aufleuchtete. Ihr Herz blieb beinahe stehen.

»Ist das Jeremy?«, fragte Mom beinahe singend und beugte sich zu ihr, um einen Blick auf das Display zu werfen. »Dann lasse ich euch beide mal kurz allein, okay? Wir sehen uns im UGG-Store.«

Melody wartete, bis Mom außer Hörweite war, dann ging sie ran. »Hey«, sagte sie mit etwas wackeliger Stimme. Sie wusste nicht, ob sie erleichtert war, dass er anrief, oder ob sie sich vor dem fürchtete, was er womöglich sagen würde.

»Hey.« Beim Klang seiner Stimme zog sich ihr der Magen zusammen. »Ich wollte nur hören, wie es dir geht.«

In Melodys Hirn herrschte Chaos. *Was hat es mit dem Kuss auf sich? Bitte erklär es mir*, aber sie sagte nur: »Oh.«

»Wie läuft es heute mit deiner Mom?«

Melody wich einer Gruppe lärmender Damen mittleren Alters aus und duckte sich hinter eine eingetopfte Palme. »Ganz gut, glaube ich. Wir sind im The Grove.«

»Wann fliegt sie zurück?«

»Morgen früh.«

Er zögerte. »Meinst du, sie findet es seltsam, dass ich heute nicht dabei bin?«

»Ich habe ihr gesagt, dass du zu tun hast. Das ist okay.«

»Gut. Solange du mich nicht brauchst.« Sie konnte seinen Tonfall einfach nicht entschlüsseln. War er erleichtert? Enttäuscht? War es ihm egal? Oder war er hin- und hergerissen? Sie hatte keine Ahnung.

Melody kaute auf ihrer Unterlippe herum. »Nein, ich brauche dich nicht.«

Wieder eine Pause, diesmal länger. »Na ja, dann lasse ich euch mal weiter einkaufen. Ich dachte nur, ich rufe mal an, das macht man in einer Beziehung so, oder?«

»Danke für gestern Abend«, sagte sie. »Wirklich.«

»Gern geschehen. Das war doch nichts.«

Da hatte sie also ihre Antwort.

Es war nichts.

Sie hatte recht gehabt. Es war alles nur fake gewesen.

Als Melody ihre Mom fand, probierte sie gerade ein Paar scheußlicher Fleece-Stiefel an, die sie in Tampa ungefähr an drei Tagen im Jahr würde anziehen können. »Wie findest du sie?«, fragte sie und drehte sich vor dem Spiegel.

»Ich finde sie lächerlich. Du kannst sie zu Hause ja gar nicht tragen.«

Ihre Mutter schaute hoch und runzelte die Stirn. »Alles okay mit Jeremy und dir, Schätzchen?«

»Ja«, antwortete Melody mit einem viel zu breiten Lächeln. »Alles läuft super.«

KAPITEL SIEBZEHN

»Das sieht aber verdächtig nach Bestechung aus«, sagte Melody und betrachtete den Kaffee und den Blaubeermuffin, den Jeremy vor ihr auf den Schreibtisch gestellt hatte.

Fast zwei Wochen waren seit Dem Kussvorfall vergangen, und sie beide waren ausgesprochen talentiert darin, ihn nicht zu erwähnen. Offenbar hatten sie sich darauf geeinigt, so zu tun, als sei er vollkommen bedeutungslos gewesen. Was er eindeutig nicht gewesen war.

Melody war das sehr recht. Sie wollte auf gar keinen Fall über ihren angeblichen Fake-Kuss reden, der sich viel zu echt angefühlt hatte – über diesen Kuss, den sie Lacey noch immer nicht gebeichtet hatte. Sich nicht darum zu kümmern war ihre Art, sich darum zu kümmern. Wenn Jeremy es okay fand, so zu tun, als sei es nie passiert, dann war ihr das nur recht.

Vollkommen recht.

»Das verletzt mich aber«, versetzte er und ließ sich auf den freien Stuhl fallen, den sie mittlerweile als »seinen« bezeichnete, weil er der Einzige war, der je darauf saß. »Warum denkst du, dass ich Hintergedanken habe, wenn ich dir Kaffee mitbringe?«

»Und einen Muffin«, betonte sie. »Und du hast mir noch nie einen mitgebracht. Nicht ein einziges Mal.«

Er warf ihr über den Rand seines Bechers einen herausfordernden Blick zu. »Vielleicht ist mir heute einfach nach Nettsein.«

Sie reagierte mit einer hochgezogenen Augenbraue.

»Na gut. Ich muss dich um einen Gefallen bitten.«

»Was ist es denn diesmal?« Sie schnupperte vorsichtig an dem Kaffee. Vanilla-Latte, ihre übliche Wahl.

Er lehnte sich zurück, streckte die Beine aus und stellte seinen Becher auf dem Oberschenkel ab. »Erinnerst du dich daran, wie dich deine Mutter besuchen kam und du mich angefleht hast, dein Fake-Freund zu sein?«

Melody spürte, wie sie erstarrte, und versuchte es zu verbergen, indem sie nach ihrem Muffin griff. »Ich glaube, ich erinnere mich, dass du dich freiwillig dafür gemeldet hast«, sagte sie in einem Ton, der beiläufig klingen sollte. »Aber sprich doch bitte weiter.«

»Ich brauche ein Date für die Party nächstes Wochenende.«

Das Muffinstück, das sie abgebrochen hatte, zerkrümelte zwischen ihren Fingern, und die Krümel rieselten auf ihren Schreibtisch. »Ich kann mir nicht vorstellen, dass du Schwierigkeiten hast, eine weibliche Begleitung zu finden«, sagte sie und musste sich größte Mühe geben, ihre Stimme fest klingen zu lassen. Sie wischte die Krümel vom Tisch und in den Papierkorb.

»Es ist die Verlobungsparty von Drew und Charlotte«, sagte er und senkte den Blick. »Es ist schon komisch genug, dass ich meinem besten Freund Glück für seine Zukunft mit meiner Ex-Freundin wünschen muss, aber Lacey wird auch da sein. Mit Tessa.«

Melody schürzte voller Mitleid die Lippen. »Oh.«

»Ich dachte nur – es wäre einfacher, wenn eine Freundin an meiner Seite ist. Jemand, der mich davon abhält, eine Dummheit zu begehen, verstehst du?« Er schaute hoffnungsvoll zu ihr auf. »Also, was meinst du? Willst du mein Date sein für einen garantiert ganz furchtbaren Abend – und bevor du etwas sagst, bitte denk daran, dass ich dir einen Muffin mitgebracht habe.«

»Das mache ich gern«, sagte sie, weil sie sich unter seinem flehenden Blick ganz machtlos fühlte. Selbst wenn sie seine blauen Augen nicht so wunderschön finden würde – sie schuldete ihm etwas.

»Danke.« Jeremy atmete erleichtert aus, und seine Schultern fielen nach vorn. »Das weiß ich wirklich zu schätzen.«

Melody konzentrierte sich auf die Reste ihres Muffins und versuchte, ihren Tonfall lässig klingen zu lassen. »Also ... dann geht es weniger darum, so zu tun, als sei ich deine Freundin, als vielmehr darum, dass du einfach jemanden mitbringen willst?«

»Ich glaube schon, ja.«

Sie hielt ihren Blick auf den Muffin gerichtet und konzentrierte sich darauf, den Rest in kleine Stückchen zu reißen, und zwar so umsichtig, als handelte es sich dabei um einen chirurgischen Eingriff am Gehirn. »Weil es sonst komisch sein könnte. Du weißt schon, weil Lacey doch da ist. Ich würde nicht wollen ...«

»Nein, natürlich nicht«, stimmte er zu. »Das wäre schrecklich.«

»Eben.« Melody nickte ihrem zerstörten Muffin abwesend zu. »Hauptsache, wir sind uns einig.«

·

In Melodys Wohnung gab es keinen Ganzkörperspiegel. In allen anderen Wohnungen, in denen sie je gewohnt hatte, hatte es einen gegeben – meist von einem längst verschwundenen Vormieter im Badezimmer oder an einer Schranktür angebracht.

Aber diese Wohnung war noch ziemlich neu, und anscheinend hatten keine der Personen, die hier bisher gewohnt hatten, einen Ganzkörperspiegel für nötig gehalten. Vielleicht hatten sie auch allesamt freistehende Spiegel gehabt. Leute mit Geld hatten so was, oder? Eine passende Schlafzimmereinrichtung mit einem großen Spiegel auf einem schicken Holzständer?

Melody besaß so etwas natürlich nicht. Sie hatte eine Matratze mit Boxspringfedern in einem schlichten Metallrahmen und zwei nicht zueinander passende Nachttischchen von Goodwill.

Weshalb sie jetzt auf dem Toilettendeckel stand und sich stirnrunzelnd im Badezimmerspiegel betrachtete.

Dieses Kleid ließ ihre Brüste wirklich phantastisch aussehen, aber sahen sie nicht vielleicht *zu* gut aus? Das Letzte, was sie wollte, war billig oder nuttig auszusehen. Oder, um Gottes willen, als gebe sie sich zu viel Mühe.

Drews und Charlottes Verlobungsparty sollte im Marina Del Rey Yachtclub stattfinden. Melody war noch nie in einem Yachtclub gewesen. Sie fragte sich, ob die Männer alle dunkelblaue Jacketts und weiße Kapitänsmützen trugen, so wie Mr. Howell in *Gilligans Insel*.

Wahrscheinlich nicht.

Jedenfalls hatte sie zu Ehren dieser Veranstaltung beschlossen, zum ersten Mal seit Monaten wieder Kontaktlinsen zu tragen. Ihr Haar hatte sie zu einer komplizierten Frisur hochgesteckt, die sie in einem YouTube-Tutorial gelernt hatte. Sie hatte außerdem Geld für ein teures Designerkleid und Schuhe ausgegeben. Beides zusammen hatte mehr gekostet als die Möbel in ihrer Wohnung. Sie fand aber, dass das eine Investition in ihr neues Arbeitsleben war. Theoretisch war diese Party nur die erste in einer langen Reihe zukünftiger Veranstaltungen, zu denen sie ein schickes Kleid würde anziehen müssen. Sie hatte versucht, einen Stil zu wählen, der flexibel und klassisch war, damit sie es ein Weilchen tragen konnte.

Melody hüpfte von der Toilette und zog ihre neuen Schuhe an. Es waren Louboutins, so wie sie die Stars auf dem roten Teppich trugen. Sie hatte angenommen, dass unfassbar teure Designerschuhe bequemer sein würden als die billigen Modelle. Aber das war leider nicht der Fall. In der letzten Woche war sie immer wieder mit ihnen durch die Wohnung gelaufen, um sie einzutragen, aber sie fühlten sich trotzdem wie Folterinstrumente an. Unfassbar teure Folterinstrumente.

Sie hatte gehofft, dass sie sich heute Abend vielleicht ein bisschen selbstbewusster fühlen würde, weil sie Designerklamotten trug. Doch selbst in ihrem teuren neuen Outfit hatte sie noch das Gefühl, die ganze Sache sei mehrere Nummern zu groß für sie. Sie kam sich vor wie ein kleines Mädchen, das Verkleiden spielte, und nicht wie eine erwachsene Frau, die den Abend mit der High Society von Los Angeles verbringen würde.

Als sie Lacey erzählt hatte, dass sie als Jeremys Begleitung auf die Party gehen würde – natürlich rein freundschaftlich – und ihr gestanden hatte, dass sie Angst hatte, dort nicht hineinzupassen, hatte Lacey nur geschnaubt und ihr gesagt, sie solle sich bitte keine Sorgen machen. »Die Hälfte von denen sind Snobs, die dich sowieso nicht mögen würden, egal, was du tust, und die andere Hälfte besteht aus Neureichen, die so viel damit zu tun haben auszusehen, als hätten sie Klasse, dass sie dich überhaupt nicht bemerken. Und wegen meiner Familie musst du dir sowieso keine Sorgen machen. Wir sind nur ein Haufen Bauerntrampel, die auch noch nie in einem Yachtclub waren. Ich verspreche dir, dass du neben meiner Tante Flora ganz großartig aussehen wirst.«

Als es an ihrer Tür klopfte, atmete Melody tief durch. Das war vermutlich Jeremy – und er war nur fünf Minuten zu spät. *Jetzt geht's los.*

Als er sie sah, wurden seine Augen groß, und er bekam den Mund nicht wieder zu.

»Was?«, fragte sie nervös. »Sehe ich irgendwie komisch aus? Ich bin doch nicht zu aufgetakelt, oder? Oder bin ich underdressed? Ich weiß nicht genau, wie formell es wird.«

»Du siehst toll aus.« Ein Lächeln breitete sich langsam auf seinem Gesicht aus. »Sogar mehr als toll. Ehrlich gesagt siehst du einfach absolut hinreißend aus.«

»Oh.« Sie spürte, wie ihre Wangen rot wurden. »Danke.« Hätte er nicht so überrascht gewirkt, wäre das Kompliment sicher besser angekommen, aber sie nahm, was sie kriegen konnte.

Jeremy wartete, bis sie die Tür abgeschlossen hatte, und bot ihr dann seinen Arm an. Heute Abend roch er besonders gut. Er sah auch gut aus, aber das tat er ja immer, und schließlich war es nicht so, als hätte sie ihn nicht schon in einem makellos sitzenden Anzug gesehen – das war immerhin seine Standarduniform auf der Arbeit.

»Bist du bereit?«, fragte sie, als er sie zum Auto führte.

Sein Lächeln verzog sich. »So bereit, wie ich sein kann.«

Er fuhr heute Abend ein sportliches schwarzes BMW-Coupé statt des Jaguars. Melody hätte zu gern gewusst, wie viele Autos er besaß, aber nach einem Blick in sein angespanntes Gesicht beschloss sie, lieber nicht zu fragen.

»Soll ich heute Abend irgendetwas Besonderes tun oder lassen?«, fragte sie stattdessen, als er losfuhr. Er hatte ihr durch das unglaublich peinliche Dinner mit ihrer Mom geholfen, und sie war wild entschlossen, dasselbe für ihn zu tun.

Er packte das Steuerrad so fest, dass seine Knöchel weiß wurden. »Pass auf, dass ich nicht zu viel trinke. Oder irgendetwas Schlimmes zu irgendwem sage. Wenn ich anfange, mich wie ein Arsch zu benehmen, dann – ich weiß auch nicht, zieh mich weg oder sag mir, ich soll den Mund halten, oder so.«

»Das wird schon«, sagte Melody. »Du wirst sehen.«

Sie würde dafür sorgen.

•

Jeremys Hand lag auf ihrem unteren Rücken, kaum dass er ihr aus dem Auto geholfen hatte, und dort blieb sie auch liegen, als er sie in den Club und direkt an die Bar führte.

Drews Vater wusste, wie man eine schicke Party schmiss, soviel war sicher. Oder er wusste, wie man ein Team professioneller Partyplaner engagierte, die eine schicke Party für einen schmissen.

Der Tanzsaal des Yachtclubs war von Hunderten Kerzen erleuchtet, die in den Arrangements aus Moos und Waldblumen überall im Raum steckten. Zusammen mit den mit Girlanden geschmückten Kronleuchtern, die unter der Decke funkelten, und dem Blick auf das mondbeschienene Meer durch die riesigen Panoramafenster war es, als träte man in ein Feenland.

Jetzt waren sie mit Drinks bewaffnet, und Jeremy schaute sich suchend im Raum um, als wappnete er sich für eine Schlacht. Zu ihrer Enttäuschung musste Melody feststellen, dass niemand eine Kapitänsmütze trug. Immerhin erkannte sie ein, zwei Promis. Und vielleicht gab es noch mehr, die sie nicht erkannte. In Anbetracht des Jobs von Drews Dad konnte man davon ausgehen, dass viele Gäste mit der Filmindustrie zu tun hatten. Das war schon ein wenig aufregend.

Zumindest ganze fünf Minuten lang.

Reiche Leute, das musste Melody schnell feststellen, waren unfassbar langweilig. Jeremys Aufmerksamkeit wurde beinahe sofort von einer Gruppe Personen in Beschlag genommen, die Drews Verlobungsfeier offenbar ausschließlich als Gelegenheit sahen, Kontakte zu knüpfen. Jeder, mit dem er sich unterhielt, schien unter dem Deckmantel von Small Talk etwas verkaufen zu wollen oder ein Anliegen zu haben. Wenn sie nicht nach Investoren suchten, um ihr aktuelles Filmprojekt zu finanzieren, dann wollten sie eine politische Initiative bekannt machen oder für ihre Lieblings-Wohltätigkeitsorganisation sammeln.

Jeremy schaltete pflichtbewusst seinen Charme ein und spielte mit. Es war merkwürdig, ihm dabei zuzusehen, wie er sich auf Knopfdruck in einen ganz anderen Menschen verwandelte, der selbstsicher war, flirtete und, um ehrlich zu sein, auch ein wenig schleimig wirkte. Sie mochte diese Seite an ihm nicht besonders, obwohl sie sein Geschick dabei bewunderte – und natürlich wusste, dass dieses Verhalten manchmal notwendig war.

Melody gab sich große Mühe, es ihm nachzutun. Sie klebte sich ein Lächeln ins Gesicht und nickte, obwohl die meisten Leute sich keinerlei Mühe gaben, sie weiter ins Gespräch einzubeziehen, nachdem sie sich vorgestellt hatten. Sie war nun mal nicht diejenige mit dem dicken Bankkonto, also war sie nicht von Nutzen. Sie versuchte, aufmerksam zu sein, aber es war so langweilig – und auch etwas widerlich –, dem schamlosen Getue, den Lügen und dem Geschacher der Reichen und Mächtigen zuzuhören. Kein Einziger dieser Menschen sagte etwas, das auch nur im Mindesten ehrlich klang. Nach einer Weile verwandelte sich alles, was sie sagten, für Melody in ein monotones weißes Rauschen.

Weil Jeremy seine Hand nicht von ihrem Rücken nahm, fiel es ihr noch schwerer, sich zu konzentrieren. Es war, als wollte er sie wissen lassen, dass er sie nicht vergessen hatte. Es war süß. Aber das Problem war, dass ihr Kleid einen tiefen Rückenausschnitt hatte, über den sie sich im Laden keine Gedanken gemacht hatte. Jetzt, da sie in einem Saal voller einflussreicher Hollywood-Leute stand und Jeremy Sauers Handfläche auf ihrem Rücken lag, während er mit seinem Daumen kleine Kreise auf ihre nackte Haut malte, war das … eine Ablenkung.

Und zwar eine Ablenkung, die prickelte, ihr eine Gänsehaut über den Rücken jagte und all ihre Nervenenden in Flammen setzte.

»Sieht aus, als könntest du noch einen Drink gebrauchen«, sagte Jeremy, als im Gespräch mit einem rotgesichtigen Herrn vom Wirtschaftsförderungsrat Los Angeles eine Pause entstand. »Würden Sie uns bitte entschuldigen, Charles?«

Melody atmete tief durch, als Jeremy sie zurück zur Bar führte.

»Sorry«, sagte er, nahm ihr das leere Weinglas ab und machte dem Bartender ein Zeichen. »Das ist sicher ziemlich langweilig für dich.« Jetzt, da sie wieder allein waren, hatte er den reflexartigen Charme abgeschaltet, und sie sah, dass er ein wenig gestresst wirkte.

»Schon in Ordnung«, sagte sie. »Mach dir keine Sorgen.« Sie verstand den Druck, der auf seinen Schultern lastete, und war entschlossen, den Abend für ihn leichter zu machen. Sie war nicht gekommen, um Spaß zu haben; sie war hier, um ihm eine gute Freundin zu sein und ihm zu helfen, wo sie konnte.

»Wenn es dir ein kleiner Trost ist, es ist für mich genauso öde wie für dich.«

Daran hatte sie keinerlei Zweifel, aber bevor sie etwas erwidern konnte, tauchte Drew hinter Jeremy auf und schlug ihm auf die Schulter. »Ich hätte wissen müssen, dass ich dich an der Bar finden würde, Mann!«

»Hey, da ist der Ehrengast ja endlich!« Jeremy umarmte ihn kumpelhaft und gab ihm eine Menge herzhafter Schläge auf den Rücken. »Ich dachte schon, du wärst von deiner eigenen Party abgehauen.«

»Ich habe ernsthaft darüber nachgedacht, das kannst du mir glauben. Diese Party ist total schnarchig.« Drews Blick fiel auf Melody, und er zog leicht die Brauen hoch.

»Du erinnerst dich an Melody«, sagte Jeremy und legte seinen Arm um ihre Taille. Was sich nun wirklich so anfühlte wie etwas, was man mit einem echten Date tat und nicht mit einer Freundin, aber das hier war schließlich Jeremys Veranstaltung, also ließ sie es geschehen.

»Auf jeden Fall«, sagte Drew und grinste, als hätte Jeremy gerade einen Insiderwitz gemacht. »Schön, dich wiederzusehen.«

Melody schenkte ihm das höfliche Lächeln, das sie den ganzen Abend über geübt hatte. »Herzlichen Glückwunsch zur bevorstehenden Hochzeit.«

Der Bartender stellte die Drinks auf den Tresen, und Jeremy reichte Melody ein volles Glas Wein.

»Da wir gerade davon sprechen, wo ist denn dein zukünftiger Klotz am Bein?«, fragte er ihn.

Drew schnaubte vor Lachen. »O Mann, lass das bloß Charlotte nicht hören.«

»Was soll Charlotte nicht hören?«, fragte eine hinreißende, dunkelhaarige Frau, die hinter ihm aufgetaucht war. Das musste die berüchtigte Charlotte Lopez sein, riet Melody, denn sie schlang besitzergreifend die Arme um Drew und warf Jeremy einen kalten Blick zu. Außerdem sah sie aus wie die größere, schlankere und etwas ernstere Version ihrer Schwester.

Für den Bruchteil einer Sekunde erstarrte Jeremy, dann lächelte er wieder sein Milliarden-Dollar-Lächeln und strahlte Charlotte an. »Ich sagte gerade zu Drew, dass es dir bestimmt nicht passt, als sein Klotz am Bein bezeichnet zu werden«, sagte er und warf seinen besten Freund damit völlig unbekümmert den Wölfen zum Fraß vor.

Charlotte lächelte angespannt. »Netter Versuch, Jeremy, aber ich glaube, wir alle wissen, wer von euch beiden die Bindungsprobleme hat.«

Jeremys Lächeln erstarrte, und er griff nach Melodys Taille wie nach einem Rettungsring. Sie nahm an, dass das ihr Stichwort war.

»Du bist also Charlotte«, sagte sie in dem heitersten Tonfall, den sie zustande brachte, und streckte die Hand aus. »Herzlichen Glückwunsch zur Verlobung.«

»Charlotte, das ist Jeremys ... äh ...« – Drew deutete in Melodys Richtung – »Melody«, beendete er den Satz.

»Sehr erfreut«, sagte Charlotte, ergriff Melodys Hand und zeigte einen Mund voll blendend weißer Zähne. »Du bist sicher Jeremys aktuelle Freundin.«

An diesem Punkt der Unterhaltung hätte einer von ihnen erklären müssen, dass sie nur als Freunde hier waren. Das wäre das Vernünftigste und Ehrlichste gewesen. Aber Jeremys Hand war fest wie ein Schraubstock um Melodys Hüfte geschlungen, und er schien plötzlich stumm geworden zu sein. Es war also ihr Part, zu antworten.

»Stimmt«, hörte sie sich sagen. Aus Gründen sagen, die sich ihr selbst nicht erschlossen. »Das bin ich.«

O Mist.

KAPITEL ACHTZEHN

Jeremys Finger lagen noch immer auf Melodys Hüfte. Sie lehnte sich an ihn, und ihr Lächeln war jetzt so breit wie Charlottes. »Ich habe gehört, du studierst Jura?«

»Ja, ich bin im zweiten Jahr an der University of California«, sagte Charlotte. Dabei sah sie Jeremy an.

»Melody! Da bist du ja!«, rief Lacey und gesellte sich zu ihnen. Offenbar war das alles ja noch nicht peinlich genug. Hurra.

Jeremy erbleichte, als er Lacey sah, und Charlottes Lächeln wurde merklich dünner, als sie sich zu ihrer Schwester um-drehte.

»Ach du meine Güte«, murmelte Drew in seinen Drink hi-nein.

»Lacey! Hallo!«, rief Melody, finster entschlossen, die An-spannung um sie herum zu ignorieren. »Wo ist denn Tessa?«

»Bei meiner Mom«, antwortete Lacey und wies mit dem Dau-men über ihre Schulter. »Sie zeigt sie gerade bei ihren Freun-den herum.«

»Ihr kennt euch?«, fragte Charlotte und schaute zwischen La-cey und Melody hin und her.

»Ja, Jeremy hat uns einander vorgestellt.« Lacey grinste. »Melody geht mit mir zum Yoga.«

»Wie nett.« Charlottes Lächeln war so eisig, dass es die Raumtemperatur um einige Grad senkte. »Schön, dass Jeremys Ex-Freundinnen alle miteinander befreundet sind.«

Laceys Blick wanderte zu Jeremys Hand, die immer noch an Melodys Hüfte lag. Sie warf Melody einen fragenden Blick zu.

»Hey, wann die Band wohl anfängt zu spielen?«, überlegte Drew laut.

»Entschuldigt mich. Da drüben ist jemand, mit dem ich reden sollte«, sagte Charlotte, um sich dann zum anderen Ende des Saals aufzumachen.

»Na, das lief ja toll«, murmelte Jeremy in seinen Scotch und verzog das Gesicht.

»Eigentlich besser als erwartet«, sagte Drew und zuckte die Achseln.

»Kann ich dich mal kurz sprechen?«, bat Melody Lacey. Sie nahm sie beim Arm und zog sie von Jeremy und Drew fort.

»*Datest du Jeremy?*«, fragte Lacey und starrte sie mit offenem Mund an.

»Nein«, antwortete Melody. »Auf keinen Fall.«

»Sicher? Es sieht nämlich genauso aus.«

Melody seufzte und schüttelte den Kopf. »Charlotte hat gefragt, ob wir zusammen sind, und Jeremy hat gezögert, und da habe ich sie vielleicht zufällig … glauben lassen, dass dem so ist. Aber wir sind nicht zusammen, ich schwöre es. Das würde ich dir niemals antun.«

»Oh.« Lacey runzelte die Stirn. »Das ist aber schade.«

Melody blinzelte überrascht. »Wie bitte?«

»Ich finde, ihr beide wärt ein sehr süßes Paar. Ich habe heimlich ein bisschen darauf gehofft, dass ihr zusammenkommt.«

»Seit wann?«

Lacey grinste. »Seit der Nacht, als ich dich angerufen habe, damit du ihn aus der Bar abholst.«

»Warte mal, du *willst*, dass ich deinen Ex-Freund date?« Melody konnte es einfach nicht fassen. Das war zu verrückt.

»Warum nicht? Es ist ja nicht so, dass ich ihn noch toll fände. Ich will nur, dass er glücklich ist, verstehst du?« Lacey piekte sie in den Oberarm. »Ich will, dass ihr beiden glücklich seid.«

Melody schüttelte so heftig den Kopf, dass ihr schwindelig wurde. »Das steht aber nicht zur Debatte, Lacey. Ehrlich, so gar nicht. Es steht so dermaßen nicht zur Debatte, dass ich gar nicht darüber reden will.«

Lacey verdrehte die Augen. »Süße, bitte. Ich habe doch gesehen, wie ihr beide euch anschaut. Ich habe gesehen, wie ihr euch benehmt, wenn ihr zusammen seid. Da ist doch was zwischen euch.«

»So ist das nicht«, beharrte Melody. »Da ist nichts – wir haben überhaupt nichts gemeinsam. Absolut nichts.«

»Natürlich habt ihr das.«

Melody schüttelte erneut den Kopf. »Nein, ehrlich ...«

»Ihr mögt euch«, sagte Lacey. »Was muss man sonst gemeinsam haben?«

Melodys Mund war jetzt staubtrocken. »Nein – nicht so. Nicht so, wie du denkst.«

Lacey zuckte die Achseln. »Wie du meinst – o Mist, offenbar steht Tessa kurz vor einer Panikattacke. Ich muss sie schnell vor den Kollegen meiner Mom retten.« Sie umarmte Melody kurz. »Gib Jeremy nicht meinetwegen auf, mehr will ich nicht sagen.«

Melody sah ihr hinterher, wie sie zu Tessa ging, die mitten in einer Gruppe von knackig aussehenden Frauen mittleren Alters stand. Als sich Melody nach Jeremy umschaute, war er schon wieder auf dem Weg zu ihr.

»Hey, tut mir leid wegen eben«, sagte er. »Das war ziemlich unangenehm.«

Sie zuckte die Achseln. »Das wussten wir ja vorher.«

»Ist Lacey ...?«

»Alles in Ordnung. Ich habe ihr die Wahrheit gesagt.« Den Teil, in dem Lacey ihnen ihren Segen gegeben hatte, ließ sie aus, wie hätte sie Jeremy das sagen sollen? *Oh, hey, wusstest du schon, dass deine Ex-Freundin findet, wir sollten zusammen sein? Was meinst du?*

Ja. Nein.

Er sah sie schuldbewusst an. »Wenn du willst, sage ich Charlotte auch die Wahrheit.«

Melody schüttelte ein wenig zu heftig den Kopf. »Ich möchte wirklich nicht, dass sie mich für eine krankhafte Lügnerin hält, aber danke sehr.« Sie lachte nervös auf. »Wir können den Rest des Abends weiter Theater spielen, oder?«

Jeremy legte ihr die Hand auf die Schulter, und bei seiner Berührung wurde ihr ganz warm. »Nur wenn das für dich okay ist.«

Sie atmete durch die Nase ein und durch den Mund wieder aus, dann zwang sie sich zu nicken. »Es ist okay«, sagte sie überzeugter, als sie sich fühlte.

»Danke.« Seine Stimme war jetzt ganz weich. »Ich weiß, dass du nicht gerade wild darauf bist, zu lügen, und ich weiß es zu schätzen, dass du das für mich tust.« Er drückte kurz ihre Schulter und ließ sie dann los.

Sie setzte ein Lächeln auf und versuchte, ihre Worte heiter klingen zu lassen. »Hey, dafür bin ich heute hergekommen. Um auf dich aufzupassen.« Seine Krawatte saß schief, also richtete sie sie für ihn. »Wie schlägst du dich denn?«

Er lächelte sie müde, aber ehrlich an. »Besser, weil du hier bist.« Etwas hinter ihr erregte seine Aufmerksamkeit, und sein Blick wurde ausdruckslos. »Mom.«

O Scheiße.

Melody erstarrte und riss sich von ihm los. Sie hatte nicht damit gerechnet, dass seine Mutter da sein würde. Wobei das eigentlich auf der Hand lag. Jeremy und Drew waren Freunde seit der Highschool, und ihre Familien bewegten sich in denselben Kreisen. Natürlich war Jeremys Mutter zu Drews Verlobungsparty eingeladen.

»Hallo, Schatz.« Angelica Sauer beugte sich vor, um ihrem Sohn einen Kuss auf die Wange zu hauchen. Dann fiel ihr kalter, abschätzender Blick auf Melody.

»Mom, du erinnerst dich an Melody?« Jeremy legte ihr erneut den Arm um die Taille und zog sie an sich.

Seit jener Nacht im Haus der Sauers hatte Melody Angelica Sauer nicht mehr gesehen. Der Drang zu fliehen war beinahe unwiderstehlich, aber der leichte Druck von Jeremys Hand ließ sie an Ort und Stelle bleiben.

»Natürlich«, sagte seine Mutter und lächelte, als hätten sie sich das letzte Mal bei einem Wohltätigkeitslunch getroffen und nicht, als sie von ihrem Sohn in flagranti erwischt worden war. »Wie schön, Sie wiederzusehen, meine Liebe.«

»Guten Abend, Mrs. Sauer«, brachte Melody heraus, und sie stotterte dabei kaum.

Angelica Sauers Augen verengten sich ganz leicht, dann wandte sie sich an Jeremy. »Hast du zufällig Andrew gesehen?«

»Zuletzt draußen auf der Terrasse, glaube ich.«

»Wo er diese elenden Zigarren raucht, nehme ich an. Ich gehe mal lieber Geoffrey holen, damit wir die Gastgeber begrüßen können.« Sie sah Melody mit einem unergründlichen Blick an. »Genießt den Rest des Abends.«

Als Jeremys Mutter außer Hörweite war, atmete Melody lang und zittrig aus. »Das war angsteinflößend.«

»Ob du es glaubst oder nicht, ich habe den Eindruck, sie mag dich sogar.«

Melody schauderte. »Wenn sie so mit Leuten ist, die sie mag, dann will ich nicht erleben, wie sie jemanden behandelt, den sie hasst.«

Sein Blick wanderte zur Bühne. »Sieht aus, als wollten sie mit der Rede anfangen.« Die Kellner gingen jetzt mit Tabletts voller Champagnergläser durch die Menge, und er schnappte sich zwei davon.

Ein paar Minuten später trat Drews Vater Andrew Fulton II ans Mikrofon und begrüßte die Gäste. Er sah aus wie ein Bankangestellter in einem Hollywoodfilm: Botox, Selbstbräuner und, da war sich Melody ziemlich sicher, transplantiertes Haar. Er sprach flüssig und einnehmend, und seine Rede war so voller Witz, dass sie sich fragte, ob er sie sich wohl von einem der Drehbuchautoren hatte schreiben lassen, die er unter Vertrag hatte.

Eine Frau, die seine Gattin zu sein schien, stand neben ihm, schwankte leicht auf ihren zwanzig Zentimeter hohen Absätzen und lächelte so breit, wie es ihre aufgespritzten Lippen erlaubten.

»Ist das Drews Mutter?«, flüsterte Melody Jeremy zu. Sie wirkte zu jung, um einen erwachsenen Sohn zu haben, aber bei all den Schönheitsoperationen konnte man das nicht so genau sagen.

»Stiefmutter. Eigentlich sogar seine zweite Stiefmutter. Seine Mom ist gestorben, als er zwölf war.«

Melody spürte, wie sich ihr Herz vor Mitleid zusammenzog. Nichts an Drews Familie wirkte echt. Seine Stiefmutter sah aus, als sei sie von einer Castingagentur geschickt worden, und so geschliffen die Rede seines Vaters auch war, so wenig echte Zuneigung und Gefühl lagen darin.

Als Mr. Fulton seine Rede beendet hatte, reichte er das Mikrophon an Charlottes Vater weiter. Robert Lopez war das glatte Gegenteil von Andrew Fultons öligem Charme. Er hatte einen mächtigen Oberkörper, ein wettergegerbtes Gesicht und einen dicken Schnurrbart, der an den Schauspieler Edward James Olmos erinnerte. Ganz offenbar war er kein Mann großer Worte, denn er hielt eine kurze, etwas ruppige Rede, die aber herzlich klang, und sprach einen Toast auf die glückliche Zukunft seiner Tochter aus. Dann reichte er das Mikrophon an seine Frau weiter.

Laceys und Charlottes Mutter war ganz eindeutig von überschwänglicherer Natur. Sie redete begeistert von Charlotte und Drew und erzählte eine langatmige Geschichte davon, wie Charlotte ihn zum ersten Mal zum Abendessen mitgebracht hatte. Dr. Lopez wirkte wie das Abziehbild einer feministischen Akademikerin, von ihrem grau melierten Haar und den klobigen Ohrringen bis hin zu den bequemen Sandalen.

Die Aufmerksamkeit der Gäste hatte schon nachgelassen, als sie ihre Rede endlich beendete, aber dann trat Drew ans Mikrophon und fesselte sie erneut wie mühelos mit seinem Charisma. Mitten in seinem überraschend ernsthaften Geständnis seiner unsterblichen Liebe zu Charlotte legte Melody eine Hand in Jeremys.

»Geht es dir gut?«, murmelte sie.

Er nickte und drückte dankbar ihre Hand.

Als Drews Rede an seine zukünftige Ehefrau vorbei war, spielte die Band »When I Fall in Love«, und das glückliche Paar eröffnete den Tanz. Jeremy schaute ihnen schweigend zu, aber sein Gesicht war ausdruckslos.

»Tanz mit mir«, sagte er, kaum dass der erste Song vorbei war und die Band »It Had to Be You« anstimmte.

»Ähm, habe ich schon erwähnt, dass ich keine besonders gute Tänzerin bin?« Er zog sie auf die Tanzfläche, und sie protestierte: »Ich kann prima herumzappeln wie in der Mittelstufe, aber mehr schaffen meine Füße leider nicht.« Sie war in ihrer Jugend schließlich nicht ständig auf Bälle und Country-Club-Partys gegangen, wie es Jeremy vermutlich getan hatte. Sie schaffte nicht einmal einen einfachen Box Step.

»Du musst dich nur von mir führen lassen«, sagte er, legte ihre linke Hand auf seine Schulter und nahm ihre Rechte in die Seine. »Fühlst du meine Hand auf deinem Rücken?«

Sie biss sich auf die Unterlippe und nickte, denn ja, sie fühlte seine Hand auf ihrem nackten Rücken, allerdings, und zwar schon den ganzen Abend, und sie war sich dessen absolut bewusst. Verdammt bewusst.

»Meine Hände sagen dir, wo es hingeht. Fühlst du das?« Er drückte ihr Schulterblatt leicht. »Das bedeutet, wir gehen nach links. Und wenn ich das hier tue«, er drückte leicht gegen ihre Hand, »gehen wir dorthin. Verstanden?«

»Ähm ...« *Eigentlich nicht.*

»Du wirst es schon merken«, versprach er und führte sie durch ein paar langsame, betont deutliche Schritte. »Schau nicht auf meine Füße, sieh mir in die Augen.«

»Aber ...« Melody sah zu ihm auf, und einen Moment lang verschlug es ihr den Atem. Sie war nicht daran gewöhnt, Jeremy so nah zu sein. Er war *genau vor ihr*, schaute sie aus diesen irre blauen Augen an, und das fühlte sich ein wenig so an, als blickte sie direkt in die Sonne. »Aber wenn ich nicht auf deine Füße schaue ... woher soll ich dann wissen, was sie gerade tun?«, sagte sie und musste sich Mühe geben, ihre Stimme fest klingen zu lassen.

»Das merkst du schon. Du musst mir vertrauen. Vertraust du mir?«

»Ja.« Sie war selbst überrascht, dass es die Wahrheit war.

Er hatte recht. Als sie aufhörte, sich auf seine Füße zu konzentrieren, spürte sie, wie er sie zur Musik führte, und es wurde einfacher.

»Siehst du?«, sagte er. »Genau so.«

»Klappt es?«, fragte sie überrascht.

Er lächelte auf sie hinunter. »Ja, es klappt.«

Sie war längst nicht so schlecht darin, wie sie befürchtet hatte. Es war wohl etwas dran an der Aussage, dass man nur den richtigen Partner brauchte, denn als der nächste Song begann, bewegten sich Jeremy und sie gemeinsam in vollkommener Harmonie.

Melody war jetzt weniger befangen und konnte ihm in die Augen sehen. Nach einer Weile hatte sie sich vollkommen in ihnen verloren. Sie waren nicht nur blau, wie sie gedacht hatte, sondern etwas dunkler an den Rändern und fast silbern um die Pupille herum. Ihr war noch nie aufgefallen, dass seine Nase ein wenig schief war. Doch genau diese kleinen Makel verliehen seiner Attraktivität zusätzlich Charakter, was nun wirklich vollkommen unfair war.

Er schaute sie ebenso unverwandt an wie sie ihn, und zwischen ihnen lag diese Spannung – es war, als hätte sich ein Stromkreis geschlossen. Ihre Handflächen fühlten sich beinahe magnetisch an – sie hatte das Gefühl, ihn nicht loslassen zu können, selbst wenn sie es gewollt hätte. Nicht, dass sie es gewollt hätte. Es fühlte sich gut an, ihm so nah zu sein, durch Berührungen und nicht durch Worte zu kommunizieren, sich vollkommen seiner Führung zu überlassen und alles loszulassen, außer die Musik und die Bewegung.

Es war fast wie Sex, nur ohne den Teil mit dem Sex. Da war nur diese Nähe, das Vertrauen und die Berührung. Okay, und sie taten es mitten in einem Saal voller Menschen. Aber es fiel Melody leicht, die anderen um sie herum zu vergessen, solange sie in Jeremys wunderschöne blaue Augen schaute. Alles verschwand, bis sie nur noch in ihrer eigenen kleinen Welt waren.

Und da war noch etwas Wunderbares am Tanzen: Niemand versuchte, mit ihnen zu reden, während sie sich auf der Tanzfläche bewegten. Keine künstlichen Hollywood-Leute mehr. Sie musste nicht mehr so tun, als interessiere sie sich für Unterhaltungen, bei denen sich niemand für sie interessierte. Es gab nur noch sie beide, vollkommen ineinander versunken. Fast konnte sie so tun, als wären sie die Einzigen im Saal.

Bis sie spürte, wie er sich anspannte, wie seine Aufmerksamkeit von etwas am anderen Ende des Raums gefangen genommen wurde.

»Was ist los?«

Sein Blick glitt zu ihr zurück, und er schüttelte den Kopf. »Nichts. Gar nichts.«

Bei der nächsten Drehung sah Melody, wie sich Lacey und Tessa in einer Ecke der Tanzfläche zusammen wiegten. »Möchtest du woanders hin?«, fragte sie Jeremy.

Er runzelte die Stirn. »Warum sollte ich woandershin wollen?«

»Wenn es dir wehtut, Lacey so zu sehen ...«

»Nein«, sagte er. »Ich dachte, es würde wehtun, aber das tut es nicht.«

Melody neigte den Kopf etwas zur Seite und versuchte einzuschätzen, ob er die Wahrheit sagte.

»Wirklich. Ich bin glücklich hier, solange du es auch bist. Okay?«

Sie nickte, war aber nicht restlos überzeugt. »Okay.«

»Ich mache jetzt einen Dip mit dir«, verkündete er. »Bist du bereit?«

»Nein!«, quiekte sie, aber er hatte sie schon an sich gezogen und drehte sie plötzlich. Dann trat er zur Seite, seine Hand legte sich in ihren Nacken, und er neigte sie tief. Sie widerstand dem

Drang, sich zu versteifen, und versuchte, sich zu entspannen, ihm zu vertrauen, dass er sie festhalten würde.

Als er sie wieder hochzog, hielt sie sich an ihm fest und kicherte aufgeregt, weil es geklappt hatte. Er zog sie näher zu sich und vergrub sein Gesicht in ihrem Haar, dann stellte er sie wieder auf die Beine.

Die nächsten drei Songs tanzten sie weiter und schafften ein paar beeindruckende Drehungen und noch einen weiteren Dip, dann frage Jeremy, ob sie eine Pause machen wolle. Sie wollte nicht, merkte aber, dass ihre Füße schmerzten und sie aufs Klo musste, und zwar ziemlich dringend.

Er verschwand, um ihnen Drinks zu holen und eine Sitzgelegenheit zu organisieren, und Melody ging zur Damentoilette.

Als sie ihren Lippenstift auffrischte, fiel ihr auf, wie rot ihre Wangen waren. Das lag vermutlich am Wein und am Tanzen. Ganz sicher hatte es nichts mit Jeremy Sauer zu tun, mit ihrer körperlichen Nähe zu ihm oder der Art, wie er sie angesehen hatte. Ganz eindeutig kein bisschen.

»Sie und mein Sohn machen eine wirklich gute Figur auf der Tanzfläche«, sagte Angelica Sauer hinter ihr.

Melody wirbelte herum und verschluckte ein Keuchen.

»Mrs. Sauer«, sagte sie leise.

Jeremys Mutter musterte sie von Kopf bis Fuß, und Melody hatte das Gefühl, unter ihrem Blick zu schrumpfen.

»Haben Sie denn Spaß?«, fragte Mrs. Sauer.

»Ja«, erwiderte Melody und zwang sich, gerade zu stehen. »Es ist eine sehr schöne Feier.«

»Ich möchte dir für deine Diskretion nach diesem unangenehmen Vorfall vor ein paar Monaten danken«, sagte Mrs. Sauer

235

und trat einen Schritt auf sie zu. Sie hatten die ganze Damentoilette für sich allein, es gab niemanden, der sie hätte belauschen können.

Melodys Blick huschte zur Tür, sie hoffte verzweifelt, jemand würde kommen und sie unterbrechen. »Es ging mich nichts an«, sagte sie selbstsicherer, als sie sich fühlte. »Eigentlich erinnere ich mich kaum mehr daran. Welchen Vorfall meinen Sie noch gleich?« Sie lachte nervös auf und klang dabei wie ein kleines Kind. Schnell schloss sie den Mund wieder, bevor sie etwas *wirklich* Dummes sagen konnte.

Mrs. Sauer nickte langsam. »Ich habe mich über Sie erkundigt, Ms. Gage. Sie haben einen beeindruckenden Lebenslauf für Ihr Alter. Sie haben ganz eindeutig hart gearbeitet, um dort hinzukommen, wo Sie jetzt sind.«

Melody wusste nicht recht, ob das ein Kompliment oder eine Drohung war. Alles, was aus dem Mund dieser Frau kam, hatte einen gefährlichen Unterton.

»Mein Sohn hat nicht das beste Händchen, wenn es um die Liebe geht«, fuhr Mrs. Sauer fort, ohne auf eine Antwort zu warten. »Aber Sie – Sie sind aus einem anderen Holz geschnitzt als die Frauen, mit denen er bisher etwas hatte. Sie sind intelligent, fokussiert, eigenständig. Sie haben Ehrgeiz.« Sie machte eine Pause, die lang genug war, dass sich in Melodys Bauch ein Klumpen bilden konnte. »Ich wollte nur, dass Sie wissen, dass ihr meinen Segen habt.«

Moment – *was*?

»Ihren – Ihren Segen?«, stammelte Melody.

»Ich finde, Sie passen gut zu Jeremy. Und ich wünsche Euch beiden alles Glück der Welt.«

»Oh.« Jetzt war vermutlich der richtige Zeitpunkt, um Jeremys Mutter zu sagen, dass sie eigentlich gar nicht mit ihrem Sohn zusammen war, aber Melody hatte nicht einmal den Mut aufbringen können, Charlotte zu widersprechen, also schaffte sie es bei Angelica Sauer erst recht nicht. »Ähm ... danke?«

»Gut«, sagte Mrs. Sauer und nickte ihr zu. Offenbar betrachtete sie die Unterhaltung als beendet. »Jeremy wartet sicher schon auf Sie.«

»Klar. Ja. Danke für das Gespräch«, murmelte Melody, um dann hastig das Weite zu suchen.

Jeremy wartete tatsächlich an einem Tisch ganz hinten neben der Tanzfläche. Sie ließ sich in einen der Sessel neben ihm sinken und griff nach dem Glas Wein, das er ihr zuschob.

Er zog die Augenbrauen hoch und fragte: »Ist was passiert?«

Sie nahm einen großen Schluck Rosé und schüttelte den Kopf. »Nichts, nur – deine Mutter ...«

Er biss die Zähne zusammen. »Was hat sie getan?«

»Sie hat uns ihren Segen gegeben.« Und dabei war sie nicht die Einzige. Lacey hatte ihnen ebenfalls ihren Segen gegeben. *Was war hier los?*

Jeremy brach in Lachen aus.

Melody gab ihm einen Klaps auf den Arm. »Das ist nicht lustig! Sie denkt, dass wir zusammen sind, und ich hatte zu viel Angst vor ihr, um ihr zu sagen, dass das nicht stimmt. Sie meinte, wir geben ein hübsches Paar ab!«

Er rieb sich das Kinn, lachte aber immer noch leise. »Du hast recht. Es tut mir leid. Das ist nicht witzig.«

»Und warum lachst du dann immer noch?«

»Es ist nur so ...« Er schüttelte den Kopf und lächelte schief. »Du bist die erste Freundin, die sie gut findet.«

»Aber ich bin nicht deine Freundin.«

Er nahm einen Schluck von seinem Scotch. »Deshalb ist es ja so lustig.«

Melody fand es nicht im Geringsten witzig. Sie wandte den Blick ab und sah in Richtung Tanzfläche. Die Band spielte »Embraceable You«, und Drew und Charlotte klammerten sich aneinander, als wären sie die einzigen Menschen auf der Welt. Irgendetwas an ihrem Anblick machte Melody unendlich traurig.

Jeremy stieß sie mit der Schulter an. »Ich hab dir doch gesagt, dass meine Mutter dich mag.«

Ihr war schwindelig, und das lag nicht am Wein. Sie schluckte den plötzlichen Kloß in ihrer Kehle herunter und nickte, den Blick immer noch auf Drew und Charlotte gerichtet.

»Alles okay bei dir?«

»Ja, alles gut.« Sie zwang sich zu einem Lächeln.

»Hey, wir waren lange genug hier. Wir können jederzeit gehen.«

»Was immer du willst. Heute bin ich für dich da.«

Sein Blick wanderte zur Tanzfläche, zu Drew und Charlotte, die einander umschlungen hielten. »Ich glaube, ich wäre bereit, von hier zu verschwinden.«

Auf der Fahrt nach Hause waren sie beide sehr still. Jeremy schaltete zwischen den Radiosendern hin und her, und Melody starrte aus dem Fenster.

Offenbar hatten die Dodgers gerade gewonnen, denn in der Ferne sah man ein Feuerwerk, kleine Explosionen aus buntem

Licht, die hinter der Skyline der Stadt hervorschossen. Es erinnerte sie an das Feuerwerk am Abend des Firmenpicknicks und daran, wie glücklich sie damals gewesen war.

Heute war sie nicht glücklich. Sie fühlte sich ... leer.

Als sie vor ihrem Wohnhaus ankamen, begleitete Jeremy sie zur Tür und umarmte sie liebevoll. »Danke für heute Abend.«

»Gern geschehen«, sagte sie an seiner Schulter.

Er schien es nicht eilig zu haben, sie wieder loszulassen, und das hatte sie auch nicht. Seine Arme fühlten sich so angenehm fest an um ihren Körper, und sie legte ihre Wange an den groben Stoff seines Jacketts und ließ zu, dass sich ihre Augen schlossen.

Als er sie dann doch losließ, fühlte sich die Nachtluft plötzlich an wie ein kalter Guss. Er machte einen halben Schritt zurück und blieb stehen, ohne den Blick von ihr zu abwenden.

Seine Unterlippe war ein wenig aufgesprungen, und sie konnte nicht anders, sie musste sie anstarren – wie es sich wohl anfühlen würde, wenn er sie jetzt küsste?

Sie *wollte*, dass er sie küsste.

Die Erkenntnis traf sie mit Wucht – wie ein peitschender Schlag gegen die Stirn von einem zu niedrig hängenden Ast. Die ganze Zeit war sie da gewesen, direkt vor ihrer Nase, und doch war sie vollkommen überrascht.

Die Leere, die sie den ganzen Abend über in ihrem Magen gespürt hatte, rührte daher, dass sie sich ebenfalls wünschte, was Drew und Charlotte hatten – und was Lacey und Tessa hatten. Diese Nähe. Diese Verbindung zu einem anderen Menschen. Das Wissen, dass es jemanden auf der Welt gab, der immer an ihrer Seite war, egal was auch passierte.

Sie wollte genau das, und zwar mit Jeremy.

Die plötzliche Intensität ihrer Gefühle machte ihr Angst. Sie hatte sich so lange eingeredet, dass sie lieber allein war – dass sie absolut und auf gar keinen Fall in einer Beziehung stecken wollte –, dass dieser plötzliche Kurswechsel sie verwirrte. Es war, als hätte sich der Boden um 180 Grad geneigt, als sie mal kurz nicht hingesehen hatte.

Melody starrte wie gelähmt in Jeremys geradezu lächerlich gut aussehendes Gesicht. Wenn es je eine Gelegenheit dazu gab, etwas zu sagen, etwas zu tun, dann war es jetzt. Aber sie war zu erschüttert, um sich zu rühren, und zusammenhängende Sätze würde sie auf keinen Fall zustande bringen.

Er griff nach ihrer Schulter, seine Hand strich über ihren Arm. Ihre Augen schlossen sich flatternd, sie unterdrückte einen Schauder.

Er beugte sich zu ihr herab und küsste sie zart auf die Stirn. »Gute Nacht«, sagte er mit einer Stimme, die so sanft war wie ein Flüstern. Dann ging er zurück zu seinem Auto.

Als sie sicher in ihrer Wohnung war, sank Melody an der Tür herab und kniff die Augen zu.

Verdammte Scheiße, dachte sie kläglich. Ich habe mich in Jeremy Sauer verliebt.

KAPITEL NEUNZEHN

Es ist keine Liebe, sagte Melody sich immer und immer wieder. Sie war nicht in Jeremy Sauer verliebt.

Es war vielleicht eine kleine Verknalltheit. Eine zeitlich begrenzte Schwärmerei. Eine vorübergehende Laune. Das Schlüsselwort war: vorübergehend. Was bedeutete, dass sie darüber hinwegkommen würde. Hoffentlich so bald wie möglich.

Als sie dreizehn war, war Melody besessen gewesen von Adam Brody aus der Serie *O.C., California*. Sie hatte jede Zeitschrift gekauft, in der über ihn berichtet wurde, hatte die Fotos ausgeschnitten und daraus eine riesige Collage an der Wand neben ihrem Bett geklebt. Jeden Abend legte sie sich ins Bett, hörte *Fall Out Boy*, betrachtete fünfzig verschiedene Versionen von Adam Brodys Gesicht und verzehrte sich nach ihm.

Ihre Schwärmerei für Jeremy war so ähnlich, nur dass sie keine unheimliche Mordcollage von ihm klebte, sondern vor ihrem Computer saß und sich alte Paparazzifotos von ihm ansah. Ja, okay, sie hatte ein Google Alert für seinen Namen eingerichtet. Aber sie würde jede Verantwortung von sich weisen, wenn man sie nach der Software fragte, die auf einem ihrer Server zu

Hause lief und jedes Foto von ihm herauszufiltern, das im Internet mit seinem Namen getaggt wurde.

Hey, immerhin hörte sie nicht mehr *Fall Out Boy*, das war doch schon mal eine gute Entwicklung, oder?

Der größte Unterschied zwischen ihrer Schwärmerei für Adam Brody und der für Jeremy Sauer war, dass Adam Brody nicht regelmäßig in Fleisch und Blut in ihrem echten Leben aufgetaucht war. Anders als Jeremy, der es sich zur Gewohnheit gemacht hatte, in ihrem Büro vorbeizuschauen, wenn er sich bei der Arbeit langweilte – was immer öfter der Fall zu sein schien. Mal im Ernst, hatte er denn nichts zu tun?

Jede Minute im Büro verbrachte sie in einem Zustand zwischen Furcht und Vorfreude, und sie fragte sich ständig, wann sie ihn wiedersehen würde. Ihr Magen schlug jedes Mal Purzelbäume, wenn sie Schritte im Flur vor dem Büro hörte, weil sie nie wusste, ob es nicht vielleicht Jeremy war, der ein bisschen plaudern wollte. Sie ging mit Schmetterlingen im Bauch durch das Gebäude und hoffte, ihn bei der Kaffeebar in der Lobby zu treffen oder beim Gang in die Tiefgarage, wenn sie sich auf den Weg nach Hause machte.

Wenn sie ihn nicht traf, sah sie sich die Bilder auf ihrem Handy an, die Mom von ihnen beiden gemacht hatte, und versuchte sich vorzustellen, wie es wohl wäre, wirklich seine Freundin zu sein. Mit ihm essen zu gehen, zu zweit, oder sich auf dem Sofa zusammenzukuscheln, um Netflix zu schauen – oder, noch besser, *nicht* Netflix zu schauen.

Sie konnte nicht aufhören, daran zu denken, wie es sich angefühlt hatte, ihn zu küssen, und wie gern sie es wiederholen wollte. Wie gern sie in seiner Nähe sein wollte, egal was sie taten, selbst wenn sie nur redeten. Sie unterhielt sich wirklich gern mit ihm, fast genauso gern, wie sie ihn küsste.

Also, ja. Es war anstrengend, geradezu nervenzerreißend, die Tage auf einer Dopamin-Achterbahn zu verbringen und dabei so zu tun, als sei alles normal, wenn sie ihm über den Weg lief.

O Gott, sie hoffte so sehr, dass sie sich in seiner Gegenwart normal benahm. Irgendwo in ihrem Hinterkopf setzte ständig dieses Summen ein, wenn sie bei ihm war, und dann konnte sie sich kaum konzentrieren. Manchmal erwischte sie sich dabei, wie sie auf seinen Mund starrte, wenn er sprach, und beobachtete, wie sich seine Lippen bewegten – seine wunderschönen, perfekt geformten Lippen –, und dann ertappte sie sich dabei, dass sie sich vorstellte, wie sich seine Lippen auf ihren anfühlen würden. Meist merkte sie zu spät, dass sie keins seiner Worte gehört hatte.

Er schien sie nicht anders zu behandeln als vorher, also musste es ihr offenbar ganz gut gelingen, den Schein zu wahren. Das war vermutlich das einzige Mal, dass ihr ihre soziale Ungeschicklichkeit nützlich war, denn er war schon an ihr nervöses Geplapper gewöhnt.

Was es besonders schwierig machte – und das hatte sie erst in letzter Zeit bemerkt –, war, dass Jeremy sie ständig beiläufig berührte. Er knuffte sie mit der Schulter, wenn sie nebeneinander gingen und er einen Witz gemacht hatte, drückte ihren Arm oder ihre Schulter, um sie zu begrüßen oder sich zu verabschieden, und legte seine Hand auf ihren Rücken, wenn sie vor ihm durch eine Tür ging.

Diese verdammte Hand auf ihrem unteren Rücken war das Schlimmste von allem. Sie würde noch ihr Tod sein.

Dann war da diese Sache, die er mit seinen Augen machte. Er sah sie an, als hörte er wirklich zu. Als wäre es ihm wirklich wichtig, was sie sagte. Als zöge er sie allen anderen Menschen vor.

Und obwohl Melody wusste, dass das nicht stimmte, dass er mit allen Menschen so umging, wurde ihr davon trotzdem ganz warm und wuselig im Inneren.

Sie hatte das Gefühl, die Kontrolle über ihr Leben verloren zu haben. Sie konnte nicht kontrollieren, wann oder wie oft sie ihn in ihrem Büro sah, und sie konnte nicht kontrollieren, wie sie sich fühlte, wenn sie mit ihm zusammen war. Dass ihre Augen feucht und ihre Knie weich wurden. Wie oft sie daran dachte, wie es wohl wäre, ihn zu küssen – und andere Dinge mit ihm zu tun. Dass jede Stelle, an der er sie berührte, noch Stunden später kribbelte.

Sie konnte nicht aufhören, sich ständig in Gedanken mit ihm zu beschäftigen. Noch schlimmer war, dass sie sich nicht einmal dazu bringen konnte, *etwas dagegen zu tun.*

Sie dachte darüber nach, Jeremy ihre Gefühle zu gestehen. Sie dachte oft darüber nach, wusste aber einfach nicht, wie sie eine solche Unterhaltung überhaupt beginnen sollte. Ganz sicher nicht in ihrem Büro oder auf dem Weg zu Coffee Bean mitten an einem Arbeitstag. Das war weder die richtige Zeit noch der richtige Ort dafür. Klar, theoretisch hätte sie ihn fragen können, ob er nach der Arbeit mit ihr etwas trinken gehen wolle, oder sie konnte vorschlagen, ob sie sich am Wochenende treffen wollten, aber allein von dem Gedanken bekam sie Ausschlag.

Und zwar keinen metaphorischen Ausschlag, sondern einen,

von dem ihre Brust ganz rot wurde und juckte. Einen Ausschlag, der mindestens eine Woche lang nicht mehr wegging.

Das Problem war, wenn sie ihm gestand, was sie für ihn fühlte, und er nicht dasselbe fühlte, dann wäre alles vorbei. Dann würde er nicht mehr bei ihr im Büro vorbeikommen, sie einladen, mit ihm Kaffee trinken zu gehen, sich nicht mehr mit ihr unterhalten.

Dann wären sie keine Freunde mehr.

Das Einzige, was ihr noch mehr Angst machte als die Vorstellung, ihm zu gestehen, was sie fühlte, war, ihn als Freund zu verlieren.

Also tat Melody nichts.

Ihre Gefühle für Jeremy waren wie Schrödinger's Crush: Solange sie die Kiste nicht öffnete, bestand ihre Beziehung auf Quantenebene als eine Art kohärente Überlagerung zweier entgegengesetzter Zustände. Sie war gleichzeitig möglich und unmöglich, oder, wie Schrödingers Katze, gleichzeitig tot und lebendig. Und sie war einfach zu feige, herauszufinden, was von beidem ihre Beziehung war.

Tage vergingen. Wochen. Ihre Verliebtheit ließ nicht nach, und sie fand auch nicht plötzlich den Mut, etwas zu unternehmen. Sie begann, sich damit abzufinden, dass es für immer so weitergehen würde.

Dann kam der Tag, an dem ihre Software einen Paparazzi-Schnappschuss von Jeremy zutage förderte, auf dem er Hand in Hand mit einer ehemaligen Teilnehmerin von *America's Next Top Model* ein Restaurant betrat. Und am darauffolgenden Wochenende gab es einen Haufen Facebook-Fotos der beiden, wie sie in einem Club in West Hollywood miteinander turtelten.

Das war's also.

Vermutlich hatte sie größere Chancen bei Adam Brody.

•

»Wie läuft es mit Jeremy?«, fragte ihre Mutter, als sie das nächste Mal anrief.

Melody war offiziell ein schrecklicher Mensch. Sie hatte ihre Mom in dem Glauben gelassen, dass Jeremy und sie noch zusammen seien. Sie war nicht stolz darauf, hatte es aber aus Selbstschutz getan. Solange Mom in dem Glauben war, sie sei glücklich vergeben, nörgelte sie nicht an ihr herum. Ja, sie hatte dafür jedes Mal lügen müssen, wenn Mom sich nach Jeremy erkundigte, aber Melody war gut darin geworden, vage zu antworten und ihre Lügen mit möglichst viel Wahrheit zu verschönern.

Nein, eigentlich hatte sie nichts zu ihrer Verteidigung vorzubringen. Es war falsch gewesen, und es war an der Zeit, die Sache zu beenden. Besser gesagt, es war höchste Zeit.

»Ähm, was das angeht«, sagte Melody.

Ihre Mom machte ein besorgtes Geräusch. »Das klingt nach schlechten Nachrichten. Hast du schlechte Nachrichten?«

»Irgendwie schon.«

»Bist du schwanger?« Für ihre Mutter gab es nur eins, das noch schlimmer war, als Single zu sein, und das war, ungewollt schwanger zu werden. Melody hatte sich jedes Mal eine Predigt über Safer Sex anhören müssen, wenn sie in der Highschool mit einem Jungen ausging. Jedes. Verdammte. Mal.

Sie seufzte. »Nein, Mom.«

Ihre Mutter atmete erleichtert aus. »Gott sei Dank.«

»Jeremy und ich haben uns getrennt.«

»Was? Nein!«

»Doch.«

»Was ist denn passiert?«

»Das ist kompliziert.«

»Hat er dich betrogen?«

Melody verzog das Gesicht. »Nein, nichts dergleichen.«

»Hast du ihn betrogen?«

»Nein! Niemand hat irgendwen betrogen.« Sie rieb sich die Stirn.

»Also dann verstehe ich es nicht. Ihr habt so glücklich gewirkt.« Sie konnte praktisch hören, wie ihre Mom traurig den Kopf schüttelte.

»Es hat einfach nicht funktioniert. Wir passen nicht zusammen.«

»Was soll das heißen?«

»Das heißt, dass wir zu unterschiedlich sind. Wir kommen aus völlig verschiedenen Welten.«

Ihre Mutter schwieg einen Moment lang. »Du meinst, weil er reich ist?«

Manchmal war ihre Mutter einfach zu scharfsinnig. »Ja.«

»Ach, Schätzchen.«

Melody schloss die Augen. Obwohl es nur eine Fake-Trennung nach einer Fake-Beziehung war, schrammte diese Unterhaltung an ihrer Schmerzgrenze entlang. »Das war nicht der einzige Grund. Es gab noch andere Dinge.« Ihre Stimme brach.

»Geht es dir denn gut, mein Schätzchen?«

»Hm-hm.« Melody wischte sich die Augen unter den Brillengläsern. »Mir geht es gut.« Sie wollte Mom keine Sorgen bereiten. Es war nur eine dumme Schwärmerei. Sie würde darüber hinwegkommen.

Ihre Mutter machte ein mitleidiges Geräusch. »Du weißt, dass du ebenso gut bist wie er, oder? Sogar besser. Er hat *kein* Stipendium für das MIT bekommen, nicht wahr? Oder hat er mal einen Computer selbst gebaut, als er erst fünfzehn war? Oder den ersten Platz im akademischen Jahreswettbewerb gewonnen? Du bist diejenige, die all das geschafft hat, und du hast nie Geld gebraucht, um das zu erreichen. Du hast das alles selbst geschafft.«

Melody schniefte. »Danke, Mom.«

»Du musst jetzt Folgendes tun«, sagte ihre Mutter. »Als Erstes darfst du eine Woche lang weinen. Ich weiß, dass es jetzt furchtbar wehtut, und es ist wichtig, sich die Zeit zu nehmen, diesen Schmerz zu ehren. Dann musst du dir den Staub abklopfen, dir die Haare schneiden und die Nägel machen lassen, und dann gehst du wieder da raus, sofort. Am besten, du bekämpfst den Kummer mit einer neuen Liebe.«

»Ich glaube nur ... ich glaube, ich bin nicht besonders gut im Daten«, gab Melody zu.

»Sei nicht albern, mein Schätzchen. Das ist keine Raketenchirurgie.«

Melody nahm die Brille ab und rieb sich erneut die Augen. »Raketen*wissenschaft*, Mom. Und wenn es eine Raketenwissenschaft wäre, wäre ich viel besser darin.«

»Du hast nur einen kleinen Rückschlag erlitten. Du wirst das abschütteln.«

Melody war nie so optimistisch gewesen wie ihre Mutter. Egal wie viele Liebhaber sie hatte oder wie viele Jobs sie verlor, ihre Mutter glaubte immer unerschütterlich daran, dass der Nächste der Richtige sein würde – trotz aller Fehlschläge.

»Du brauchst ihn doch gar nicht«, sagte ihre Mutter. »Andere Mütter haben auch schöne Söhne.«

Aber Melody wollte keine anderen Söhne. Sie wollte Jeremy.

•

»Kann ich zumachen?«, fragte Jeremy, als er wieder mal bei Melody im Büro auftauchte.

Sie schloss hastig den Tab, in dem sie Bilder von seinem *Town & Country*-Fotoshoot geöffnet hatte, und sah zu ihm hoch. »Äh – was?«

Er neigte den Kopf zur Seite. »Die Tür. Kann ich sie zumachen?«

»Äh ... klar?« Er hatte noch nie die Tür schließen wollen, wenn sie zusammen im Büro saßen. Das war neu. Und ein bisschen beängstigend.

»Ich erzähle dir jetzt etwas, aber du musst schwören, es keiner Menschenseele zu erzählen.« Er wirkte todernst, und ihre Angst wuchs.

»Okay.« In Gedanken ging sie alles durch. Eine Umstrukturierung, irgendeine Art Fusion, Stellenabbau – o Gott, was, wenn sie die IT-Abteilung auslagern wollten?

Jeremy setzte sich und stützte die Unterarme auf die Knie. Die Falten auf seiner Stirn waren so tief, dass er einen Bleistift hätte dazwischen klemmen können. »Meine Mutter und Geoffrey werden heiraten.«

»Oh.« Melody atmete aus. Die Erleichterung, ihren Job nicht zu verlieren, verwandelte sich schlagartig in Sorge. »Wie geht es dir damit?«

Er zuckte die Achseln. »Okay? Ich glaube, ich habe es noch nicht so richtig realisiert.«

»Wann hast du es denn erfahren?«

»Gestern Abend. Sie haben es uns beim Abendessen gesagt. ›Reich mir doch mal eben das Salz, mein Lieber – oh, und übrigens, Geoffrey und ich werden heiraten.‹« Jeremy imitierte seine Mutter perfekt. Melody hatte keinerlei Zweifel daran, dass es genau so abgelaufen war.

»Wie hat Hannah es denn aufgenommen?«

»Sie ist überglücklich. Sie liebt Geoffrey. Also ...« Er zuckte erneut die Achseln.

»Das ist doch aber gut, oder?«

Sein Gesichtsausdruck war kühl, aber er nickte. »Ja.« Er sah aus, als könnte er eine Umarmung gebrauchen, und sie hätte ihn wirklich gern umarmt, aber zwischen ihnen stand der Schreibtisch, und sie waren im Büro. Selbst bei geschlossener Tür war das zu gefährlich.

»Sollen wir rausgehen?«, fragte Melody. »Kaffee trinken oder so?«

Er schüttelte den Kopf. »Ich kann nicht. Ich muss wieder hoch. Ich habe den ganzen Tag Meetings.« Er stand wieder auf. »Sie werden es erst in ein paar Wochen offiziell verkünden, also sag bitte nichts. Ich wollte nur, dass du es weißt.«

»Hey«, sagte sie, als er die Tür öffnete. Er hielt inne und schaute zurück. »Sag Bescheid, wenn du reden willst. Ich bin da, okay?«

Seine Mundwinkel bewegten sich nach oben. »Danke. Vielleicht rufe ich dich später an.«

Melody wartete den ganzen Abend darauf, dass er anrief.

Aber das tat er nicht.

Vermutlich hatte er dieses Model angerufen. Vermutlich war er in ihrer Wohnung und schüttete ihr sein Herz aus, und sie tröstete ihn.

Als es Mitternacht wurde, gab Melody auf und ging ins Bett.

KAPITEL ZWANZIG

Zum ersten Mal, seit sie bei Sauer Hewson angefangen hatte, hatte sie wirklich etwas zu tun. Für das Projekt, an dem sie arbeitete, gab es eine strenge Deadline, was bedeutete, dass die Softwareentwickler eine Menge Codes produzierten, die sie bis Ende der Woche allesamt sechsmal überprüfen musste.

Heute hing Melody fast bis zehn Uhr im Büro fest, weil die Entwickler ihre Codes erst nach fünf Uhr hochgeladen hatten. Sie hatte warten müssen, bis sie fertig waren, bevor sie ihr Testprogramm hatte schreiben können, und dann hatte sie warten müssen, bis es durchgelaufen war, um sicherzugehen, dass es keine Bugs gab.

Als sie aus dem Büro kam, war sie völlig ausgehungert, also beschloss sie, sich einen Cheeseburger und Chili-Cheese-Pommes bei ihrem Lieblingsburgerladen zu gönnen.

Sie hasste Drive-Ins, also parkte sie meist und ging an den Verkaufstresen. Lieber legte sie ein paar Meter zurück, als eine kaum verständliche Unterhaltung durch einen krächzenden Lautsprecher zu führen, die meist darin mündete, dass sie irgendetwas anderes bekam, als sie bestellt hatte.

Sie war so erschöpft, dass sie den Mann auf dem Parkplatz erst bemerkte, als er direkt hinter ihr stand. Ein Fehler. Normalerweise achtete sie stets auf ihre Umgebung, aber heute hatte sie in Gedanken Programme geschrieben, und plötzlich fühlte sie etwas in ihrem Rücken, was sich wie der Lauf einer Waffe anfühlte. Eine männliche Stimme befahl ihr, sich nicht zu rühren.

Melody erstarrte. Kalte Panik breitete sich in ihrem Bauch aus. Außer ihnen war niemand in der Nähe, und das Sicherheitslicht auf dem Parkplatz funktionierte nicht. Selbst wenn jemand im Fast-Food-Restaurant zufällig aus dem Fenster geschaut hätte, er hätte nichts außer Dunkelheit gesehen.

»Ein hübsches Ding wie du sollte sich nicht mitten in der Nacht allein draußen rumtreiben«, sagte der Mann hinter ihr, und er war ihr so nah, dass sie seinen heißen Atem in ihrem Nacken spürte. Seine Stimme war tief und rau vom Rauchen, und er roch nach altem Schweiß und Alkohol.

Er hatte seine Hand in ihr Haar gekrallt und zog ihren Kopf zurück. Sie schluckte einen Schluchzer herunter. Seine Finger fuhren jetzt durch ihr Haar, strichen über ihren Nacken und ihre Schulter.

Er riss den Henkel ihrer Handtasche von ihrer Schulter und ihren Arm herunter. Sie ließ es zu, denn so hatte man es ihr beigebracht. *Wehren Sie sich nicht. Es ist nur Geld. Das ist es nicht wert, dass Sie sich deswegen umbringen lassen.*

Bitte, bitte lieber Gott, hoffentlich wollte er nur ihre Handtasche von ihr. Sie schloss die Finger um die Autoschlüssel in ihrer Hand, ihr Daumen lag auf der roten Paniktaste.

»Dreh dich nicht um«, sagte der Mann, dann hörte sie seine

Schritte über den Asphalt schlurfen. »Zähl bis fünfzig, bevor du dich rührst, verstanden?«

Melody wartete, bis sie bei zehn angekommen war. In ihren Augen brannten wütende Tränen. Dann rannte sie ins Restaurant.

•

Stunden später schaute Melody auf, als ein weiterer Polizeibeamter an der Bank vorbeiging, auf der sie saß. Er würdigte sie keines Blickes. Irgendwer musste sie nach Hause fahren, aber niemand schien sie beachten zu wollen.

Sie konnte nicht selbst nach Hause fahren, weil ihr Auto noch vor dem Fast-Food-Restaurant stand. Der Polizist vom L.A. Police Department, der ihren 911-Anruf angenommen hatte, hatte darauf bestanden, sie in seinem Streifenwagen zur Polizeiwache zu fahren, wo sie ihre Aussage machen und sich Fahndungsfotos von Delinquenten anschauen musste, obwohl sie mehrfach gesagt hatte, dass sie das Gesicht des Täters nicht hatte sehen können. Sie konnte nicht mal ein Taxi rufen, weil sie weder Geld noch Kreditkarte hatte. Sie saß hier fest und musste warten. Vermutlich hatte man sie längst vergessen.

Es war sicher schon eine Stunde vergangen – vielleicht waren es sogar zwei –, seit sie ihre Aussage getätigt und man ihr gesagt hatte, sie solle auf dieser blöden unbequemen Bank warten, bis sie jemand zu ihrem Auto fahren würde. Aber sie wusste nicht genau, wie viel Zeit wirklich vergangen war, weil der Widerling, der sie ausgeraubt hatte, auch ihr Handy gestohlen hatte. Sie war hilflos.

Immerhin hatte sie ihre Schlüssel noch in der Hand, als er ihr die Handtasche abgenommen hatte, sonst würde sie nicht einmal in ihre Wohnung kommen. Wenn sie überhaupt je wieder dort hinkam. Langsam begann sie zu glauben, dass sie auf dieser blöden Bank alt werden und sterben musste.

Sie war fast entschlossen, aufzustehen und den Polizisten am Empfang vollzuheulen, als jemand ihren Namen sagte – endlich. Melody schaute auf, in der Erwartung, eine Polizistin zu sehen, aber vor ihr stand Charlotte, in Jeans und einem abgetragenen alten Sweatshirt.

»Charlotte«, sagte Melody und blinzelte überrascht. »Was machst du denn hier?«

»Mein Dad arbeitet hier. Er hat diesen Monat Nachtschicht, und ich arbcite diese Nacht auch durch, da habe ich ihm etwas zu Essen mitgebracht. Aber was machst *du* hier?«

»Ich bin überfallen worden«, antwortete Melody. »Jemand sollte mich zu meinem Auto fahren, aber ich glaube, sie haben mich vergessen.«

Charlotte setzte sich neben sie auf die Bank. »Bist du okay?«

Melody nickte. »Er hat mir nur meine Handtasche abgenommen. Mit meinem Portemonnaie. Und meinem Handy. Gott, ich habe diese Tasche wirklich geliebt«, sagte sie und blinzelte die Tränen weg. »Sie war ein echtes Schnäppchen.«

»Wie lange bist du denn schon hier?«

»Ich weiß es nicht. Ich habe ja kein Handy, daher habe ich völlig das Gefühl für die Zeit verloren. Ich weiß auch nicht, was ich mit mir anfangen soll, so ohne Handy.«

»Bleib hier sitzen«, sagte Charlotte. »Ich bin gleich wieder da, okay? Warte einen Moment.«

Das hatten sie Melody bereits gesagt. Sie würde den Rest ihres Lebens auf dieser Bank verbringen. Vielleicht war sie bei dem Überfall getötet worden, und dies hier war der Vorhof zur Hölle, sie hatte es nur noch nicht begriffen. O Gott, sie durchlebte praktisch die letzte Staffel von *Lost*.

Charlotte war gerade erst ein paar Minuten fort, da kam sie schon mit ihrem Dad wieder. »Ich bin Detective Lopez«, stellte er sich vor und hielt ihr einen Kaffeebecher mit Sprung hin. »Hier. Trinken Sie das.«

Der Kaffee war schwarz wie Teer, bitter und schmeckte ein wenig fischig, aber er war herrlich warm, und Melody legte dankbar die Hände um den Becher.

»Ihr kennt euch also, hm?«

»Melody war auf meiner Verlobungsparty«, sagte Charlotte zu ihrem Dad. »Sie ist Jeremys Freundin.«

Melody war sich nicht sicher, ob es nicht vielleicht sogar illegal war, die Polizei anzulügen, aber selbst wenn es das nicht war – in Ordnung war es sicher nicht. Also schwieg sie, dann log sie Detective Lopez streng genommen nicht an. Sie hielt die Lüge lediglich aufrecht, indem sie nichts sagte, was eigentlich auch schon ziemlich schlimm war. Alles an dieser Nacht war schlimm.

»Zum Glück habe ich nicht noch mehr Töchter, mit denen er ausgehen kann«, murmelte Detective Lopez.

»Dad«, sagte Charlotte in scharfem Ton.

Er seufzte. »Tut mir sehr leid, dass Sie schon so lange hier festsitzen. Um diese Zeit haben wir meistens ziemlich viel zu tun und können dann keinen Mitarbeiter entbehren.«

»Das ist schon in Ordnung«, sagte Melody. Was sollte sie sonst dazu sagen? Sich beschweren, dass die Polizei für Sicherheit in der Stadt sorgte, statt für sie Chauffeur zu spielen? »Danke für den Kaffee.«

»Ich habe Jeremy angerufen.« Charlotte setzte sich wieder neben sie und nahm Melodys Hand. »Er ist gleich hier und fährt dich nach Hause.«

Mist.

Sie wollte auf keinen Fall, dass Jeremy sie so sah. Andererseits war sie inzwischen so verzweifelt, dass sie vermutlich auch zu einem Serienkiller ins Auto gestiegen wäre, wenn er ihr angeboten hätte, sie nach Hause zu bringen. Da war ihre Würde wohl das geringste Problem.

»Okay«, sagte Detective Lopez. »Ich bin dann an meinem Schreibtisch. Lassen Sie mich wissen, wenn Sie sonst noch etwas brauchen.«

Charlotte drückte Melodys Hand, und ihr Dad schlurfte davon.

»Du musst aber nicht hierbleiben«, sagte Melody. »Musst du nicht noch lernen?«

»Schon okay«, sagte Charlotte mit einem etwas angespannten Lächeln. »Ich lasse dich hier nicht allein, bis ich sicher weiß, dass Jeremy dich nach Hause bringt.«

Melody hielt sich an Charlottes Hand fest. Sie fand keine Worte dafür, wie dankbar sie ihr war. Sie fühlte sich so schlecht, dass sie sie angelogen hatte, Jeremys Freundin zu sein, aber das war nichts im Vergleich dazu, wie schlecht sie sich fühlte, weil sie mit Jeremy geschlafen hatte, als er noch mit Charlotte zusammen gewesen war. Was Charlotte vermutlich gar nicht wusste. Denn wenn sie es wüsste, würde sie garantiert *nicht* Melodys Hand halten.

O nein – was, wenn Charlotte die Fotos von Jeremy und dem Model im Club gesehen hatte? Charlotte dachte womöglich, dass er Melody betrog, und war deswegen so nett zu ihr. Jetzt fühlte sich Melody noch schlechter.

»Melody?«

Jeremy stand vor ihr, in Jeans und einem knittrigen T-Shirt, das Haar völlig zerzaust. Er sah aus, als käme er direkt aus dem Bett – was vermutlich auch stimmte, schließlich war es mitten in der Nacht.

Als er sich vor ihr hinkniete und sie in seine muskulösen, warmen Arme schloss, durchströmte sie plötzlich ein unbeschreibliches Gefühl der Erleichterung. Und ja, sie weinte vielleicht sogar ein wenig, aber immerhin war es auch eine lange Nacht gewesen, und die Tränen flossen ohne ihr Zutun.

»Ich gehe dann mal«, sagte Charlotte und stand auf.

Melody löste ihr Gesicht von Jeremys Hals. »Vielen Dank noch mal.«

»Ja. Danke, Charlotte«, sagte Jeremy aufrichtig und schaute zu ihr hoch.

Sie nickte ihm knapp zu und ließ sie allein.

»Alles in Ordnung mit dir?«, fragte er Melody und nahm ihre Hände in seine.

»Ja.« Sie nickte schwach. »Ich will nur nach Hause.«

•

Im Auto ließ sie das Fenster herunter und hoffte, die kühle Luft würde den Geruch der Polizeistation und die Erinnerung an den Atem des Mannes in ihrem Nacken fortblasen. Jeremy warf immer wieder besorgte Blicke in ihre Richtung, schien aber nicht nachfragen zu wollen – was gut war, denn sie wollte auf keinen Fall darüber sprechen.

»Danke fürs Abholen«, sagte sie nach einer Weile. »Ich wollte nicht, dass Charlotte dich anruft.«

»Ich bin froh, dass sie es getan hat. Du weißt, dass du mich auch hättest anrufen können, oder?«

»Ich habe mein Handy bei dem Überfall verloren.«

Er schaute zu ihr herüber und runzelte die Stirn, sagte aber nichts.

Als sie an ihrer Wohnung ankamen, begleitete er sie zur Tür.

Ihre Hände zitterten jetzt so sehr, dass Jeremy ihr die Schlüssel abnehmen und die Tür aufschließen musste. Er stieß die Tür auf, aber Melody stand wie angewurzelt da und starrte in ihre stockdunkle Wohnung.

»Soll ich mit reinkommen?«

Sie schüttelte den Kopf. »Das musst du nicht. Ich kriege das schon hin.« Sie versuchte, stark zu klingen, aber das Zittern in ihrer Stimme verriet sie.

»Ich weiß.« Jeremy nahm ihre Hand. »Aber möchtest du, dass ich mit reinkomme?«

Sie biss sich auf die Unterlippe und nickte. »Ja.«

Als sie die Tür hinter sich geschlossen hatten, ging Jeremy durch die Wohnung und knipste alle Lichter an, ohne dass sie ihn darum gebeten hätte. Er schien genau zu wissen, was sie brauchte.

Als er fertig war, stellte er sich vor sie. Sie stand noch mitten im Wohnzimmer, weil sie nicht wusste, was sie als Nächstes tun sollte. Sie war so erschöpft, dass sie kaum denken konnte, aber die Vorstellung, ins Bett gehen und die Augen schließen zu müssen, machte ihr Angst – also konnte sie weder vor noch zurück.

Er runzelte besorgt die Stirn. »Melody, alles okay?«

Sie nickte. Der Schock ließ langsam nach, aber eine seltsame Benommenheit blieb.

Jeremy schien das nur noch mehr zu beunruhigen. »Hat er dir wehgetan?«

»Nein, er hat nur …« Sie konnte den Satz nicht zu Ende bringen. Sie konnte nicht aussprechen, wie er mit den Fingern durch ihr Haar und über ihre Haut gestrichen hatte oder wie sie sich dabei gefühlt hatte.

Als Melody noch ein Kind gewesen war, war einmal in das Mietshaus eingebrochen worden, in dem sie mit ihrer Mom wohnte. Sie hatten ihren Fernseher, den Videorecorder – damals besaß man noch Videorecorder – und den Schmuck ihrer Mom mitgenommen, aber das Schlimmste daran war, dass sie die Wohnung auf der Suche nach Wertgegenständen völlig verwüstet hatten. Melodys Bett war umgekippt, all ihre Bücher und Spielsachen waren aus den Regalen gezogen worden und lagen auf dem Fußboden verteilt.

Es war ein Trauma gewesen. Die Vorstellung, dass ein vollkommen fremder Mann – ein Verbrecher – in ihrem Zimmer gewesen war und ihre Sachen berührt hatte, verfolgte sie. Ihre Kissen, ihre Puppen, ihr Lieblingsteddy, mit dem sie jede Nacht einschlief – sie alle waren von der Berührung eines unsichtbaren Monsters beschmutzt worden.

Ungefähr so fühlte sie sich auch jetzt, nur dass statt des Fells des Teddybären ihre eigene Haut beschmutzt worden war.

»Er hat dir Angst gemacht«, beendete Jeremy den Satz für sie.

Sie nickte erneut und schluckte die Galle herunter, die in ihrer Kehle aufgestiegen war.

Er umarmte sie, und diesmal schaffte sie es, nicht in Tränen auszubrechen, aber sie schloss die Augen und drückte ihr Gesicht an seine Brust. Er roch gut, und in seinen Armen fühlte sie sich ruhig und sicher. »Ich bleibe heute Nacht hier«, sagte er und legte sein Kinn auf ihren Kopf. »Ich schlafe auf der Couch, okay?«

Sie nickte, so erleichtert, dass sie beinahe losgeschluchzt hätte. »Okay.« Ihre Stimme wurde immer kleiner und leiser, als würde sie bald ganz verschwinden.

»Brauchst du etwas?«, fragte er, ohne sie loszulassen. »Möchtest du was essen? Ich kann dir was machen. Oder möchtest du schlafen?«

»Ich muss duschen. Ich will einfach alles ... alles abwaschen.«

Er löste sich von ihr und strich ihr über die Arme. »Dann tu das. Ich bin hier, wenn du wiederkommst.« Sorge lag in seinem Blick. Sie wollte ihm versichern, dass es ihr gut ging, aber das wäre eine zu offensichtliche Lüge gewesen.

Nach zehn Minuten unter dem heißesten und härtesten Wasserstrahl, den ihre Dusche hergab, fühlte sich Melody zumindest ein wenig sauberer. Auf ihrer Haut hatten sich leuchtend rote Flecken gebildet, aber das war ihr egal. Sie band sich ihr nasses Haar zu einem Dutt zusammen, zog ein Sweatshirt und eine Jogginghose an und ging zurück ins Wohnzimmer.

Jeremy lag auf dem Sofa und hatte den Fernseher eingeschaltet. Als er sie sah, schaute er auf. »Fühlst du dich besser?«, fragte er.

»Ja, viel besser.« Sie ließ sich neben ihn auf die Couch fallen.

Er deutete auf den Bildschirm. »Ich kann das ausschalten, wenn du schlafen möchtest.« Er schaute *Anchorman – Die Legende von Ron Burgundy.*

»Nein, lass ruhig an.« Es war einer ihrer Lieblingsfilme. Sie zog die Beine unter den Po und machte es sich auf dem Sofa gemütlich.

Jeremy hatte einen Arm auf der Rückenlehne ausgestreckt, und als sie sich zurücklehnte, ruhte ihr Kopf darauf. Wenn sie weniger müde gewesen wäre, wäre es ihr vielleicht peinlich gewesen, aber jetzt? Sie würde sich keinen Millimeter bewegen, keine zehn Pferde würden sie dazu bekommen, sich zu rühren.

Statt seinen Arm zurückzuziehen, legte er seine Hand auf ihre Schulter. »Brauchst du etwas? Ich habe *Extreme Maximum Chocolate Fudge Chunk* im Gefrierschrank gesehen.«

Schon bei dem Gedanken daran, etwas zu essen, wurde ihr ganz flau, und außerdem wollte sie nicht, dass er aufstand, weil sich der Druck seiner warmen Hand auf ihrer Schulter so beruhigend anfühlte. Sie schüttelte den Kopf. »Nein, schon gut.«

Er zog seine Hand trotzdem weg, nahm die Decke, die auf der Rückenlehne lag, und breitete sie über ihren Knien aus. Das war schön, aber nicht so schön, wie sich sein Arm um ihre Schultern angefühlt hatte.

»Danke«, murmelte sie.

Er rutschte näher an sie heran und breitete die Arme aus. »Komm her.«

Er musste sie nicht zweimal bitten. Sie kuschelte sich an ihn, legte den Kopf auf seine Brust, und er schlang die Arme um sie und drückte sie an sich.

»Besser?«, fragte er.

»Hmm-hmm«, machte sie.

Dann schauten sie den Film. Oder besser: Jeremy schaute ihn. Melodys Augen blieben keine Minute mehr offen, sie fielen zu.

Das Letzte, woran sie sich erinnerte, war Jeremys leises Lachen in ihrem Ohr.

•

Als sie am nächsten Morgen aufwachte, war sie allein auf dem Sofa, zusammengerollt und mit dem Kopf an der Stelle, wo Jeremys Schoß gewesen war. In der Wohnung roch es nach frischem Kaffee.

Als sie sich aufsetzte, lächelte ihr Jeremy von der Küchenzeile aus zu. »Tut mir leid, ich wollte dich nicht wecken.« Er holte zwei Kaffeebecher aus dem Küchenschrank.

»Schon gut.« Sie reckte sich und zuckte zusammen, weil ihre Wirbel knackten. »Wie viel Uhr ist es denn?«

»Sieben Uhr.« Er setzte sich zu ihr aufs Sofa und reichte ihr einen dampfenden Kaffeebecher. »Du nimmst heute übrigens frei.«

»Kann ich nicht«, erwiderte Melody. »Ich muss die Log-Datei checken und meinen Bug-Report schreiben.«

»Die überleben einen Tag ohne dich. Ich habe mit dem Leiter der Entwicklungsabteilung gesprochen und ihm erklärt, was passiert ist. Keine Widerrede. Es ist alles geklärt.«

»Aber ...«

»Bring mich nicht dazu, die Security anzurufen, damit sie dich vierundzwanzig Stunden lang vom Gebäude fernhalten.« Er schaute sie böse unter zusammengezogenen Brauen an, aber es wirkte nicht besonders beängstigend, obwohl er sich Mühe gab. »Ich ziehe das durch, wenn du mich dazu zwingst!«

»In Ordnung«, gab sie nach.

»Gut. Leider muss ich heute arbeiten, aber ich rufe Lacey an, damit sie vorbeikommt.«

Melody schüttelte den Kopf. »Nicht nötig.«

Er runzelte die Stirn.

»Mir geht es gut, ehrlich.« Und das stimmte. Im Licht des neuen Tages fühlte sie sich tausendmal besser.

»Sicher? Lacey hat bestimmt nichts dagegen.«

»Mir geht es gut. Ich verspreche es. Jedenfalls habe ich heute einen aufregenden Tag. Ich muss meine Kreditkarten sperren, einen neuen Führerschein beantragen und ein neues Handy kaufen. Ich brauche keinen Babysitter. Oh ...«, sagte sie und runzelte die Brauen, weil ihr etwas einfiel. »Mein Auto. Es steht immer noch auf dem Parkplatz, wo ...« Bei der Vorstellung, dorthin zurückkehren zu müssen, selbst am helllichten Tag, fühlte sie sich schlagartig viel weniger gut als noch vor ein paar Minuten.

»Nein, da steht es nicht mehr«, sagte Jeremy. »Es parkt vor deiner Tür.«

»Was?« Sie stand auf und sah aus dem Fenster. Tatsächlich, da stand ihr Fiat, direkt hinter Jeremys schwarzem BMW. »Aber wie ist das möglich?«, fragte sie und wandte sich zu ihm um.

»Ich habe da jemanden. Er hat es heute Morgen geholt und hierhergefahren.« Er zuckte die Achseln, als sei das keine große Sache, als hätte jeder jemanden, den er um sechs Uhr morgens anrufen konnte, um ein Auto abzuholen und irgendwo hinzubringen.

»Danke«, sagte sie und blinzelte gegen das Brennen in ihren Augen an. »Das hättest du wirklich nicht tun müssen.«

Jeremy holte sein Portemonnaie heraus und zählte Zwanzig-Dollar-Scheine ab. »Damit kommst du erst einmal zurecht, bevor du deine Kreditkarte wiederhast.«

»Nein! Das kann ich nicht annehmen. Du hast schon viel zu viel für mich getan.«

Er sah sie erneut finster an. »Du hast keine Kreditkarte, du kannst kein Bargeld abheben, und du hast keinen Führerschein, also kannst du nicht einmal einen Scheck einlösen. Nimm das Geld.«

Da hatte er recht. Sie konnte sich nicht einmal etwas zu essen kaufen. Und sie hatte in den letzten zwei Wochen so viele Überstunden gemacht, dass sie nicht einkaufen gewesen war. Ihr Kühlschrank war so gut wie leer.

»Ich zahle es dir zurück«, sagte sie und nahm widerwillig die Geldscheine, die er ihr hinhielt.

»Wie du willst«, sagte er und zuckte die Achseln.

Sie trat vor und schlang die Arme um seinen Oberkörper. »Danke. Ehrlich. Ich weiß gar nicht, was ich letzte Nacht ohne dich getan hätte.«

Jeremy drückte sie. »Ich bin immer für dich da, Melody. Wenn du irgendetwas brauchst, will ich, dass du mich anrufst. Versprochen?«

Sie nickte an seiner Brust. »Versprochen.«

•

Am Abend rief Melody ihre Mom an, um ihr zu erzählen, was passiert war. Wie zu erwarten, drehte sie fast durch und drohte, sofort nach L.A. zu fliegen.

»Mom, es geht mir gut, wirklich. Du musst nicht herkommen.«

»Ich ertrage die Vorstellung nicht, dass du so etwas allein durchmachen musst, mein Schatz.«

»Ich bin nicht allein. Ich habe Freunde. Lacey ist heute Nachtmittag vorbeigekommen ...« – Lacey hatte darauf bestanden, als Jeremy ihr erzählt hatte, was passiert war –, »und Jeremy hat mich gestern Nacht von der Polizeistation abgeholt.«

Kaum dass die Worte aus ihrem Mund waren, zuckte Melody zusammen, weil sie ihren Fehler bemerkte.

»Jeremy, hmmm? Ich dachte, ihr beiden hättet Schluss gemacht.«

»Haben wir auch. Wir sind Freunde.«

»Ach wirklich?«

»Das bedeutet gar nichts«, sagte Melody und versuchte, ihren eigenen Worten zu glauben.

»Ich verstehe immer noch nicht, was passiert ist. Ihr zwei wart perfekt zusammen.«

Melody seufzte, legte sich auf ihr Bett und starrte an die Decke. »Wir waren nicht perfekt, glaub mir. Es hat eben nicht sollen sein. Als Freunde sind wir viel besser.«

»Süße, ich habe doch mitbekommen, wie ihr euch angesehen habt. In dem Augenblick, als er in deine Wohnung getreten ist, wusste ich, dass er der Richtige ist. Vertrau deiner Mutter.«

Melody wünschte sich so sehr, ihr glauben zu können. Von ganzem Herzen. Aber es war schwierig, der Urteilskraft einer

Frau zu vertrauen, die zwei Ehen gegen die Wand gefahren hatte und mit einer Reihe schrecklicher Männer zusammen gewesen war. Wahre Liebe gehörte nicht gerade zu den Talenten ihrer Mutter.

Wenn überhaupt, dann war ihr Urteil eher eine Bestätigung dessen, was Melody bereits wusste: dass es für Jeremy und sie keine Zukunft gab.

Sie musste darüber hinwegkommen.

KAPITEL EINUNDZWANZIG

Alle gaben sich die größte Mühe, nett zu Melody zu sein, als sie am nächsten Tag wieder zur Arbeit ging. Auf ihrem Schreibtisch lag eine Karte, unterschrieben vom gesamten Team, und ihr Chef kam vorbei, um zu fragen, wie es ihr gehe.

Jeremy besuchte sie am Vormittag und dann noch einmal am Nachmittag. Als sie nach Hause gehen wollte, bestand er darauf, sie zu ihrem Auto zu bringen. Am nächsten Abend ebenso. Und am Abend darauf auch.

Es war süß von ihm, dass er sich solche Sorgen machte, aber sie wollte nicht bemuttert werden. Und so langsam hatte sie diese Sorgenfalte auf seiner Stirn satt, die sich bildete, sobald er sie ansah. Es wirkte, als hielte er sie für zerbrechlich.

Aber das war sie nicht. Okay, sie hatte ein paar Alpträume, aber nichts, womit sie nicht zurechtkam. Schon nach ein paar Tagen konnte sie ohne Xanax die Nacht durchschlafen. Es würde vermutlich noch einige Zeit dauern, bis sie bereit war, zu diesem speziellen Burgerrestaurant zu gehen, aber sie fand wirklich, dass sie bewundernswert stark mit dieser unangenehmen Erfahrung umging, und sie konnte es gar nicht gebrauchen, dass Jeremy sie mit seinen besorgten Blicken ständig daran erinnerte.

Erst nach einer vollen Woche schien er ihr zu glauben, wenn sie beteuerte, dass es ihr gut gehe, und seine Sorgenfalte glättete sich. Er hörte auf, sie ständig zu fragen, ob sie okay war, aber er kam immer noch mindestens einmal täglich bei ihr im Büro vorbei, wenn auch nur, um auf dem Weg woandershin kurz Hallo zu sagen.

Melody freute sich immer, ihn zu sehen – ehrlich, das tat sie –, aber es zerriss sie, gleichzeitig noch so viel mehr von ihm zu wollen. Er war so wunderschön, dass es fast wehtat, ihn anzusehen, und trotzdem schaffte sie es nie, den Blick abzuwenden. Manchmal, wenn er sie anlächelte, hatte sie das Gefühl, zu ersticken – als lastete ein Gewicht auf ihrer Brust und erdrückte sie, und sie konnte es nicht abschütteln.

Sie wünschte sich, den Mut aufbringen zu können, ihm ihre Gefühle zu gestehen. Aber realistisch gesehen? Das würde niemals passieren.

•

»Also, da gibt es diesen Typen«, sagte Lacey eines Morgens nach dem Yogakurs.

Melody verdrehte die Augen. Sie wusste genau, was jetzt kam. Lacey versuchte seit Wochen, sie zu verkuppeln. Warum wollten Leute in glücklichen Beziehungen ständig, dass alle anderen Menschen auch in Beziehungen waren? Sie war beinahe so nervig wie Melodys Mutter.

»Es gibt eine Menge Typen. Die ganze Welt ist voller Typen.«

Melody trank einen Schluck von ihrem Flat White, verzog das Gesicht und griff nach einem Zuckertütchen. Sie hatte sich vorgenommen, ihre Vanilla-Latte-Sucht loszuwerden. Neue Dinge auszuprobieren. Bisher waren die Ergebnisse nicht besonders überzeugend.

»Ja, aber bei dem glaube ich wirklich, dass es klappen könnte.«

»Ich hab dir doch schon gesagt, dass ich nicht auf Blind Dates gehe.«

»Herrgott noch mal, wovor hast du nur solche Angst?«

»Dass wir uns nicht mögen und ich dann mit jemandem, den ich nicht leiden kann, zwei Stunden lang Small Talk machen muss.«

Den wahren Grund konnte sie Lacey auf keinen Fall verraten. Dass sie diese dumme, alles verzehrende Schwärmerei für Jeremy hatte. Auch wenn Lacey gesagt hatte, dass es ihr nichts ausmache, wenn sie mit Jeremy zusammen wäre, Melody fand es doch zu seltsam. Jeremy war Laceys Ex-Freund, und das würde er auch immer bleiben. Es war schon merkwürdig genug, mit beiden befreundet zu sein.

Und außerdem: Sie war sich ziemlich sicher, dass Lacey sie dazu drängen würde, ihm ihre Gefühle zu gestehen, wenn sie davon wüsste. Vielleicht würde sie es ihm sogar – Gott bewahre! – selbst sagen. Und das wäre katastrophal. Es war einfacher, wenn Lacey nichts davon wusste, damit Melody in aller Heimlichkeit unglücklich und besessen und zerrissen sein konnte, ohne dass sie jemand daran hinderte.

»Aber was, wenn du ihn doch magst?«, beharrte Lacey. »Was, wenn ihr euch wirklich gut versteht? Wäre es das Risiko nicht wert?«

Melody tat so, als würde sie darüber nachdenken. »Nein«, sagte sie dann.

Lacey stieß sie unter dem Tisch mit dem Fuß an. »Ich sage dir, bei diesem Typen habe ich wirklich ein gutes Gefühl.«

»Das sagst du jedes Mal.«

»Ja, aber du bist noch mit keinem ausgegangen. Du kannst nicht wissen, ob ich nicht jedes Mal recht hatte.«

»Warum also riskieren, deine vermeintliche Glückssträhne zu unterbrechen?«

»Ach hör doch auf. Ein Date, mehr will ich ja gar nicht. Ich verspreche, danach frage ich dich nie wieder.«

»Nie wieder?« Melody zog die Brauen hoch. Sich Lacey in dieser Hinsicht vom Hals zu schaffen war verheißungsvoll. »Wenn ich auf dieses eine blöde Date gehe, versprichst du, dass du mich nie wieder verkuppeln willst? Nie?«

Lacey legte die Hand aufs Herz. »Du musst ihm aber wirklich eine Chance geben. Und nicht schon in den ersten fünf Minuten dein Urteil fällen.«

»Okay«, sagte Melody. »Ein Date.«

Hey, es gab immer noch die Möglichkeit – so unwahrscheinlich sie auch war –, dass Lacey recht hatte. Vielleicht klappte es ja tatsächlich zwischen Melody und diesem Typen.

Vielleicht überwand sie auf diese Weise ihre fruchtlose Fixierung auf Jeremy.

»Es wird toll«, sagte Lacey. »Du wirst schon sehen.«

•

Er war wirklich süß. Das musste Melody Lacey zugestehen. Mit seiner altmodischen Brille und der Strickmütze, eine Art von süß, die Melody zufällig am liebsten mochte.

Er hieß Jonathan und war Drehbuchautor. Na ja, zumindest wollte er einer werden. Er hatte bisher noch kein Drehbuch verkauft, aber das hinderte ihn nicht daran, sich ständig als Drehbuchautor zu bezeichnen. Es war beeindruckend, wie oft er es schaffte, das Wort in die Unterhaltung einzuflechten.

Sie trafen sich auf ein Bier und einen Burger in einem Lokal in Santa Monica, einem netten, aber überteuerten Laden, wie fast alle in L.A. Laut Jonathan aßen viele Drehbuchautoren hier.

»Woran arbeitest du denn zurzeit?«, fragte sie.

»Es heißt *American Dreamers*. Es überschreitet Genregrenzen, aber ich würde es am liebsten als Anti-RomCom bezeichnen.« Seine Finger waren vom Nikotin etwas gelblich, und er tippte damit auf dem Tisch herum, als sehnte er sich nach einer Zigarette.

»Du meinst, ein Film über ein Paar, das sich trennt? Oder ist es eher eine Parodie?«

»Nein, nein, nein, ganz anders.« Er schüttelte den Kopf, und seine dicken schwarzen Brauen bildeten eine Linie. »Oberflächlich gesehen geht es um diesen Jungen und ein Mädchen, die sich total zufällig an einer Bahnstation treffen. Und in dieser einen gemeinsamen Nacht haben sie eine Menge unerwarteter Abenteuer zu bestehen, die sie dazu zwingen, sich ihren Ängsten vor Intimität zu stellen. Aber auf einer tieferen Ebene geht es darum, dass die moderne Gesellschaft und die neuen Technologien es den Menschen schwerer machen, eine wirkliche Verbindung zueinander aufzubauen, weißt du, was ich meine?«

»Mmmhmm«, machte Melody. »Aber ... inwiefern ist das eine Anti-RomCom?«

»Es ist ein antikonventioneller Liebesfilm. Gegen jedes Klischee. Gegen alles, was diese typischen, scherenschnittartigen Hollywood-RomComs ausmacht. Wie schon gesagt, es durchbricht Genregrenzen.«

»Ach so.« Melody widerstand dem Drang, ihm zu sagen, dass genau das wie ein riesiges Klischee klang, nämlich genau wie das Skript, wovon ungefähr jeder Typ, der auf die Filmhochschule ging, beinahe wie ferngesteuert eine Version schrieb. Das hier war wie *Before Sunrise* und *Garden State* und *500 Days of Summer* in Dauerschleife. Wobei es immer noch besser klang als der Ben-Stiller-Actionfilm, den Drew zu verkaufen plante.

»Also, die Hauptfigur ist ein Dichter – ein ganz empfindsamer, gefühlvoller Typ. Er verdient sein Geld als Straßenmusiker, spielt an der Bahnstation Gitarre. Wobei ich noch darüber nachdenke, ob eine Geige nicht besser wäre. Oder vielleicht sogar ein Akkordeon.« Er schaute zu ihr hoch. »Welches Instrument ist am erotischsten?«

»Ähm ...«

»Die Geige, oder? Ich ändere das in eine Geige. Jedenfalls reist das Mädchen von der Beerdigung ihres Vaters nach Hause, sie kämpft mit Vaterkomplexen, und ihr Freund hat gerade mit ihr Schluss gemacht, also sie ist ganz verletzlich gerade. Aber gleichzeitig kantig und unkonventionell, weißt du? Sie hat eine pinkfarbene Strähne im Haar und fährt einen alten VW. So was.«

Das hier war also das Prinzip schlecht verborgene Alter-Ego-Autor-Schrägstrich-Hauptfigur trifft typisch verrücktes und feenhaftes Traummädchen. Wie immer. Aber das sagte Melody ihm nicht. Stattdessen stocherte sie in ihren Pommes herum, während Jonathan die nächste Stunde über das Leben, die Liebe und die Leute schwadronierte.

Er habe eine tiefe Ehrerbietung für Frauen, sagte er. Die wichtigsten Menschen in seinem Leben seien Frauen gewesen – seine Mutter, seine Schwestern, ein paar weibliche beste Freundinnen und seine Liebhaberinnen. Aber er halte sich nicht für einen Feministen, weil er nicht fand, dass Menschen sich Etiketten verpassen sollten. Er sehe sich eher als Poststrukturalist – was auch immer das bedeutete. Er liebe David Foster Wallace, sagte er, Jonathan Safran Foer und die Filme der Coen-Brüder. Er möge das platonische Ideal des Menschen mehr als er die meisten Menschen möge. Er liebe, dass jeder Geheimnisse unter seiner Oberfläche verberge, aber er hasse die Masken, die sie alle trugen, um ihre Unsicherheiten zu verbergen. Oder so. Ganz ehrlich, an diesem Punkt hatte Melodys Aufmerksamkeit signifikant nachgelassen.

Schließlich brachte er es dann doch noch fertig, sie zu fragen, womit sie ihr Geld verdiente. Sobald sie begann, von ihrem Job zu sprechen, wurde sein Blick ganz leer. Das war nicht seine Schuld. Alle setzten diesen Blick auf, wenn sie begann, über IT zu reden, weshalb sie normalerweise gar nicht erst damit anfing.

Als sie ihm jedoch von einigen Projekten in der Raumfahrtabteilung erzählte, glomm sein Interesse wieder auf. Es stellte sich heraus, dass sie beide eine Vorliebe für Science-Fiction hatten, und sie redeten über ihre Lieblingsfilme, bis die Rechnung kam.

So schlimm war er eigentlich gar nicht. Sie wusste jetzt, warum Lacey angenommen hatte, aus ihnen könne etwas werden. Es war nicht ihre Schuld, dass es nicht geklappt hatte.

Er begleitete Melody zu ihrem Auto und sagte, sie sehe wunderschön aus in dem orangefarbenen Licht der Parkplatzlaternen, also ließ sie zu, dass er sie küsste.

Es war in Ordnung, er war in Ordnung. Aber sie fühlte nichts.

Es war ganz anders, als Jeremy zu küssen. Mit Jonathan zu reden war auch nicht so, wie mit Jeremy zu reden. Wenn sie mit Jeremy zusammen war, hatte sie das Gefühl, dass er ihr wirklich zuhörte. Sie fühlte sich angenommen. Lebendig.

Sie würde wohl nie über ihn hinwegkommen.

•

»Ich weiß nicht mal, warum ich so überrascht bin«, sagte Melody eine Woche später zu Jeremy, als sie in der Lobby auf ihren Kaffee warteten. »Die machen das immer so. Das ist dasselbe wie mit diesen Rey-Puppen.« Sie schimpfte über das Merchandising für den neuesten Marvel-Film, und er ließ es über sich ergehen.

Eine ausgesprochen hübsche Falte bildete sich zwischen seinen Brauen. »Was für Puppen?«

Sie nahm ihren Kaffee entgegen und dankte der Barista, um sich dann wieder Jeremy zuzuwenden. »Du weißt doch, Rey aus den neuen *StarWars*-Filmen?«

Er nickte. »Ja.«

»Als *Das Erwachen der Macht* rauskam, kam es kaum Merchandise für sie in den Läden. Sie war die Hauptfigur des Films, und man konnte kaum eine Puppe oder Actionfigur von ihr finden. Ich meine, kannst du dir vorstellen, was gewesen wäre, wenn es keine Luke-Skywalker-Spielzeuge gegeben hätte, als der erste *Star Wars*-Film rauskam?«

Er runzelte die Stirn. »Ähm …«

»Kannst du dir nicht vorstellen, weil es eben nicht so war. Und genau dasselbe haben sie mit Black Widow nach dem *Avengers*-Film *Age of Ultron* gemacht. Sie macht da diesen Riesenstunt, bei dem sie aus dem Quinjet auf ein Motorrad springt, und als sie das Motorrad als Spielzeug rausbrachten, fuhr plötzlich Captain America darauf!«

Jeremy presste die Lippen aufeinander, als müsste er ein Lachen unterdrücken.

»Was?«

Er schüttelte den Kopf. »Nichts.«

»Du hältst mich für verrückt.«

»Ich halte dich nicht für verrückt. Du brennst eben für manche Themen.«

»Jeder brennt für seine Themen«, sagte sie abwehrend.

Die Barista stellte ihm seinen Kaffee hin, und er strahlte sie so flirtend an wie immer.

Er wandte sich wieder an Melody und sagte: »Nicht so wie du. Ich jedenfalls nicht. Mir fällt nicht eine einzige Sache ein, die mich auch nur halb so sehr interessiert wie dich diese Actionfiguren.«

Sie wanderten durch die Lobby und blieben vor einer der schrägen abstrakten Skulpturen stehen. Sie hatten beide keine große Eile, wieder zurück an die Arbeit zu gehen.

»Es geht gar nicht nur um die Actionfiguren«, sagte Melody. »Es geht darum, wie mächtige Leute in diesen Unternehmen Frauen sehen, und es geht um kleine Mädchen, die glauben, dass nur Jungs Helden sein können, weil ihnen nur Männer gezeigt werden, die Großes vollbringen. Alle sagen: ›Es ist doch nur ein Film‹, oder ›Es ist nur Fernsehen, es bedeutet nichts‹, aber Geschichten haben nun mal Bedeutung. Sie sind unsere kulturelle Mythologie. Sie formen die Linse, durch die wir die Welt sehen.«

Jeremy lächelte sie wieder an. »Siehst du? Du brennst dafür.«

Sie spürte, wie ihre Wangen heiß wurden, und schaute in ihren Kaffee.

»Hey.« Er knuffte sie mit dem Ellenbogen. »Das ist keine Kritik. Ich finde es cool.«

»Du musst doch auch etwas haben, wofür du brennst. Wie ist es mit Sport?«

Er zuckte die Achseln. »Ich mag Sport, klar, aber ich würde nicht sagen, dass ich dafür brenne. Nicht so wie du für … alles.«

»Politik?« Sie wusste nicht einmal, was seine politischen Überzeugungen waren. Um ehrlich zu sein, fürchtete sie sich, danach zu fragen.

»Neiiin«, sagte er und schüttelte den Kopf. »Ich hasse es, über Politik zu reden. Ich vermeide es, koste es, was es wolle.«

»Okay«, sagte sie. »Arbeit?«

Er lachte auf. »Na klar. Nein, überhaupt nicht.«

Sie piekte ihn in den Arm. »Du interessierst dich für das, was die Forschungs- und Entwicklungsabteilung macht. Ich habe dich darüber reden hören.«

»Nein. Ich meine, ja, ein paar der Technologieprojekte, die

wir entwickeln, interessieren mich, aber nur, weil das so ziemlich das Einzige in dem ganzen beschissenen Job ist, das nicht langweilig ist. Eigentlich rede ich nur mit dir darüber, weil ich es mag, wie leidenschaftlich du dann aussiehst. Deine Wangen werden ganz rosig, und dein ganzes Gesicht leuchtet.« Er grinste sie an. »Genau wie jetzt.«

Immer, wenn er so etwas sagte, konnte Melody sich beinahe einreden, dass er absichtlich mit ihr flirtete. Es war leicht, zu glauben, dass sie etwas Besonderes für ihn war, wenn er sie so ansah – wenn er sie ansah, wie er es jetzt gerade tat.

Aber dann kam meist jemand anderes, auf den er sein Strahlen richtete, und Melody erinnerte sich daran, dass sie nichts Besonderes für ihn war – so war er einfach zu jedem. Und genau das passierte auch dieses Mal.

»Jeremy«, rief eine hochgewachsene Blondine, die in High Heels und Bleistiftrock durch die Lobby auf sie zu gestöckelt kam.

Er schaute in ihre Richtung, und sein Gesicht hellte sich auf. »Chelsea! Hi!«

»Hast du kurz Zeit?« Die Augen der Frau wurden schmal, als ihr Blick auf Melody fiel. Ganz offensichtlich versuchte sie einzuschätzen, ob sie eine Bedrohung darstellte, verwarf den Gedanken aber sofort wieder. Sie wandte Jeremy erneut all ihre Aufmerksamkeit zu und lächelte lieblich. »Ich wollte mit dir über diese Betriebszahlen sprechen, die du heute Morgen rumgeschickt hast.«

»Ja, natürlich.« Er schaute Melody an. »Kommst du mit?«, fragte er und machte eine Kopfbewegung in Richtung des Aufzugs.

Die Frau musterte Melody ein weiteres Mal. Vermutlich fragte sie sich, warum Jeremy überhaupt mit einem IT-Mädchen aus der unteren Etage redete.

Melody schüttelte den Kopf. »Geh ruhig. Ich hole mir noch einen Cookie.«

»Okay. Bis später«, sagte er über seine Schulter hinweg und ging mit Chelsea davon.

Es war Freitagnachmittag, was bedeutete, dass Melody ihn vermutlich nicht *später* sehen würde, sondern erst am Montag wieder.

Er würde mit Chelsea in die obere Etage fahren und eine Weile über den Betriebszahlen mit ihr flirten, um dann das zu tun, was auch immer er an Wochenenden tat. Vermutlich mit einem Model in irgendeinem trendigen Club abhängen und Frauen anlächeln, als seien sie diejenigen, die etwas Besonderes für ihn waren.

Jeremy war wie die Sonne. Sie war warm, wenn sie einen anstrahlte, aber wenn sie ihre Strahlen auf jemand anderen richtete, blieb man im kalten Schatten stehen.

Melody ging zurück zur Kaffeebar und kaufte sich zum Trost *zwei* Cookies.

KAPITEL ZWEIUNDZWANZIG

»Ist das wieder ein Bestechungsmuffin in deiner Hand?«, fragte Melody, als Jeremy ein paar Wochen später in ihrem Büro auftauchte.

Er kräuselte die Nase. »Bin ich wirklich so leicht zu durchschauen?«, fragte er und stellte den Latte und einen Blaubeermuffin vor sie hin.

Sie grinste. »Schon irgendwie.«

»Na ja, zufällig brauche ich tatsächlich deine Hilfe«, sagte er und ließ sich auf den Stuhl ihr gegenüber fallen.

»Jederzeit.«

Er zog die Augenbrauen hoch. »Willst du nicht wissen, was es ist, bevor du dich darauf einlässt?«

»Nein.« Ihr fiel nichts ein, was sie nicht für ihn tun würde. Vermutlich würde sie sogar eine Kugel für ihn abfangen, wenn er sie darum bat.

»Also ... du weißt doch, dass meine Mom bald heiratet?«

Melody griff nach ihrem Latte und nickte. Das gesamte Unternehmen redete darüber, seit sie die Hochzeit offiziell verkündet hatten. Mrs. Sauer und Mr. Horvath würden in kleinem

Kreis zu Hause getraut werden, nur mit der Familie, und am Abend dann einen Cocktailempfang geben. Die Gästeliste für den Empfang war recht kurz, und es hatte eine Menge Klatsch und Tratsch darüber gegeben, wer aus dem Management es auf die Liste geschafft hatte und wer nicht eingeladen war.

»Willst du mein Date sein?«, fragte Jeremy.

Melody verschluckte sich beinahe an ihrem Kaffee. »Ich?«

»Ja, du.« Er sah sie ernst an.

Sie räusperte sich. »Ähm … gibt es denn niemanden, den du lieber mitnehmen würdest?«

»Wen denn?«

»Ich weiß auch nicht.« Sie zuckte die Achseln. »Irgendwen.«

Sie konnte ihm nicht sagen, dass sie von dem Model wusste, denn dann hätte sie zugeben müssen, dass sie ihn online stalkte. In letzter Zeit hatte die Suchmaschine allerdings keine neuen Bilder ans Tageslicht befördert, vielleicht waren sie also nicht mehr zusammen? Trotzdem musste es einen Haufen Frauen geben, die alles dafür geben würden, mit ihm auf die Hochzeit seiner Mutter zu gehen.

»Die Sache ist die …« Er fuhr sich mit der Zunge über die Unterlippe, wie er es immer tat, wenn er nervös war. »… meine Mutter denkt immer noch, dass wir zusammen sind, was bedeutet, dass Geoffrey und Hannah das auch glauben.«

Uuuund da war es wieder.

Natürlich.

Sie rieb sich frustriert die Schläfen. »Ich kann nicht glauben, dass du noch nicht mit mir Fake-Schluss gemacht hast.«

»Ich weiß, ich weiß.« Er ließ beschämt den Kopf hängen. »Es ist nur … meine Mutter mag dich wirklich. Und sie hat noch nie jemanden gemocht, mit dem ich ausgegangen bin. Daher ist sie jetzt … viel netter … und zwar in so ziemlich allem.«

Melody konnte ihn nicht wirklich dafür verurteilen, zumal sie im Grunde dasselbe mit ihrer eigenen Mom gemacht hatte. Aber immerhin hatte sie es ihr gebeichtet. Irgendwann.

»Und es ist nicht nur sie …« Jeremy schaute schuldbewusst auf. »Drew und Charlotte kommen auch.«

»O mein Gott! Ich kann doch Charlotte nicht weiter anlügen, sie war so nett zu mir. Das kann ich nicht.«

»Nur dieses eine Mal«, flehte er. »Und dann, das verspreche ich, erzähle ich allen, dass wir Schluss gemacht haben. Aber lass uns erst diese Hochzeit hinter uns bringen. Bitte, Melody.«

Sie seufzte. »Na gut.«

Sie hatte nicht die Kraft, ihm einen Wunsch abzuschlagen. Nicht einmal diesen. Fast wünschte sie sich, er hätte sie stattdessen gebeten, eine Kugel für ihn abzufangen. Das wäre vermutlich deutlich weniger schmerzhaft gewesen.

•

»Du siehst wunderschön aus«, sagte Jeremy, als Melody die Tür öffnete.

Er trug einen Smoking, weil er einer der Trauzeugen auf der Hochzeit gewesen war, und natürlich sah er geradezu zerstörerisch gut aus. So gut, dass es ihr den Atem verschlug.

»Danke«, sagte sie und zog den Kopf etwas ein, damit er nicht sah, wie sich ihre Wangen rot färbten.

Sie trug dasselbe Kleid, das sie bereits bei ihrem ersten unseligen Abendessen mit Lacey und Drew getragen hatte, obwohl sie kurz überlegt hatte, ob dieses Kleid wohl Unglück brachte. Eigentlich neigte sie nicht zum Aberglauben. Ein Kleid konnte kein Unglück bringen. Jenes Abendessen war aus einer ganzen Menge von Gründen furchtbar gewesen, die allesamt gar nichts mit dem Kleid zu tun gehabt hatten, und der Abend heute würde gut laufen, egal was sie trug.

Zumindest redete sie sich das ein.

Außerdem hatte sie sich wegen Jeremy schon zwei neue Outfits gekauft, und sie würde auf keinen Fall noch mehr für ein drittes ausgeben. Dieses Kleid war absolut passend für den Anlass: elegant, ohne aufgetakelt zu wirken, konservativ, ohne langweilig auszusehen. Eine Menge Leute von Sauer Hewson würden da sein, daher war es beinahe ein beruflicher Termin, und obwohl Melody annahm, dass viele von ihnen schon davon überzeugt waren, dass sie sich hochschlafen wollte, würde sie sich auf keinen Fall auch noch entsprechend anziehen.

Am wichtigsten war jedoch, dass dieses Kleid ihren Rücken vollständig bedeckte. Noch einen Abend mit Jeremys Hand auf ihrer Haut ertrug sie beim besten Willen nicht.

Er beugte sich vor, um sie auf die Wange zu küssen. »Danke noch mal, dass du das für mich tust.«

Gott, er roch phantastisch. Welches Parfüm auch immer er trug, es war absolut berauschend. Alles an ihm war berauschend. Er war erst seit einer halben Minute hier, und schon hatte sie das Gefühl, die Kontrolle zu verlieren. Warum musste er nur so unglaublich attraktiv sein? Es machte alles so viel schwieriger.

Sie hatte schon den ganzen Tag Bauchweh vor Nervosität. Es war das eine, so tun zu müssen, als sei sie seine Freundin, obwohl sie nur Freunde waren. Aber jetzt, da sie echte Gefühle für ihn hatte – Gefühle, die er ganz sicher nicht erwiderte –, wusste sie schlicht nicht mehr, wie sie damit zurechtkommen sollte. Wie sollte sie einen ganzen Abend in Jeremys Nähe überstehen – wenn er sie berührte, wie seine Freundin behandelte, vielleicht sogar küsste –, ohne zu zeigen, was sie wirklich fühlte? Wie sollte sie das alles in dem sicheren Wissen überleben, dass es nur vorgetäuscht war?

Der Abend würde grässlich werden. Und zwar maximal grässlich.

»Du hast mir schon tausendmal gedankt«, sagte Melody und trat einen Schritt zurück. »Lass es uns hinter uns bringen.«

•

Das Haus der Sauers wirkte ein wenig freundlicher als das letzte Mal, dass Melody es gesehen hatte. Heute war es mit lila Bändern, Kerzen und bunten Blumen auf jedem Tisch geschmückt. Außerdem wimmelte es nur so vor steifen, hohen Tieren im Anzug aus dem Sauer-Hewson-Konzern, was die feierliche Atmosphäre etwas dämpfte.

Wie sich herausstellte, hatte das Haus einen waschechten Ballsaal, den Melody noch nicht gesehen hatte, weil ihre Besichtigung damals durch den Negligé -Vorfall vorzeitig abgebrochen worden war. Und ein echtes Streichquartett spielte in einer Ecke des Saals Kammermusik, wie in einem Jane-Austen-Roman. Alles wirkte äußerst würdevoll und erhaben, ganz genau so, wie sie es von Angelica Sauer erwartet hatte.

Der Weg zwischen Melody und der Bar war durch die Schlange

der Gäste versperrt, die das frischgebackene Ehepaar beglück-
wünschen wollte, also biss Melody die Zähne zusammen, setzte
ein Lächeln auf und reihte sich hinter Jeremy ein, um den Gast-
gebern zu gratulieren.

»Da bist du ja, mein Liebling!« Mrs. Sauer lächelte königlich
und hielt ihrem Sohn die Wange hin. In der Pressemitteilung zu
ihrer Verlobung hatte sie erklärt, dass sie den Nachnamen ihres
verstorbenen ersten Mannes aus professionellen Gründen behalten würde.

Jeremy gab ihr einen Kuss, und sie wandte sich Melody zu.
Ihr Blick war zwar nicht warm, aber auch nicht kalt. »Melody,
meine Liebe, ich freue mich sehr, dass Sie kommen konnten.«
Sie legte ihre Hand wie eine Kralle auf Melodys Schulter und
küsste sie auf die Wange, wobei sie sie in eine Parfümwolke
hüllte.

»Herzlichen Glückwunsch, Mrs. Sauer. Ich wünsche Ihnen alles Gute.«

»Jeremy hat uns erzählt, was Ihnen widerfahren ist, Sie
Ärmste.« Sie schüttelte mitleidig den Kopf. »Die Kriminalitäts-
rate in dieser Stadt ist absolut außer Kontrolle. Ich hoffe, Sie haben sich von dem schrecklichen Erlebnis erholt.«

»Ja, Ma'am. Danke schön«, erwiderte Melody und gab sich
große Mühe, ihre Mundwinkel an Ort und Stelle zu halten.

Jeremys Finger strichen Melodys Arm hinunter, und obwohl
sie wusste, dass er sie damit nur trösten wollte, erstarrte sie bei
der Berührung.

Er sah sie besorgt an, aber dann begrüßte Mr. Horvath sie,
und Jeremy war gezwungen, seine Aufmerksamkeit auf seinen
neuen Stiefvater zu richten.

»Geoffrey, das hier ist Melody Gage«, sagte Jeremy, als hätten sie sich nicht bereits kennengelernt. Was sie, rein theoretisch, auch nicht hatten.

»Herzlichen Glückwunsch«, sagte Melody und streckte ihm ihre Hand hin, als könnte sie sich nicht daran erinnern, Geoffrey Horvath in einem pinkfarbenen, seidenen Morgenmantel gesehen zu haben.

»Ich bin sehr erfreut, Sie kennenzulernen, Melody.« Er nahm freundlich ihre Hand in seine beiden. »Jeremy hat uns schon viel von Ihnen erzählt.«

Sie wollte nicht darüber nachdenken, was Jeremy seiner Familie wohl von ihr erzählt haben könnte. Sie konnte es sich schlicht nicht leisten.

Hannah stand neben Geoffrey und verdrehte die Augen, als sie ihren Bruder ansah. »Dass du es mal wieder geschafft hast, dich davor zu drücken, die Gäste zu begrüßen, indem du deine Freundin abgeholt hast.«

»Hannah, du erinnerst dich an Melody«, sagte Jeremy und grinste seine Schwester an.

»Ja, hi«, sagte Hannah, enthusiastisch wie immer.

»So was ist immer schlimm, oder?«, sagte Melody.

»Schlimmer als schlimm«, stimmte Hannah zu.

Befreit von ihren Pflichten, gingen Melody und Jeremy an die Bar, um sich für den Rest des Abends zu wappnen. Mit ihren Drinks in der Hand mischten sie sich ins Getümmel – das weniger ein Getümmel als vielmehr eine ziemlich steife und tödlich langweilige Angelegenheit war.

Jeremy schaltete seinen Charmemodus an, und Melody lächelte höflich und nickte. Die nächste halbe Stunde tat sie beinahe ohne Unterlass so, als interessierte sie sich für Jeremys Plaudereien mit der Führungsebene von Sauer Hewson. Man musste ihm zugutehalten, dass er immer wieder versuchte, sie in die Gespräche mit einzubeziehen, aber sie konnte einfach keine Begeisterung für dieses Spiel aufbringen. Immer, wenn Jeremy sie jemand Neuem vorstellte, war ihr sofort klar, was sie über sie dachten.

Es war nun mal eine allgemein anerkannte Wahrheit, dass eine alleinstehende Frau mit einem viel reicheren und erfolgreicheren Freund eine Goldgräberin sein muss. Die arrogante Missachtung und die wissenden Blicke aus Augenwinkeln, deren Ziel sie war, wenn die Leute hörten, wo sie arbeitete und was sie tat, sprachen Bände.

Möglicherweise war sie daher weniger überzeugend darin, so zu tun, als wäre sie interessiert an dem, was die Leute zu sagen hatten. Schließlich interessierte sich niemand unter ihnen wirklich für sie. Sie waren alle viel zu sehr damit beschäftigt, sich beim Sohn der Chefin einzuschleimen, als dass sie seiner Goldgräberfreundin besondere Beachtung geschenkt hätten.

Jeremy nannte sie stets nur *eine Freundin*, wenn er ihren Beziehungsstatus überhaupt erwähnte. Melody wusste, dass er das ihretwegen machte, um die Lüge nicht noch weiter zu verbreiten als unbedingt nötig. Aber das tat nichts zur Sache. Die Gäste würden ohnehin ihre eigenen Schlüsse ziehen, egal was er sagte.

Also scheiß auf sie. Melody klebte sich ein Fake-Lächeln ins Gesicht, schüttelte alle Hände, die sich ihr entgegenstreckten, und klinkte sich innerlich aus den Gesprächen aus, in denen es um Budgets, Gewinnprognosen und Managementpläne ging.

Es war fast, als befänden sie sich im Büro und nicht auf einem Hochzeitsempfang. Aus dem, was Melody über Angelica Sauer wusste, schloss sie, dass sie es vermutlich nicht anders gewollt hätte.

Es war eine Erleichterung, als die Langeweile endlich in Gestalt von Hannah unterbrochen wurde, die aus ihrer verhassten Position im Begrüßungskomitee entlassen worden war.

»Niemand gibt mir Champagner«, jammerte sie.

Jeremy zog eine Braue hoch. »Das liegt daran, dass Mom es den Kellnern verboten hat. Du hast sie schon mal hintergangen, deswegen ist sie vorsichtig.«

Hannah wandte sich mit großen, hoffnungsvollen Augen an Melody. »Du willst doch meine Freundin sein, oder?«

»Netter Versuch«, sagte Melody. »Ich werde auf keinen Fall riskieren, deine Mutter zu verärgern. Tut mir leid.«

»Bitte doch den Bartender, dir einen Shirley Temple zu machen«, schlug Jeremy vor.

Hanna kräuselte vor Abscheu die Nase. »Sehe ich aus wie acht?«

»Für mich wirst du immer acht Jahre alt sein, Shorty«, erwiderte Jeremy liebevoll.

Hannah verdrehte die Augen und trottete davon, vermutlich auf der Suche nach jemandem, der so dumm war, ihr ein Glas Champagner zu stibitzen.

Wieder kam ein Sauer-Hewson-Zampano auf Jeremy zu, aber Melody hatte Charlotte entdeckt. Sie stand allein am anderen Ende des Saals, und Melody entschuldigte sich hastig, bevor sie erneut in einer unsäglich langweiligen Unterhaltung feststeckte.

»Hi, Charlotte«, sagte Melody und tippte ihr auf die Schulter. Charlotte drehte sich um und lächelte sie an. »Du siehst viel fröhlicher aus als neulich.«

»Ja, es ist doch immer wieder erstaunlich, was es ausmacht, in den letzten Stunden nicht ausgeraubt worden zu sein. Übrigens noch einmal Danke, dass du in dieser Nacht so nett zu mir warst.«

»Ich bin nur froh, dass es dir gut geht.«

Melody schaute sich um. »Wo ist denn Drew?«

Charlotte machte eine Kopfbewegung zur entgegengesetzten Seite des Saals. »Der netzwerkt mit ein paar Leuten aus der Handelskammer. Bei diesen Veranstaltungen geht es immer nur ums Business.«

»Ja, das lerne ich auch gerade«, sagte Melody und seufzte.

Charlotte lächelte mitleidig. »Ich dachte, dass ich mit derlei Anlässen endlich durch wäre, als Jeremy und ich uns getrennt haben, aber jetzt, da ich Drew heirate, wird das wohl für immer zu meinem Leben gehören.«

Melody konnte nicht anders, sie musste zu Jeremy hinüberschauen, der gerade einem Trupp Sauer-Hewson-Managern die Hände schüttelte. »Andererseits ist es ein kleiner Preis, den du zahlen musst, oder? Für das Glück, meine ich.«

Charlottes Blick glitt zu Drew hinüber, der neben seinem Vater stand, und ihr Lächeln wurde weich. »Verdammt richtig.«

Melody fragte sie nach ihren Hochzeitsplänen, und Charlotte setzte zu einem Monolog über die Schwierigkeiten an, Blumen, eine Torte und Brautjungfernkleider auszusuchen, bis das Streichquartett verstummte und Jeremy in die Mitte des Raums trat, um die Gäste um ihre Aufmerksamkeit zu bitten.

Inzwischen war Drew neben Charlotte aufgetaucht und nickte Melody kurz zu. Etwas an dieser Begrüßung kam ihr merkwürdig betont vor, und sie fragte sich, ob Jeremy ihm wohl gesagt hatte, dass ihre Beziehung nicht echt war. Sie hoffte, dass das nicht bedeutete, dass auch Charlotte es wusste, sonst käme sie sich wirklich dumm vor.

Jeremy stellte sich als talentierter Redner heraus, was angesichts seines natürlichen Charmes nicht besonders überraschend war. Er schaffte es, lustig und warmherzig zu wirken, ohne übermäßig sentimental zu klingen. Seine kleine Rede war so perfekt darauf ausgerichtet, seiner Mutter zu gefallen, dass sich Melody kurz fragte, ob Angelica Sauer sie vielleicht selbst geschrieben hatte. Was kein besonders großzügiger Gedanke war, aber sie fühlte sich heute auch nicht sonderlich großzügig.

Als Mr. Horvath eine kleine Rede voll sorgsam ausgesuchter Plattitüden auf seine Braut hielt, schaltete Melody innerlich ab. Sie schaute zu, wie die Bläschen in ihrer Champagnerflöte nach oben stiegen, und versuchte zu berechnen, wie lange sie noch bleiben mussten.

Erst würde natürlich die Hochzeitstorte angeschnitten werden. Dann musste vermutlich getanzt werden. Aber wie lange? Eine Stunde? Zwei? Viele der Gäste waren recht betagt, vielleicht würde die Party ja schnell zu Ende gehen.

Bestenfalls hatte sie schon die Hälfte dieses elenden Abends hinter sich. Dann konnte Jeremy sie nach Hause fahren, und sie würde so etwas nie wieder tun müssen. Nie mehr vorgeben, etwas zu sein, was sie heimlich so sehr wollte, oder diese spezielle Leere in der Magengrube spüren.

Charlotte stupste sie an, und sie schaute auf. Angelica Sauer hatte begonnen zu sprechen, und Melody erkannte, dass sie sie direkt ansah. Panik stieg in ihr auf.

»Es ist mein größter Wunsch«, sagte Mrs. Sauer jetzt, »dass meine Kinder so viel Glück mit ihren Partnern finden, wie ich es mit meinem gefunden habe.« Sie hob ihr Glas in Richtung Melody, um sich dann zu Jeremy umzuwenden und ihm einen Kuss auf die Wange zu geben.

»Ich fasse es nicht. Die Eiskönigin mag dich tatsächlich«, flüsterte Charlotte.

Drew hob seine Champagnerflöte und sah Melody dabei an. »Ich bin mir ziemlich sicher, dass das gerade zum ersten Mal passiert. Ich habe keine Ahnung, wie du das hinbekommen hast, alle Achtung.«

Melody versuchte zu lächeln, aber sie hatte immer noch dieses flaue, unangenehme Gefühl, das sie sonst nur bekam, wenn sie versuchte, im Auto zu lesen. Das hier war alles so falsch. Jeremys Freunde und Familie sollten sie nicht so behandeln, als gehörte sie zu ihnen. Es war doch alles eine Lüge.

Sie trank ihr Champagnerglas aus. Das Brautpaar schnitt die Torte an, und Melody entschuldigte sich, kaum dass das Jazztrio, das das Streichquartett ersetzt hatte, den ersten Tanz ankündigte.

Sie hatte geglaubt, mit der Sache zurechtzukommen, aber sie hatte sich getäuscht. Es war einfach zu viel. Es war, als flöge man zu nah an der Sonne, in dem Wissen, dass einem jede Sekunde die Flügel schmelzen konnten.

Sie versteckte sich ein paar Minuten auf der Damentoilette, bis ihr Herz wieder ruhiger schlug. Aber sie konnte sich nicht die ganze Zeit hier verkriechen, also frischte sie ihren Lippenstift auf, atmete tief durch und machte sich daran, sich wieder ins Getümmel zu stürzen.

Jeremy tanzte inzwischen mit seiner Mutter zu »Unforgettable«, während Hannah mit Geoffrey ein Paar bildete. Melody schaute von der Tür zur Damentoilette aus zu, wie sie die Partner tauschten und Jeremy die kichernde Hanna über die Tanzfläche wirbelte.

Drew und Charlotte tanzten inzwischen ebenfalls. Charlotte strich Drew übers Haar, und er küsste sie, langsam und innig, ohne darauf zu achten, wer sie beobachtete. Ihre Liebe war so schmerzhaft mitanzusehen, dass Melody sich abwenden musste.

Sie wünschte sich das, was die beiden hatten, so sehr, und sie würde es nie bekommen – zumindest nicht mit Jeremy.

Sie sollte nicht hier sein. Sie gehörte nicht hier hin. Sie war eine Hochstaplerin, eine Zuschauerin.

Sie drehte sich auf dem Absatz um, verließ den Ballsaal und ging den Flur entlang, der zur Bibliothek führte. In der Bibliothek war es wunderbar still und einsam, also blieb sie dort und bewunderte die Ölgemälde an den Wänden.

Bis Jeremy sie zehn Minuten später fand.

»Hey«, sagte er. »Ich habe dich gesucht.« Er streichelte ihr über den Arm, und sie bekam eine Gänsehaut.

»Tut mir leid«, murmelte sie. »Ich brauchte eine kurze Pause von der Party.«

Er runzelte die Stirn und drückte ihre Hand. »Alles okay?«

Sie zwang sich zu einem Lächeln. »Ja. Klar.«

»Wollen wir tanzen?«, fragte er und zog an ihrer Hand.

Ihre Schultern sackten nach vorn, und sie ließ es zu, dass er sie wieder in den Ballsaal führte. Sie konnte nicht Nein sagen – es würde nicht gut aussehen, wenn sie nicht tanzten –, aber sie fürchtete sich davor, dass er seine Arme um sie schlang. Wie sollte sie ihm in die Augen sehen und gleichzeitig verhindern, dass er sie durchschaute?

Die Band spielte »Can't Help Falling in Love«, es war fast wie ein grausamer Scherz. Jeremy führte sie zur Tanzfläche, aber statt ihre Hand zu halten, wie er es beim letzten Mal getan hatte, als sie getanzt hatten, schlang er beide Arme um ihre Taille und zog sie an sich.

Melody versteifte sich kurz, weil die plötzliche Nähe sie überrumpelte, dann schlang sie ihrerseits ihre Arme um seinen Hals. Jeremy hielt sie fest und wiegte sich mit ihr zur Musik, und es fühlte sich eher wie eine Umarmung als wie ein Tanz an.

Es war die reinste Folter.

Mit jedem Atemzug nahm sie seinen Duft in sich auf, und ihr wurde schwindelig davon. Sie legte ihren Kopf an seine Brust, um ihn nicht ansehen zu müssen. Wenn sie noch eine Sekunde länger in diese perfekten blauen Augen schaute, würde sie womöglich ertrinken.

Es war so unfair, dass sie einen Kloß im Hals bekam. Sie befand sich mitten in diesem vollkommenen Augenblick, Jeremy hatte seine Arme um sie geschlungen, seine Wange lag warm und etwas kratzig an ihrer Schläfe, und doch war alles nur eine Lüge.

Nichts davon war echt. Nichts davon gehörte ihr. Sie war nur ein Platzhalter, bis ein besseres Mädchen kam.

Sobald der Song endete, wand sich Melody aus seiner Umarmung.

»Wo willst du hin?«, fragte Jeremy.

»Ich brauche frische Luft«, sagte sie, ohne sich umzusehen.

Sie ging zu den Terrassentüren, die in den Garten führten, folgte dem Kiesweg und blieb nicht stehen, bis sie vor einem Brunnen auf einer treppenartigen Erhöhung am Rand des Rasens ankam.

Es war eine bewölkte Nacht, weshalb sich keine Sterne in der Wasseroberfläche spiegelten, nur ein paar angelaufene Münzen schimmerten in den trüben Tiefen. Lange vergessene Wünsche, vielleicht von Hannah oder einem jüngeren Jeremy. Bei ihrem Anblick schmerzte Melodys Herz.

Sie hörte Schritte auf dem Kies hinter sich knirschen und schloss die Augen.

»Hey«, rief Jeremy. »Melody?« Seine Hand schloss sich um ihren Arm. »Was ist los mit dir?«

Sie zwang sich, ihn anzusehen. »Nichts.«

»Wirklich? Weil du schon den ganzen Abend von mir genervt zu sein scheinst. Habe ich dich irgendwie verärgert?«

Sie schüttelte den Kopf. »Nein, das ist es nicht.«

»Was ist es dann? Du hast ja ziemlich deutlich gemacht, dass du nicht hier sein willst.«

Er war wütend auf sie, und sie konnte es ihm nicht verübeln. Sie war eine schreckliche Begleitung gewesen. Aber sie *wollte* nicht hier sein und konnte ihm auch nicht sagen, warum.

»Ich bin es leid, allen etwas vorzuspielen«, sagte sie und schlang die Arme um ihren Oberkörper, weil die Nachtluft plötzlich kühl war.

Etwas verdunkelte sein Gesicht. »Herrje. Es tut mir so leid, Melody. Ich schwöre, ich bitte dich nie wieder, so zu tun, als hättest du Gefühle für mich. Ich hatte ja keine Ahnung, wie schwer es dir fallen würde.«

Mist.

Jetzt hatte sie ihn verletzt, und das war das Letzte, was sie wollte.

»Das ist es nicht«, sagte sie verzweifelt. »Du verstehst es überhaupt nicht.«

Er biss die Zähne zusammen. »Dann erklär es mir. Bitte.«

»Jeremy, ich ...« Sie wusste nicht, wie sie es ausdrücken sollte. Sie wusste nicht, ob sie überhaupt in der Lage war, es auszusprechen. Es war, als stünde sie auf einem schmalen Felsvorsprung mit nichts als der gähnenden Dunkelheit unter sich. Sie hatte zu viel Angst davor, zu fallen, und konnte sich nicht rühren.

»Ja?«

Melody sog zittrig die Luft ein und wagte einen Schritt ins Ungewisse. »Ich habe es nicht satt, so zu tun, als hätte ich Gefühle für dich. Ich habe es satt, so zu tun, als hätte ich keine.«

Jeremy öffnete den Mund und schloss ihn wieder. »Was?«, fragte er dann, und es war nicht mehr als ein Flüstern.

Jetzt, da sie so weit gegangen war, konnte sie nicht mehr zurück. »Ich will nicht auf ein Fake-Date mit dir gehen, Jeremy, sondern auf ein echtes.«

Er wirkte verblüfft, als wisse er nicht, was er sagen solle. Als wisse er nicht, wie er ihr beibringen solle, dass er ihre Gefühle nicht erwiderte.

Die Demütigung strich mit eisigen Fingern ihren Rücken hinunter. Sie hätte nichts sagen dürfen. Sie hatte *alles* ruiniert. Jetzt, da er wusste, was sie fühlte, würden sie keine Freunde mehr sein können. Natürlich würde er so tun, als sei das nicht der Fall, aber sie wusste genau, wohin das hier führen würde. Er würde beginnen, sich von ihr zu distanzieren. Sich von ihr zurückzuziehen. Bald würde er keinen Kontakt mehr wollen.

Sie würde ihn verlieren.

KAPITEL DREIUNDZWANZIG

Es war das wohl schlimmste Gefühl der Welt, praktisch nackt dazustehen und zu wissen, dass Jeremy ihre Gefühle nicht teilte. Wenn sie doch nur den Mund gehalten hätte.

Melody blickte auf den Kiesweg unter ihren Füßen und wünschte sich inständig, er möge sich auftun und sie verschlucken. Warum gab es keinen Treibsand, wenn man ihn brauchte? Die Trickfilme, die sie als Kind geschaut hatte, hatten immer den Eindruck erweckt, es gäbe im Leben deutlich mehr Treibsand. Oder überhaupt welchen. Sie dagegen hatte bisher nur metaphorischen Treibsand erlebt.

»Melody.« Jeremys Tonfall klang angespannt, so als bringe er kaum noch ihren Namen über die Lippen.

Sie wollte das, was kommen würde, gar nicht hören. Sie wollte sich die Ohren zuhalten und weglaufen. Oder sich wie ein Erdhörnchen unter dem Rasen einbuddeln und verstecken. Sie würde alles dafür geben, nicht hier stehen und Jeremy zuhören zu müssen, wie er ihr erklärte, dass er sie mochte, aber nur als platonische Freundin. Dass sie ihm wichtig sei, aber eben nicht wichtig *genug*. Nicht so, wie sie es sich von ihm wünschte.

Sie wollte nicht sanft losgelassen werden, sie wollte in die Sonne geschleudert werden.

»Was hast du denn gedacht, warum ich dir damals angeboten habe, deinen Fake-Freund zu spielen?«, fragte er.

Was hatte das denn – warum fragte er sie das? Melody hob ratlos die Hände. »Ich weiß es nicht. Weil ich dir leidgetan habe?«

Er atmete tief aus. »Du hast mir nicht leidgetan. Ich wollte dir nah sein.«

Sie schaute zu ihm hoch und blinzelte langsam, wie eine dieser Eulen im Tierfilm. »Du wolltest mir nah sein?«, wiederholte sie verblüfft.

Er lachte unsicher auf und schüttelte den Kopf. »Ja.«

»*Und warum hast du mich dann nicht gefragt, ob wir miteinander ausgehen wollen?*«, schrie sie, weil es ihr inzwischen egal war, ob irgendwer zuhörte.

Er fuhr sich mit der Zunge über die Unterlippe. »Ich dachte, du würdest ablehnen.«

Ihr blieb der Mund offen stehen. »Du bist Jeremy Sauer, einer der begehrtesten Typen des Landes! Du bist mit Models und Schauspielerinnen ausgegangen! Und du hast Angst davor gehabt, *mich* zu fragen, ob ich mit dir ausgehe?« Das war wirklich der größte Unsinn, den sie je gehört hatte. Sie hätte gelacht, wenn ihr nicht so sehr zum Weinen zumute gewesen wäre.

Er zog den Kopf ein. »All das, womit ich Frauen beeindrucken kann, funktioniert bei dir nicht. Du durchschaust mich.«

»Nun ja, das stimmt«, gab sie zu und verbiss sich ein Lächeln.

Er machte einen Schritt auf sie zu. Seine Augen waren groß und glitzerten im Mondlicht. »Ich hätte wirklich nicht gedacht, dass du mich auf diese Weise magst.«

»Hab ich auch nicht«, sagte sie. »Bis ich es dann irgendwann doch getan habe.« Sie fühlte sich, als würde sie fallen. Als drehte sich alles. Als bewegten sich die tektonischen Platten unter ihr. Sie war sich nicht mehr sicher, ob sie überhaupt noch aufrecht stand.

Jeremy machte noch einen Schritt auf sie zu und legte die Hände auf ihre Schultern. »Ich werde dich jetzt küssen«, sagte er leise und sehr ernst.

Melody versuchte, den Kloß in ihrer Kehle herunterzuschlucken und nickte. Nachdrücklich.

Er neigte den Kopf, so dass seine Lippen nur noch Zentimeter von ihren entfernt waren, und dort verharrte er, gerade eben außer Reichweite, und das war kaum zu ertragen. »Nur dass wir uns einig sind«, murmelte er, und sein Atem kitzelte ihre Lippen, »das hier ist nicht fake. Es ist echt.«

Ihre Augen schlossen sich flatternd, als seine Lippen endlich ihre berührten. Sein Mund war so warm wie der Sommer, und er schmeckte wie ein Heimkommen nach einem langen Tag.

Es war ein vollkommener Kuss, wie aus einem Märchen oder aus dem Film *Die Braut des Prinzen* nach dem Roman von William Goldman. Zärtlich, aber mit einer Art elektrischer Spannung, dass sogar ihre Zehen prickelten. Nur, dass er so viel besser war als im Märchen, weil sie ihn erlebte, weil er *echt* war.

Bevor sie es verhindern konnte, begann sie an seinem Mund zu kichern, was ihren vollkommenen Kuss abrupt beendete.

Er wich mit gerunzelter Stirn von ihr zurück, um sie anzusehen.

»Tut mir leid«, keuchte sie und griff nach seinem Kragen, damit er sich nicht ganz von ihr löste. »Es ist nur ... all die Zeit? Wir sind so dumm.«

Er lächelte, schlang die Arme um sie und drückte ihr einen Kuss auf den Scheitel. »Immerhin haben wir es endlich geschafft.«

Sie kuschelte sich an seinen Hals und ... atmete ihn ein. »Gott sei Dank.«

»Warte mal.« Er ließ sie los und trat einen Schritt zurück. »Ich muss das hier richtig machen.«

»Was denn?«

»Melody«, sagte er und nahm ihre Hände in seine. »Willst du mein Date für die Hochzeit meiner Mutter sein?«

Sie lachte erneut. »Ich bin doch schon dein Date für die Hochzeit deiner Mutter!«

»Aber ich will, dass es ein echtes Date ist. Offiziell. Kein So-tun-als-ob mehr.«

»Ja.« Sie lächelte so breit, dass ihre Wangen schmerzten. »Ich wäre sehr gern dein echtes Date.«

Jeremys Blick glitt zu ihrem Mund. Dann küsste er sie erneut, und an diesem Kuss war absolut gar nichts zart. Er war hungrig und grob und ... wow.

Ihre Hände fuhren von ganz allein über seinen Körper, bis – ja, *tatsächlich* drückte sie diesen großartigen Hintern, der sie schon seit Monaten verhöhnt zu haben schien. Er stöhnte an ihrem Mund, und sie wäre am liebsten an ihm hochgeklettert, aber das ging in diesem Kleid so überhaupt nicht – dieser blöde, enge Rock! –, und außerdem befanden sie sich nur wenige Meter vom Hochzeitsempfang seiner Mutter entfernt, das war also vermutlich nicht die allerschlauste Idee.

Jeremy löste sich von ihr und legte seine Stirn an ihre. Er atmete schwer.

»Gibt es irgendeine Möglichkeit, schnell von hier zu verschwinden?«, fragte sie, ohne die Hand von seinem Hintern zu nehmen.

Er kniff die Augen zu. »Das geht nicht. Ich wünschte, ich könnte – verdammt, du hast keine Ahnung, wie sehr ich mir das wünsche. Aber ich glaube, meine Mutter würde einen Auftragskiller auf mich ansetzen, wenn ich mich jetzt aus dem Staub mache.« Er öffnete die Augen. »Es sei denn ... du möchtest vielleicht eine Krankheit vortäuschen?«

»Auf keinen Fall«, sagte sie. »Keine Lügen mehr. Wenn wir hierbleiben müssen, dann bleiben wir hier.«

Er strich mit dem Daumen über ihren Kiefer und küsste sie – nur einmal, ganz leicht, als hätte er Angst, sich sonst nicht mehr bremsen zu können. Was vermutlich eine weise Entscheidung war. Denn so, wie er sie gerade ansah, hätte sie ihn am liebsten ins Gebüsch gezogen und ihn besprungen, ob sie sich nun auf einem Hochzeitsempfang befanden oder nicht.

»Tanzt du noch mal mit mir?«, fragte er.

Melody wäre lieber geblieben, wo sie gerade waren, und hätte weiter mit ihm geknutscht, aber Tanzen klang auch gut – und vor allem sicherer –, also nickte sie und ließ zu, dass er sie zum Ballsaal zurückführte.

Seine Arme schlangen sich um ihre Taille, kaum dass sie auf die Tanzfläche traten, und sie ließ sich gegen seine Brust sinken, unglaublich glücklich. Das Jazz-Trio spielte »Our Love is Here to Stay«, und das Lied kam ihr wie ein Zeichen vor, ein Versprechen für das, was kommen würde.

»Geht mal nicht so ran! Lasst wenigstens ein bisschen Platz zwischen euch für den Heiligen Geist«, neckte sie Drew, als er mit Charlotte an ihnen vorbeitanzte.

Jeremy zeigte ihm den Mittelfinger und zog Melody noch näher an sich heran.

»Wollen wir eine Pause machen?«, fragte er nach zwei weiteren Songs an ihrem Haar.

»Nein«, seufzte sie. »Mir geht's gut.« Aber dann machte sie sich plötzlich Sorgen, ob *er* vielleicht müde war. »Ich meine, es sei denn, du willst eine Pause machen? Ich kann absolut eine Pause machen, wenn du willst. Ich bin nicht generell gegen Pausen, wenn ...«

»Melody«, unterbrach er sie lächelnd. »Ich will keine Pause machen. Ich liebe es, dich in meinen Armen zu halten.«

»Okay, gut«, sagte sie und kuschelte sich wieder an ihn. »Weil ich es nämlich liebe, in deinen Armen zu liegen, da passt das ja ziemlich gut.« Sie hätte ewig so bleiben können. Abgesehen von ... na ja, abgesehen von der Tatsache, dass sie nicht zu Hause bei ihr waren und Sex hatten, solange sie hier waren, denn das war es, was sie *in Wirklichkeit* wollte.

Himmel.

Sie würde heute Nacht Sex mit Jeremy haben.

Zumindest ... nahm sie an, dass sie Sex haben würden. Es sei denn, er hatte irgendwelche ritterlichen Vorstellungen davon, dass sie erst eine völlig willkürliche Anzahl an Dates hinter sich gebracht haben mussten. In diesem Fall würde sie ihm das sofort ausreden müssen. Weil es nämlich quatsch war.

Sie hatten schließlich schon miteinander geschlafen. Sie wollte es nur wiederholen. Und zwar bald. Sehr bald. Es bestand nämlich die reale Gefahr, dass sie in Flammen aufging, wenn sie ihn nicht in den nächsten paar Stunden nackt unter oder über sich hatte.

»Melody?«, fragte Jeremy. »Alles in Ordnung mit dir?«

Sie schaute zu ihm hoch.

»Ja ... warum?«

»Du zitterst irgendwie.«

»Oh. Ups.« Das hatte sie nicht gewollt. Es war die Folge davon, dass sie an Jeremy ohne Klamotten dachte, während er sie in den Armen hielt. »Ähm, vielleicht wäre ein Drink ganz gut, wenn ich es mir genau überlege.«

Er führte sie zur Bar, ohne ihre Hand loszulassen. »Einen Scotch bitte und ein Glas Rotwein«, sagte er zum Bartender. Er wandte sich wieder an Melody. »Bist du dir sicher, dass es dir gut geht?«

»Alles gut«, versprach sie und stellte sich auf die Zehenspitzen, um seine Wange zu küssen. Wie irre war es, dass sie das jetzt tun durfte? Wann immer sie wollte? Und es ihm offenbar auch noch gefiel? Sie schüttelte den Kopf und lächelte ihn an. »Ich dachte gerade ...« Sie machte den Mund schnell wieder zu, als der Bartender ihre Drinks auf die Theke stellte.

»Was denn?«, wollte Jeremy wissen, der ihr den Wein reichte.

Melody wartete, bis er seinen Scotch in der Hand hatte, dann zog sie ihn in eine Ecke, in der sie ungestört waren. Sie beugte sich zu ihm, stellte sich erneut auf die Zehenspitzen und flüsterte ihm ins Ohr: »Ich dachte gerade daran, wie es wohl wäre, dich auszuziehen.«

Er riss die Augen auf, legte seine freie Hand in ihren Nacken und küsste sie – direkt hier mitten auf der Party, umgeben von seiner Familie, den Kollegen und allen anderen. Und es war nicht gerade ein unschuldiger Kuss.

»Wow, Cowboy«, sagte sie und schob ihn lächelnd von sich. »Nicht hier.«

»Hey«, murmelte er leise und eindringlich, »wir können vielleicht noch nicht abhauen, aber wir sollten doch unsere Besichtigungstour durch das Haus fortsetzen. Ich habe dir letztes Mal gar nicht mein Zimmer zeigen können.« Er wackelte vielsagend mit den Brauen.

Es war einfach zu süß, dass er sie wie ein Teenager in sein Kinderzimmer einlud. Sie musste lachen. »Jeremy Sauer, versuchst du gerade, mich in dein Zimmer zu locken?«

»Vielleicht.« Er grinste. »Funktioniert es denn?«

»Ja.« Sie lachte erneut. »Ja, ja, ja.«

KAPITEL VIERUNDZWANZIG

Sie gingen auf verschlungenen Wegen nach oben, nahmen eine der Hintertreppen, damit sie niemand dabei erwischte, wie sie die Party verließen. Jeremy führte sie durch ein wahres Labyrinth an Fluren, bis er vor einer verschlossenen Tür stehen blieb, die haargenau so aussah wie alle anderen verschlossenen Türen, an denen sie vorbeigekommen waren.

Bevor Melody fragen konnte, ob das sein Zimmer war, drückte er sie schon gegen die Tür und küsste sie heftig. Seine Hände waren auf ihren Schultern, pressten sie gegen das Holz, und sie musste sich an ihm festkrallen, damit ihre Knie nicht nachgaben. Er griff hinter sie, um die Klinke herunterzudrücken, und sie fielen beinahe ins Zimmer, aber seine starken Arme hielten sie fest. Er trat die Tür zu.

Als sich ihre Münder voneinander lösten, rang sie nach Atem, dann schaute sie sich um und keuchte auf. Denn dieses Zimmer? War vollkommen irre.

Es hatte einen Kamin. Und ein Sofa. Und einen Kronleuchter. Und? Und es war absolut riesig.

»Das ist dein Zimmer?«, fragte sie und drehte sich mit offenem Mund um ihre eigene Achse. »Du weißt schon, dass es größer ist als die meisten Wohnungen, in denen ich je gewohnt habe, oder?«

Statt einer Antwort küsste er sie erneut. Sie ließ ihre Finger über seine Brust und seinen Bauch nach unten gleiten, bis sie den Knopf seines Smokingjacketts fand. Als sie es geöffnet hatte, schob sie das Jackett von seinen Schultern, und er ließ sie los, um es abzuschütteln und auf einen Stuhl zu werfen. Er trug Hosenträger darunter, und sie wusste nicht genau, warum, aber der Anblick machte etwas mit ihr – er in einem frischen weißen Hemd und mit Hosenträgern.

Melody schmiegte sich wieder an ihn und zog seinen Kopf zu sich herunter, um ihn zu küssen. Seine Hände legten sich auf ihren Hintern und drückten ihre Hüften fest an sich. Wenn sie nur nicht diesen verdammt engen Rock anhätte, sie hätte ihn angesprungen und die Beine um seinen Körper geschlungen.

Stattdessen strich sie über seinen Bauch, der verboten flach und fest war. Sie zog an seinem Hemd, musste seine Haut auf ihrer spüren. Das Stöhnen, das sich seiner Kehle entrang, als ihre Finger seine nackte Haut berührten, machte den Drang nur noch heftiger.

Aber als sie an seinem Hosenknopf nestelte, löste er sich von ihr, hielt ihre Hände fest und löste sie von seiner Hose. »Melody, das geht nicht. Wir müssen in ein paar Minuten wieder auf der Party sein.«

»Ich kann schnell sein. Sehr, sehr schnell.«

»Die Sache ist die«, sagte er leise und ernsthaft – und *oh*, wie er sie ansah war überwältigend –, »ich will es richtig machen. Und das hier ...« – er wies mit der Hand in den Raum – »... ist nicht richtig. Du verdienst so viel mehr als einen Quickie, und ich will dir alles geben. Lässt du mich das tun?«

»Na gut«, sagte sie. »Obwohl es mir wirklich schwerfällt.« Er presste die Lippen aufeinander, um sich ein Lachen zu verkneifen, und sie stöhnte. »O Mann, du bist kindisch. Na los, lach mich aus.«

Statt zu lachen, legte er seine Stirn an ihre und streichelte ihre Wange.

»Wir können aber wenigstens knutschen, oder?«, fragte sie.

Da lachte er doch und zog sie aufs Bett, das riesig war und aussah, als sei es eigens dafür gebaut, dass Könige darauf Jungfrauen deflorierten. Er setzte sie neben sich auf die Bettkante.

Dann legte er ihre Beine auf seinen Schoß, und sie knutschten wie zwei Teenager. Es war eine gute, altmodische Knutscherei, wie sie sie seit der Highschool nicht mehr erlebt hatte. Die Sorte Knutscherei, die man nicht mehr hatte, wenn man Sex hatte. Sie hatte vergessen, wie schön es sein konnte, sich nur zu küssen und es wirklich zu genießen, weil man keine Eile hatte, zum nächsten Schritt überzugehen.

Schließlich schob Jeremy sie von seinem Schoß und legte sie sanft aufs Bett, um ihren Hals küssen zu können. Melody krallte ihre Finger in sein Haar und spürte, dass es sich tatsächlich anfühlte wie Samt.

Aber jetzt, da ihr Mund nichts mehr zu tun hatte, begann ihr Hirn zu arbeiten. In sehr kurzer Zeit war sehr viel passiert, und sie hatte noch keine Gelegenheit gehabt, alles zu verdauen. Jetzt, da Jeremy sie küsste, verfolgte ihr Hirn sein eigenes Programm. Und das Problem war, wenn sie über etwas nachdachte, konnte sie nicht anders, als darüber zu sprechen, weil der Filter zwischen Hirn und Mund bei ihr leider defekt war.

»Also, als du mich damals geküsst hast ...«, sagte sie, als Jeremy sich in ihren Ausschnitt hineinleckte.

»Hmmm?«, murmelte er zwischen ihren Brüsten.

»Vor meiner Wohnung, als meine Mom aus dem Fenster zugeschaut hat.«

Er stöhnte. »Willst du jetzt allen Ernstes über deine Mom sprechen?«

»Als du mich an jenem Abend geküsst hast«, fuhr sie unverdrossen fort, »war das echt oder fake?«

Er hörte auf, ihre Brüste zu küssen, und stützte sich auf den Ellenbogen. »Das war echt«, sagte er und runzelte die Stirn. »Natürlich war das echt. Das musst du doch gemerkt haben.«

»Ich weiß es doch nicht! Ich dachte ...« Sie schüttelte den Kopf. »Du hast mich geküsst und bist einfach gegangen. Und du hast am nächsten Tag nichts dazu gesagt, daher dachte ich, dass du vielleicht all deine Fake-Freundinnen so küsst.«

Er lächelte. »Wie viele Fake-Freundinnen glaubst du denn, dass ich habe?«

»Ich weiß nicht einmal, wie viele richtige Freundinnen du hast.«

Er beugte sich herunter, um ihr Brustbein zu küssen. »Eine.« Sie schob ihn von sich. »Was?«

Er lachte und tippte ihr mit dem Zeigefinger auf die Nasenspitze. »Dich, Melody. Du bist es.«

Ihr Magen schlug einen doppelten Salto und drehte sich am Ende noch einmal auf links. »Du willst, dass ich deine Freundin bin?«

»Natürlich will ich das.« Er beugte sich vor, um sie zu küssen.

»Warte«, sagte sie, weil sie doch nicht einfach so glücklich sein konnte.

Er hörte sofort auf, sie zu küssen.

»Da gibt es keine anderen Frauen?«, fragte sie. »Wirklich?«

Sein Gesicht war ganz ernst. »Frag mich, was du wirklich wissen willst.«

Sie setzte sich auf und strich sich eine Haarsträhne hinters Ohr. »Ich dachte nur – ich habe angenommen ... du bist mit anderen Frauen ausgegangen. Ich meine, das ist natürlich völlig in Ordnung, wir waren ja nicht wirklich zusammen. Und du bist ... du weißt schon, du bist *du*, daher bist du vermutlich nicht enthaltsam gewesen, seit Lacey und du euch getrennt habt.«

»Doch, das war ich tatsächlich.«

Sie runzelte verwirrt die Stirn. »Du warst mit anderen Frauen zusammen, oder ...«

»Ich war enthaltsam. Ich war seit Lacey mit keiner anderen Frau mehr zusammen.«

»Wirklich?« Es hörte sich ungläubiger an, als sie es gemeint hatte.

Er senkte den Blick. »Autsch.«

»Nein ...« Sie legte die Finger um sein Handgelenk und drückte es, bis er den Blick wieder hob. »So meinte ich das nicht ... ich habe nur ... ich habe die Bilder online gesehen.«

Er sah sie verständnislos an. »Bilder?«

»Die *America's Next Topmodel*-Kandidatin?«

»Ach die.« Er verdrehte die Augen. »Da war nichts. Glaub mir.«

»Ihr saht aber ziemlich vertraut aus zusammen.«

Er presste die Lippen aufeinander und schüttelte den Kopf. »Ja, okay, ich bin auf ein paar Dates gegangen, weil ich dachte, bei dir hätte ich sowieso keine Chance. Ich habe versucht, über dich hinwegzukommen. Aber keins dieser Dates hat irgendwohin geführt, weil diese Frauen einfach nicht mit dir mithalten konnten. Was du auf den Bildern gesehen hast, war dann auch alles. Mehr war da nicht.«

Melody biss sich auf die Unterlippe. »Okay.«

Jeremy sah sie traurig an. »Du glaubst mir nicht.«

Sie wollte ihm glauben. Sie ärgerte sich selbst darüber, dass sie ihn nicht einfach beim Wort nehmen konnte. Sie fand es nicht mal wichtig, ob er seit der Trennung von Lacey mit anderen Frauen geschlafen hatte oder nicht – aber sie wollte nicht, dass er sie deswegen anlog. Ein kleiner Teil von ihr fürchtete sich davor, auf denselben untreuen Typen hereinzufallen, der er vor drei Jahren gewesen war.

»Ich bemühe mich«, sagte sie ehrlich. »Ich bemühe mich wirklich.«

Sein Mund verzog sich. »Das habe ich wohl verdient.«

»Vielleicht auch nicht«, sagte sie und nahm seine Hände in ihre. »Aber ich weiß es nun einmal nicht genau. Wir waren – ich weiß eigentlich gar nicht, was wir genau waren. Freunde von der Arbeit? Und auf gewisse Weise kenne ich dich ganz gut. Aber andererseits gibt es da große Teile deines Lebens, von denen ich keine Ahnung habe. Ich weiß nicht, wie oft und mit wem du ausgehst. Ich weiß nicht, was du in deiner Freizeit tust oder wie du deine Wochenenden verbringst. Ich weiß nicht einmal, ob du abgesehen von Drew noch andere Freunde hast.«

»Du hast recht.« Er hob ihre Hand an die Lippen und küsste sie. »Ich habe dich von mir ferngehalten«, sagte er und streichelte mit dem Daumen ihr Handgelenk, »weil ich mich vor dem gefürchtet habe, was passieren würde, wenn ich mehr Nähe zuließ. Die Wahrheit ist, dass ich nicht mehr aufhören konnte, an dich zu denken, seit du zurück in mein Leben gekommen bist. Aber da war ich noch mit Lacey zusammen ...«

Melody schluckte und senkte den Blick.

Jeremy drückte ihre Hand. »Und dann war ich nicht mehr mit ihr zusammen und endlich frei, mich dir zu nähern, aber ich wusste einfach nicht, wie ich die Entfernung überbrücken sollte, die ich zwischen uns aufgebaut hatte. Und außerdem hattet ihr euch inzwischen angefreundet, das hat es noch schwieriger gemacht. Ich hatte Angst davor, dir zu sagen, wie es wirklich um meine Gefühle steht. Ich hatte Angst, dass du mich nicht so magst, wie ich dich. Also habe ich versucht, cool zu tun, weil ich feige war. Aber ich kam einfach nicht von dir los. Deswegen bin ich ständig bei dir im Büro vorbeigekommen.«

Er hielt inne, und Melody zwang sich, ihn anzusehen. Seine Augen waren dunkel und ernst, und sie wollte ihn erneut küssen, aber das hier war einfach zu wichtig. Es gab Dinge, die sie einander sagen mussten. Sie hatten ihre Gefühle so lange voreinander verborgen, dass sie jetzt die Türen weit aufreißen und das Licht hereinlassen mussten.

Er schluckte und fuhr mit unsicherer Stimme fort. »Die wenigen Minuten, die ich mit dir verbracht habe, waren immer der Höhepunkt meines Tages. Bei dir hatte ich das Gefühl ...« Er unterbrach sich und schaute in seinen Schoß, um ihrem Blick auszuweichen. »Ich habe das Gefühl, ich selbst sein zu können, wenn ich in deiner Nähe bin. Dann denke ich, dass ich vielleicht gar nicht so schlimm bin.«

»Jeremy«, flüsterte sie, aber er drückte erneut ihre Hand und redete weiter.

»Ich hatte Angst, dass ich dir irgendwann auf die Nerven gehe, daher habe ich versucht, nicht allzu oft zu kommen, und ich wollte mich wirklich damit zufriedengeben, nur dein Freund sein zu können. Ich habe versucht, mir nicht mehr zu erhoffen. Aber als ich dich damals geküsst habe ...« Sein Blick fand ihren, und er fuhr sich mit der Zunge über die Unterlippe. »Ich habe jede einzelne Sekunde dieses Kusses genau so gemeint, Melody.«

Sie hörte seine Worte, und ihr Herz hämmerte gegen ihren Brustkorb, als hätte sie eine Panikattacke. Aber es war keine Panik, die sie spürte. Es war Euphorie.

»Ich will dich in meinem Leben – ganz. Wenn du es auch willst.«

»Ja, das will ich, Jeremy. Ich will es.« Ihre Stimme brach.

Er nickte langsam. »Du kannst mich alles fragen. Absolut alles, was du wissen willst. Frag mich, und ich sage dir die Wahrheit. Keine Lügen mehr. Keine Geheimnisse. Du bist die Richtige für mich, Melody. Es gibt keine andere.«

Ihr stockte der Atem. All die Zweifel, die sie wegen seiner Vergangenheit gehabt hatte, waren verflogen. Sie war sich absolut sicher, dass er ehrlich war.

»Willst du wissen, mit wie vielen Frauen ich geschlafen habe?«

»Jeremy ...«

»Es ist in Ordnung«, sagte er. »Du verdienst zu wissen, mit wem du dich einlässt, bevor wir zu tief drinstecken.«

Es klang, als wollte er ihr einen Ausweg lassen – einen Fluchtweg für den Fall, dass sie es sich anders überlegte.

Was sie sicher nicht wollte. Egal, wie viele Frauen in seiner Vergangenheit lauerten, sie hatte bereits entschieden, ihm von ganzem Herzen zu vertrauen. Und sie glaubte wirklich, dass er es wert war, trotz der ängstlichen Stimmen in ihrem Kopf. Jetzt musste sie ihn nur noch davon überzeugen.

Melody beugte sich vor und küsste ihn, bevor er noch ein Wort sagen konnte. Sie ließ ihre Lippen sprechen. Ihn zu küssen war alles. Nichts hatte sich je so richtig angefühlt. Sie wollte den Rest ihres Lebens mit diesem Kuss verbringen.

»Du bist auch für mich der Richtige«, flüsterte sie an seinem Mund und legte die Hände an sein Gesicht. »Deine Vergangenheit und die anderen Frauen sind mir egal. Ich meine, okay, egal vielleicht nicht«, verbesserte sie sich, »aber das hier ist mir wichtiger.« Sie legte die Hand aufs Herz.

Seine Augen waren geweitet und leuchteten, und sie fühlte, wie ihm der Atem stockte, also küsste sie ihn erneut. Es machte sie fertig, wie verletzlich er wirkte und wie leicht sie ihn mit wenigen, sorglos dahingesagten Worten zerstören konnte.

Sie schlang die Arme um seinen Hals und zog ihn noch näher an sich heran. Sie wollte mehr von ihm, als sie auf dem Bett sitzend bekommen konnte. Sie *brauchte* mehr von ihm. »Erinnere mich noch mal daran, warum wir eigentlich jetzt keinen Sex haben«, stöhnte sie, als sein Mund ihren Hals mit Küssen bedeckte.

Er löste sich von ihr und sah ihn mit vor Begehren dunklen Augen an. »Wenn ich dich nehme«, sagte er und strich ihr mit dem Daumen über die Unterlippe, »will ich mir Zeit lassen. Ich will jeden Zentimeter deines Körpers genießen.« Er flüsterte ihr mit heißem Atem ins Ohr: »Ich will, dass du meinen Namen schreist. Ist das okay für dich?«

Das war ... wow. So was von *okay* für sie. Okay war gar kein Ausdruck. Gott. So. Dermaßen. Okay. Nichts war je so okay gewesen.

Als seine Zunge anfing, Dinge mit ihrem Ohr anzustellen, zwang sie sich, ihn wegzuschieben.

»Jeremy«, keuchte sie und hielt ihn auf Abstand.

»Melody.« Er knurrte ihren Namen, was so ... unfassbar heiß war.

»Wir müssen jetzt aus diesem Zimmer raus«, sagte sie heiser.

Er runzelte amüsiert die Stirn. »Warum?«

»Wenn wir nämlich nicht zurück auf diese Party gehen – und damit meine ich augenblicklich –, dann reiße ich dir die Kleider vom Leib, und nichts und niemand wird mich mehr daran hindern können.«

Er grinste und küsste sie auf die Stirn, um dann aufzustehen und sie hochzuziehen. Sie stellte sich vor den Badezimmerspiegel, ordnete ihr Haar, frischte den Lippenstift auf und bemühte sich, nicht so auszusehen wie jemand, der sich gerade mit dem Sohn der Gastgeberin im Bett gewälzt hatte.

Dann nahm er ihre Hand und führte sie durch das Gängelabyrinth zurück nach unten. Die Party war noch in vollem Gange, und sie gingen direkt zur Tanzfläche, um einander wieder in die Arme zu sinken.

Der Rest des Abends verging in einem wilden Wirbel aufregender Erwartungen. Ungefähr eine Stunde später begannen die Gäste aufzubrechen. Als nur noch einige wenige Unentschlossene da waren, fragte Jeremy seine Mom, ob sie ihn noch brauchte, er wolle Melody nach Hause bringen.

Angelica Sauer lächelte ihren Sohn nur wissend an und schickte sie beide fort. Melody hätte sie küssen können.

Jeremy zog Melody an der Hand zur Tür, ohne auf die Leute zu achten, die sich von ihm verabschieden wollten. Er gab einem der Bediensteten ein Zeichen, ihm sein Auto zu bringen, dann schlang er die Arme um Melody und drückte sie an sich. »Habe ich dir eigentlich schon gesagt, wie wunderschön du in diesem Kleid aussiehst?«, murmelte er in ihr Ohr.

»Sag es mir gern noch einmal.« Es war kalt draußen, aber Jeremys Arme waren alles, was sie brauchte.

»Beinahe so schön, wie du ohne das Kleid aussehen wirst«, sagte er leise und mit einem knurrenden Unterton.

Ihre Knie wurden weich, aber in diesem Moment fuhr Jeremys Auto vor. Er öffnete die Beifahrertür und wartete, bis sie eingestiegen war.

Sie fuhren los, und sie legte die Hand auf Jeremys Oberschenkel und drückte leicht zu. Er warf einen Blick auf ihre Hand, dann in ihr Gesicht und zog die Brauen hoch.

Melody ließ ihre Hand ein paar Zentimeter weiter nach oben gleiten.

Jeremy lächelte – hart – und lockerte seine Fliege etwas. Er schaltete einen Gang hoch und trat nicht auf die Bremse, bis sie an ihrer Wohnung angelangt waren.

KAPITEL FÜNFUNDZWANZIG

Jeremy griff nach ihr, kaum dass sie aus dem Auto gestiegen waren, als wären sie unerträglich lange unerträglich weit voneinandergetrennt gewesen und nicht nur ein paar Zentimeter für ein paar Minuten. Er drückte sie so fest an sich, dass kein Blatt mehr zwischen sie passte.

Melody schmiegte sich glücklich an ihn und ließ es zu, dass er sie so bis zu ihrer Wohnung führte. Ihr war schwindelig, fast als sei sie betrunken. Aber es war nicht der Alkohol, sondern Jeremy, der ihr dieses Gefühl gab. Es war dieser Abend. Das, was zwischen ihnen geschah. Ihr ganzer Körper summte vor Energie, wie eine Sprungfeder, die zusammengedrückt worden war und jetzt darauf wartete, sich wieder ausdehnen zu können. Wenn sie die Hand ausstreckte, würde sie zittern, da war sie sich sicher. Stattdessen ließ sie ihre Hand unter sein Jackett und an seine Taille wandern.

Kaum dass sie die Schwelle zu ihrer Wohnung überschritten hatten, wirbelte Jeremy herum und drückte sie gegen die Tür, die krachend ins Schloss fiel, als er seine Lippen auf ihre presste. Vermutlich freuten sich ihre Nachbarn nicht gerade darüber, aber das war Melody egal, denn Jeremys Zunge stieß heiß und feucht an ihre, und sie spürte seine Erektion an ihrer Hüfte.

»Melody«, flüsterte er an ihren Lippen, und *wow*, sie wollte ihren Namen in Zukunft nur noch atemlos gemurmelt und aus seinem Mund hören. »Wunderschöne Melody«, sagte er und küsste sie wieder und wieder. »Meine Melody.«

»Deine«, stimmte sie zu, stellte sich auf die Zehenspitzen und griff in sein Haar.

Ein Teil von ihr konnte noch immer nicht glauben, dass das hier wirklich geschah. Aber gleichzeitig war sie sich intensiv, scharf, *übernatürlich* dessen bewusst, dass es real war, zumal Jeremys Zunge gerade mit ihrer spielte. Diese bemerkenswerte, wundervolle Sache, von der sie so lange geträumt hatte, passierte endlich, und zwar *genau jetzt*. Und sie passierte ihr.

Jeremy legte die Stirn an ihre, und diesmal war es nicht sie, die zitterte. Er erschauerte.

»Bist du dir ganz sicher?«, fragte er mit heiserer Stimme, und seine Hände hielten ihre Taille ganz fest. »Weil ich nämlich ... warten kann ... so lange wie ... Ich will nur ...«

»Hey.« Sie nahm sein Gesicht in ihre Hände. »Ich bin mir sicher. Sehe sich so aus, als wäre ich es nicht?«

»Ich will das hier auf keinen Fall vermasseln.« Seine Augen waren groß und dunkel, als er sie ansah. Sie liebte seine Augen, wie ausdrucksvoll sie waren. Und sie liebte die kleinen Fältchen um seine Augen herum. Und seine Grübchen. Und seinen Mund – er hatte den schönsten Mund überhaupt. Sie wollte ihn küssen. Jetzt.

Und das tat sie.

»Du vermasselst es nicht«, murmelte sie zwischen zwei Küssen. »Das lasse ich nicht zu.«

Als er sie anlächelte, fühlte sie, wie sich etwas Warmes und Wundersames in ihrer Brust entfaltete. Dieses Gefühl hatte sie immer, wenn er sie anlächelte, aber diesmal war es anders. Diesmal wusste sie, dass er nur für sie lächelte. Sie war *tatsächlich* etwas Besonderes für ihn.

Ihre Hände zerrten an seiner Kleidung. Er trug viel zu viele Schichten, und sie kam einfach nicht zu ihm durch, nicht so, wie sie es brauchte. Sie schob das Jackett von seinen Schultern und nahm sich eine Sekunde, um den Anblick seiner Hosenträger noch einmal zu genießen. Dann schob sie auch die herunter und zog an seinem Hemd.

Als ihre Hände endlich unter den Stoff glitten, seufzte sie genüsslich. Ihre Finger strichen über seinen Bauch und fuhren seinen Rücken hinab. Er hatte den Reißverschluss ihres Kleids bereits geöffnet, und sie wand sich heraus und ließ es zu Boden gleiten.

Jeremy stand regungslos da und nahm ihren Anblick in sich auf. Sie war nackt – trug nur noch ihren schwarzen Spitzen-BH und einen Tanga. Er lächelte. »Ich wusste doch, dass du ohne Kleid sogar noch besser aussehen würdest.«

Melody grinste und stieg aus der Stoffpfütze zu ihren Füßen, um die Schuhe von sich zu schleudern. Sie legte die Handflächen auf seine Brust und schob ihn in Richtung Schlafzimmer.

Seine Finger gruben sich in ihre Hüften, zogen sie mit sich, und er stolperte rückwärts. Er beugte sich hinunter, um sie erneut zu küssen, aber ohne ihre Schuhe war die Entfernung zwischen ihnen zu groß, also hob er sie hoch, um ihre Münder einander näher zu bringen. Sie schlang die Beine um seine Taille, und er drehte sie herum und trug sie ins Schlafzimmer.

Sie brauchten eine Weile, um dorthin zu kommen, weil sie immer wieder abgelenkt wurden. Beinahe hätten sie es an der Wand im Flur getan, danach gab es einen kleineren Zusammenstoß mit einer Lampe, aber die hatte Melody ohnehin nie gemocht. Endlich schafften sie es zum Bett, wobei sie eine Spur hastig weggeworfener Kleidungsstücke hinterließen.

Seine schwieligen Hände liebkosten ihre fiebrige Haut, und er drückte sie auf die Matratze. Ihre Münder trafen aufeinander. Chaotisch und voller Begehren. Sie atmeten laut und stoßweise, bissen einander in die Lippen.

Sie konnten nicht genug voneinander bekommen. Melody bog sich ihm entgegen, voller Lust, und ihre Körper glitten ineinander. Langsam. Dann drängender. Dann wieder langsam. In perfekter Harmonie. Zwei Hälften eines Ganzen.

Zusammen. Sie waren zusammen.

Endlich.

»WOW«, sagte Jeremy später. »Das war ...«

»Ja«, stimmte Melody zu. Sie lag auf der Seite, Jeremy hatte seine Glieder um sie geschlungen, und sie wollte sich nie, nie wieder von der Stelle rühren.

»Brauchst du irgendwas?«, fragte er und schnüffelte an ihrem Nacken. Seine Hand glitt ihr Bein hinauf und legte sich auf ihre Hüfte.

Sie seufzte zufrieden. »Nein, es ist perfekt.«

Seine Lippen berührten ihre Schulter. »Gut.«

Sie schloss die Augen und kuschelte sich ins Kissen, fühlte sich befriedigt und sicher. Vollkommene Ruhe erfüllte sie. Umhüllt von der seidigen Wärme seiner Haut.

Sie war kurz davor einzuschlafen, als er sagte: »Ich schaue Basketball.«

Sie öffnete die Augen. »Okay?« Sie war sich nicht ganz sicher, was sie mit dieser Information anfangen sollte, noch dazu in diesem Moment.

»Du hast gesagt, du wüsstest nicht, wie ich meine Freizeit verbringe. Ich schaue an den Wochenenden Basketball.«

»Oh.« Sie lächelte und zog seinen Arm, der um sie geschlungen war, fester um sich. »Okay.«

»Und Football. Und Baseball. Und Hockey. Fußball auch, wenn sonst nichts läuft.«

»Also ... ich habe das Gefühl, dass du ziemlich auf Sport stehst?«

»Stimmt wohl«, sagte er und strich ihr das Haar aus dem Gesicht. »Und du?«

»Ich? Oh, nein, ich schaue eigentlich keinen Sport.«

»Was machst du, wenn du frei hast?«

»Ähm«, sagte sei. »Na ja, ich schaue fern.«

»Was denn so?«

»Alles Mögliche. Keine Reality-Serien. Oder Polizeiserien. Oder Comedy-Serien mit eingeblendeten Publikumslachern. Aber sonst alles.«

Er lachte leise. »Und deine aktuelle Lieblingsserie?«

»Weiß nicht. *Orphan Black* vielleicht. Oder *Doctor Who*.«

»Also eher Science-Fiction-Zeug?«

»Ja. Ich meine, andere Sachen mag ich auch, aber ja.«

»Das ist cool«, sagte er und gähnte. »Morgen läuft ein Basketballspiel, das ich gucken will.«

»Oh, okay.« Sie schluckte die Enttäuschung herunter. Nur weil sie jetzt zusammen waren, hieß es nicht, dass sie praktisch an der Hüfte zusammengewachsen waren. Sie war durchaus in der Lage, den Tag allein zu verbringen, während er sein Basketballspiel schaute.

»Ich hatte gehofft, ich könnte dich vielleicht dazu überreden, es mit mir zusammen zu gucken.«

Oh.

»Und hinterher könntest du mir vielleicht eine deiner Lieblingsserien zeigen?«

Oh.

»Das – das fände ich sehr schön«, sagte sie und lächelte.

»Ja?«

Sie verschränkte ihre Finger mit seinen und legte seine Hand unter ihre Wange. »Ja.«

Der Wind draußen wurde stärker, und sie kuschelte sich an ihn, lauschte dem Klimpern des Windspiels auf dem Balkon des Nachbarn und Jeremys Atemzügen, die immer langsamer wurden, bis er eingeschlafen war.

Dass sie versucht hatte, sich selbst einzureden, sie sei nicht in ihn verliebt? Ja, das war dumm gewesen. Sie hatte sich definitiv in ihn verliebt. Hals über Kopf. So dermaßen verliebt, dass es sich anfühlte, als wäre ihr Brustkorb zu klein für all die Liebe.

Und das würde sie ihm auch sagen. Jetzt noch nicht, denn jetzt schlief er. Außerdem wäre das vielleicht ein bisschen überstürzt. Sie waren schließlich erst ein paar Stunden zusammen, auch wenn es sich so anfühlte, als hätte es sich schon ewig angebahnt.

Aber sie würde es ihm sagen. Bald.

Sie würde nicht mehr warten. Sie hatte nicht einmal Angst davor, es zuerst zu sagen. Sie wollte es zuerst sagen. Er verdiente es.

Aber jetzt würde sie in seinen Armen einschlafen. Weil sie erschöpft war.

Sie konnte sich auf einen großen Tag voller Liebe mit Jeremy freuen. Und auf viele weitere Tage danach.

Sie musste sich ausruhen, um all das Glück genießen zu können, das auf sie wartete.

EPILOG

EIN PAAR MONATE SPÄTER

»Du magst doch Sport! Wie kann es sein, dass du nie *Friday Night Lights* gesehen hast?«, fragte Melody, als der Abspann einer Folge lief. Sie hatte Jeremy erst letztes Wochenende überreden können, und dann hatten sie den größten Teil der ersten Staffel zusammen auf ihrem Sofa hintereinander weggesuchtet.

Er gähnte und streckte einen Arm in die Höhe, der andere lag um ihre Schultern. »Ich hatte vielleicht einfach zu viel damit zu tun, mich zu betrinken. Das war so ziemlich alles, was ich in der Highschool getan habe.«

Sie piekte ihn in die Rippen, in die Stelle, von der sie wusste, dass er dort kitzelig war. »Was bist du bloß für ein toller Fang.« Er packte sie an der Taille und vergrub sein Gesicht an ihrem Hals, genau an der Stelle, von der er wusste, dass *sie* dort kitzelig war.

Ihr Telefon brummte auf dem Sofatisch, und sie löste sich aus seiner Umarmung, um zu sehen, wer ihr geschrieben hatte. »Tessa will wissen, ob wir am Freitag auf Laceys Party gehen.«

Lacey war vom Los Angeles Police Department als Trainee angenommen worden, und Devika und Kelsey wollten eine

Party für sie schmeißen, um zu feiern. Melody freute sich, aber Jeremy und sie hatten noch nicht darüber gesprochen.

»Natürlich gehen wir hin.« Er rappelte sich auf und schlenderte zum Kühlschrank, um zwei Bier zu holen. »Weißt du, wie lange sie schon darüber spricht, dass sie Polizistin werden will?«

»Ich sage ja nur, dass wir nicht unbedingt gehen müssen. Ich meine, du musst nicht unbedingt. Ich kann auch allein gehen. Ist wirklich nicht schlimm, wenn du nicht mitkommen willst.«

Es würde das erste Mal sein, dass sie sich als Paar mit Lacey und Tessa treffen würden. Lacey hatte die ganze Situation zwar cool aufgenommen, aber Melody hätte es verstanden, wenn Jeremy nicht direkt mit seiner Ex-Freundin und der Frau Zeit verbringen wollte, die sie ihm ausgespannt hatte, mal abgesehen von all ihren Freunden.

Er schaute über die Kühlschranktür hinweg zu ihr herüber. »Willst du mir damit sagen, ich soll lieber nicht mitkommen?«

»Nein! Das ist es nicht. Ich will, dass du mitkommst. Es ist nur – wenn du das Gefühl hast, es könnte unangenehm für dich sein, *musst* du natürlich nicht.«

»Lacey und ich kommen gut miteinander zurecht. Und ich komme damit klar, wenn ihre Freunde blöde Bemerkungen über mich machen, solange sie nett zu dir sind.« Er öffnete zwei Flaschen Bier und runzelte dann die Stirn, als wäre ihm gerade etwas eingefallen. »Oh, warte, sind ihre Eltern auch da?«

»Ich glaube nicht.«

»Gut. Ihre Eltern *hassen* mich.«

Melody schnaubte. »Ich kann mir kaum vorstellen, warum.«

»Ich habe nicht gesagt, dass ich es nicht verdient hätte.« Er stellte eine Flasche Bier vor sie hin und ließ sich wieder aufs Sofa sinken, wobei er seine Füße auf den Couchtisch legte.

»Ich wollte gerade zusagen. Das ist deine letzte Chance, noch abzuspringen.«

»Es sind deine Freunde«, sagte er schlicht. »Ich will, dass es auch meine Freunde sind.«

»Okay«, sagte sie und strahlte ihn an.

Er nahm einen Schluck von seinem Bier. »O hey, das erinnert mich daran, dass meine Mom wissen möchte, wann deine Mom in der Stadt ist.«

»Vom vierundzwanzigsten bis zum siebenundzwanzigsten«, sagte Melody abwesend und tippte ihre Antwort an Tessa. Sie hielt inne und sah zu ihm auf. »Warte – warum will deine Mom wissen, wann meine Mom in der Stadt ist?«

»Weil sie sie kennenlernen will. Ich glaube, sie will uns alle zum Essen zu sich einladen oder so.«

»Nein«, sagte Melody entsetzt. »Auf keinen Fall. Das darf nie, niemals passieren.«

»Ach komm schon ...«

»Ich meine es ernst! Wir können nicht zulassen, dass deine Mom und meine Mom sich treffen. Das ist, als wollte man Chlorbleiche und Ammoniak mischen – die chemische Reaktion würde uns alle töten.«

Er lachte. »Ich glaube, du übertreibst die Gefahr etwas.«

Sie schüttelte den Kopf. »Nein, wirklich nicht.«

Er legte seine Hand auf ihren Oberschenkel. »Wir können sie nicht ewig voneinander fernhalten, weißt du. Spätestens bei unserer Hochzeit müssen sie sich kennenlernen.«

Melodys Herz stockte. Sie ließ das Handy sinken und sah ihn an. »Hochzeit?«, wiederholte sie, um sicherzugehen, dass sie ihn richtig verstanden hatte – dass er das nicht zufällig gesagt hatte.

»Na ja, schon. Ich meine, irgendwann.« Langsam breitete sich ein Lächeln auf seinem Gesicht aus. »Hoffentlich. Eines Tages.«

Immer, wenn er sie so anlächelte, kribbelte es in ihrer Magengrube, als flatterten dort tausend Schmetterlinge herum. Es war ein ganz anderes Lächeln als das, das er Kellnerinnen, Kolleginnen und Baristas schenkte. Das Lächeln, das er nur für sie reserviert hatte, war sanfter und weniger strahlend. Es war nicht eingebildet oder flirtend, es war offen und ein wenig unsicher – wie eine Frage, die auf eine Antwort hofft.

Diesmal vollführten die Schmetterlinge in ihrem Bauch einen wilden Tanz. *Er will mich heiraten.* Und er hatte es ganz beiläufig gesagt, als stünde es längst fest. Natürlich würden sie eines Tages heiraten. Warum auch nicht?

Sie beugte sich zu ihm, küsste ihn und lächelte an seinen Lippen. »Dann müssen wir eben durchbrennen. Aber nicht nach Vegas. Irgendwohin, wo es einen Strand gibt.«

Er zog sie zurück aufs Sofa, so dass sie wieder an ihn geschmiegt lag. »Noch eine Folge?«, fragte er und wühlte zwischen den Kissen nach der Fernbedienung.

»Das Spiel hat gerade angefangen«, wandte sie ein.

»Ja, aber die Panthers spielen jetzt auf Bundesebene. Es ist das Staffelfinale.«

»Die Dillon Panthers haben vor zehn Jahren auf Bundesebene gespielt, aber dein Lieblingsteam in der echten Welt spielt jetzt. Ich habe heute extra mein Lakers-Trikot angezogen.«

Er hatte ihr das Trikot gekauft, als er zum ersten Mal mit ihr zu einem Spiel gegangen war. Sie hatten Logenplätze hinter John Legend und Chrissy Teigen gehabt. Melody hatte sich nie wirklich für Basketball interessiert, aber wenn sie die Spiele mit Jeremy schaute, war es anders. Sie liebte es, Dinge mit ihm zu tun, die er liebte; sie musste sie einfach auch lieben.

»Nur noch eine Folge. Wir nehmen das Spiel doch auf.«

»Aber wir erfahren das Ergebnis vorher, wenn wir das Spiel nicht live sehen.«

»Nicht, wenn du dich von deinem Handy fernhältst«, sagte er, nahm es ihr aus der Hand und schleuderte es in die andere Ecke des Sofas.

»Ich könnte dir auch verraten, ob die Panthers das Bundesturnier gewinnen, weißt du.«

»Wag es ja nicht!« Er hielt warnend einen Finger hoch. »Keine Spoiler!«

»Gut.« Sie legte den Kopf an seine Schulter. »Noch eine Folge, dann schauen wir das Spiel.«

Jeremy drückte auf die Fernbedienung, und die nächste Folge von *Friday Night Lights* begann.

»Diese Serie ist so gut«, sagte er dreiundvierzig Minuten später, als die Folge zu Ende war. Er weinte ein wenig, aber er versuchte nicht, es zu verbergen. Das liebte sie an ihm – dass er sich nicht schämte, bei einer Serie zu weinen.

»Ja, das ist sie.« Sie schob die Finger unter ihre Brille und wischte sich die Tränen weg. Obwohl sie speziell diese Folge mindestens ein Dutzend Mal geschaut hatte, weinte auch sie immer wieder. »Bist du jetzt bereit für die Lakers?«, fragte sie und griff über Jeremys Schoß hinweg nach der Fernbedienung.

»Warte.« Er nahm ihr Gesicht in seine Hände und küsste sie. Sein Mund war weich und etwas kratzig gleichzeitig, und er schmeckte malzig, nach dem Bier, das er trank.

»Okay«, sagte er und lächelte sie an. »Jetzt bin ich bereit.«

In Melodys Magen flatterten wieder die Schmetterlinge. Sie ließ die Fernbedienung fallen und kletterte auf seinen Schoß, wobei sie die Beine um ihn schlang.

»Ich dachte, du wolltest das Spiel sehen«, sagte er grinsend.

»Will ich auch.« Sie legte die Hände um seinen Nacken und ließ die Finger in sein Haar gleiten. Sie liebte sein Haar; sie hätte ihre Finger am liebsten für immer darin vergraben. »Aber ich will dich auch noch ein bisschen küssen.«

Er schlang die Arme um sie. »Küssen ist so viel besser als Basketball.«

»Absolut«, stimmte sie zu und zog sein Gesicht zu sich, um die Lippen auf seine zu legen.

An diesem Abend schauten sie das Spiel nicht mehr. Sei's drum. Es würde auch morgen noch da sein. Sie hatten den Rest ihres Lebens vor sich, um Basketball zu schauen.

Viel später, als sie in Melodys Bett umgezogen waren, zog Jeremy sie in seine Arme und sagte: »Ich wusste nicht, dass es sich so anfühlen muss.« Ihr violettes Lakers-Trikot lag noch im Wohnzimmer, wo er es auf den Boden geschleudert hatte, nachdem er es ihr vom Leib gerissen hatte.

»Hmmm?«, murmelte sie schläfrig. Sie benutzte seine Brust als Kissen, und seine Stimme vibrierte an ihrem Ohr.

»Eine Freundin zu haben«, sagte er und legte die Hand auf ihren Rücken. »Jemanden zu lieben.«

Sie benutzten das L-Wort schon seit einem Monat, aber Melodys Herz stockte immer noch, wenn er es aussprach. Sie wollte, dass dieses Gefühl nie vorüberging.

»Was dachtest du denn, wie es sein würde?«, fragte sie.

»Ich dachte, es gehe vor allem darum, so zu tun, als ob – so zu tun, als wolle man Dinge, die man nicht will, und als möge man Dinge, die man nicht mag. So zu tun, als wäre man jemand, der man nicht ist. Ich dachte, so wäre es in allen Beziehungen. Aber mit dir ist es überhaupt nicht so.«

»Wie ist es denn?«, fragte sie leise.

»Es ist, als hätte ich meine beste Freundin gefunden.«

Melody hob den Kopf, um ihn anzusehen, aber es war zu dunkel, als dass sie mehr als seinen Umriss hätte erkennen können. »Komm her«, sagte sie und streckte die Arme nach ihm aus. Sie hatte Tränen in den Augen, als sie ihn küsste.

Jeremy berührte ihr Gesicht, legte die Finger an ihre Wange. »Das sollte dich jetzt aber nicht zum Weinen bringen.«

»Es ist die gute Sorte Weinen«, sagte sie. »Weil auch ich meinen besten Freund gefunden habe.«

DANK

Zuallererst muss ich meinem Mann und meinem Kind für all ihre Liebe und ihre Unterstützung danken. Und dass sie meine Launen ertragen haben, während ich das hier geschrieben habe.

Ich danke meinen mich immer anfeuernden Freunden, die mich ständig aufgemuntert und/oder mir Feedback gegeben haben: Mikaela Dufur, Lisa Lozano, Danielle Dupré, Lisa Ludvik, Joanna Cotter, Dena Miccolis, Tammy Kentner, Amy Morgan und Sharon Cochran. Ich danke auch meiner Lektorin Monica Black, die mich immer in der Spur gehalten hat.

Schließlich will ich jedem einzelnen Menschen danken, der meine Fan-Fiction-Stücke je kommentiert, sie empfohlen oder vor Entzücken über sie gequietscht hat. Eure Begeisterung hat mir die Kraft gegeben, in all den Jahren immer weiter zu schreiben, selbst wenn sich der Text manchmal wie ein unüberwindbares Hindernis vor mir aufgebaut hat. Dafür gebührt Euch meine ewige Dankbarkeit und Zuneigung. ♥

Sharon M. Peterson
The Do-Over – Sie sucht nach ihrer
Geschichte – er läuft vor seiner davon
Roman
Aus dem Amerikanischen von Katharina Naumann
431 Seiten. Klappenbroschur
ISBN 978-3-7466-4067-9
Auch als E-Book lieferbar

»Du bist wirklich ganz nett, aber ich finde nicht, dass wir uns länger sehen sollten.«

Perci hat es nicht leicht: Erst wird sie von ihrem Ex auf die denkbar demütigendste Weise abserviert (Zu Silvester! Live im Radio!), dann mischt sich ihre übergriffige Mutter in ihr Liebesleben ein. Um sie sich vom Leibe zu halten, erfindet Perci einen Fake-Boyfriend und nennt dummerweise den Namen ihres Nachbarn. Ihres sehr, sehr heißen Nachbarn. Der keine Ahnung hat, dass er Perci angeblich datet …

Eine RomCom wie eine Umarmung von der besten Freundin
Mit der schrägsten Großmutter aller Zeiten und einem wirklich heißen
Nachbarn

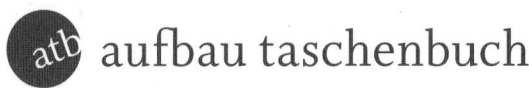

aufbau taschenbuch

Ali Hazelwood
Love, theoretically
Roman
Aus dem Amerikanischen von Christine Strüh und
Anna Julia Strüh
537 Seiten. Klappenbroschur
ISBN 978-3-352-00995-2
Auch als E-Book lieferbar

Liebe ist wie Physik – die Theorie mag noch so schön sein, auf die Praxis kommt es an

Wissenschaftlerin Elsie lebt im Multiversum: Als Theoretische Physikerin quasi unbezahlt, verdient sie ihr Geld als Fake-Date-Begleitung. Bis ihre Parallelwelten kollidieren: Ausgerechnet der nervig attraktive Jack – der sie als Freundin seines Bruders und Bibliothekarin kennt – muss entscheiden, ob sie ihren Traumjob bekommt. Dazu führt er als kaltherziger Experimentalphysiker eine üble Fehde gegen die Theoretische Physik. So findet sich Elsie auf einem Wissenschaftsschlachtfeld wieder – und muss sich dagegen wehren, in Jacks Gravitationsfeld gezogen zu werden. Oder sollten etwa ganz neue Theorien über die Liebe in die Praxis umgesetzt werden?

Mit einem Cameo-Auftritt von Olive und Adam aus »Die theoretische Unwahrscheinlichkeit von Liebe«

**Regelmäßige Informationen erhalten Sie über unseren Newsletter.
Jetzt anmelden unter: www.aufbau-verlage.de/newsletter**